Helge Sobik

Vier Pfoten und ein Tintenfisch

Ein Hunderoman

Langen*Müller*

FSC
www.fsc.org
MIX
Papier aus verantwortungsvollen Quellen
FSC® C014496

Umschlaggestaltung: Wolfgang Heinzel
Umschlagmotiv: shutterstock
Alle Fotos: Helge Sobik
Satz: EDV-Fotosatz Huber/Verlagsservice G. Pfeifer, Germering
Gesetzt aus: 10,6 /14,25 pt Garamond BQ
Druck und Binden: GGP Media GmbH, Pößneck
Printed in Germany
ISBN 978-3-7844-3381-3

Auch als eBook

www.langen-mueller-verlag.de

Wie Hoover seinen Namen bekam

»Warum nennst du deinen Hund denn Uwe?«

Meine Nachbarin ist entsetzt – und gerührt zugleich: Herzlich begrüßt sie den kleinen Kerl am Gartenzaun, streichelt ihn und weicht diskret den temperamentvoll vorgebrachten Schlabber-Attacken des 5-Kilo-Hündchens aus.

»So heißen doch sonst nur Menschen.«

Ich wiederhole: »Hoover. Er heißt Hoover.«

Darauf sie: »Also, Uwe ist doch wirklich kein Hundename.«

Er: Schlabber-Attacke.

Sie: Streichel-Gegenwehr.

Ich: »Hoover. Wie der Staubsauger.«

Sie: »Ach so, und ich hatte Uwe verstanden.«

Schon als sein Vorgänger noch nicht mal ein Jahr alt war, hatte ich beschlossen, dass mein zweiter Hund eines Tages Hoover heißen würde – weil der erste immer Sauggeräusche machte, wenn er Gerüchen nachging, Spuren verfolgte, intensiv mit der Nase auf dem Fußboden die vergangene Fortbewegung eines anderen Tieres nachzeichnete und dabei tief einatmete. Ich finde das niedlich. Und originell. Und habe dabei nie an Uwe geda cht – auch nicht an Hubert übrigens.

Unter diesem Namen wurde er das zweite Mal beim Tierarzt von der netten Helferin begrüßt: »Ja guck, da kommt ja auch der kleine Hubert!«

Ich drehe mich um und fühle mich mitsamt Welpen übersehen. Sind wir es nicht, die da gerade hereinkommen? Und begrüßt wird stattdessen irgendjemand hinter uns. Aber nach uns kommt niemand. Wir sind heute der kleine Hubert.

Ich: »Hoover. Der Kleine heißt Hoover.«

Sie: »Ja, der süße Hubert, fein, Hubert.« Sie tätschelt ihn. Der Pseudo-Hubert freut sich. Ich wieder: »Hoover. Wie der Staubsauger.«

Und – was ich nicht sage – wie übrigens auch auf der Karteikarte, die ich beim ersten Mal ausgefüllt hatte. Und wie auf der Rechnung, die ich damals in die Hand gedrückt bekommen hatte. »Ach Hoover, das ist ja niedlich!« Jawoll. Finde ich auch. Ihm ist es unterdessen noch ziemlich egal. Hauptsache, man freut sich über ihn und beschäftigt sich mit ihm.

Beim ersten und einzigen Mal in der Hundeschule fragt die Trainerin nach der zweiten Übung. »Entschuldigung, so viele Hunde heute, wie hieß Ihrer noch gleich?«

»Hoover.«

»Ach, Uwe, wie ungewöhnlich. Na, auch egal. Manche Namen sind halt ungewöhnlich. Ja, hallo Uwe!« »Hoover. Wie der Staubsauger.«

»Ach so, ja, Uwe wär auch komisch für einen Hund.« Sie lacht. Ich lächele.

Dann will sie anfangen und ihm die Übung zeigen: »Ja, komm mal her, kleiner Hubert.«

Ich bin nicht sicher, ob sie wirklich »Hubert« gesagt hat, und warte die nächste Anrede am Ende der Übung ab: »Feiner Hubert, so fein gemacht, Hubert.« Okay, jetzt greife ich wieder ein: »Hoover. Mit Doppel-o und v wie der Staubsauger aus Amerika.«

Sie lacht. »Ach, Entschuldigung, natürlich, Hoover, so ein niedlicher Name.«

Vor der zweiten Übung fragt sie sicherheitshalber noch mal nach: »Ach Entschuldigung, wie war das bei Ihnen noch gleich? Wie hieß der kleine Rüde noch mal?«
»Hoover.« Ich sage nur Hoover – obwohl mir länger als einen Sekundenbruchteil diese Antwort auf der Zunge lag: »Rowenta. Oder irgendein anderer Staubsauger. Was Ihnen halt gerade einfällt.«
Ich gehe daraufhin dazu über, ihn künftig stets als »kleinen Flat-Coated-Retriever-Welpen« vorzustellen. Das ist einfacher als über »Uwe« und »Hubert« zu diskutieren. Und wenn er gefragt wird à la »Ja, was bist du denn für einer?«, dann kann er ja künftig antworten. Und dass sein bester Kindheitsfreund ein Tintenfisch ist – auch das kann er dann ja selber erzählen.

Aber der Reihe nach

Erst hat er geschimpft, gebellt, protestiert, hat Geräusche gemacht, von denen man nicht glaubt, dass sie aus einem derart kleinen und gerade neuneinhalb Wochen alten Tier kommen könnten. Und dass er sie so laut hinbekommt. Da half auch nichts, dass er auf dem Beifahrersitz auf dem Schoß saß, Körperwärme bekam, sich eigentlich gut beschützt fühlen sollte und ihm auch noch gut zugeredet wurde. Gestrampelt hat er auch, wollte einfach nicht dort sitzen bleiben und Haus und Hof, die Mutter und die letzten beiden Geschwister verlassen, wie es vor ihm schon acht andere aus der großen Welpenschar getan hatten.
Weg von der Wurfkiste, dem sandigen Hof, den vertrauten Gerüchen – mitgehen mit einem Menschen, den er erst zwei Stunden kannte und freudig begrüßt hatte. Mit dem, der ihm einen Namen mitgebracht hatte. Bis dahin war er nur

»der mit dem gelben Halsband« im Unterschied zu den vielen Geschwistern mit andersfarbigen Bändern. Sein Name in den Papieren war ihm egal, damit ist er nie gerufen worden und so wird ihn auch künftig niemand ansprechen: »Black Amanda's Quick as Hell«. Ein schwarzer Flat Coated Retriever. Einer mit einem Lächeln im Gesicht, Schalk im Nacken und einer Mischung aus Draufgängertum und gewisser Frechheit im Blick.

Von nun an heißt er Hoover. Wie der Staubsauger. Weil die extrem gute Nase in jeder Ecke unterwegs ist und dabei scheinbar – und manchmal auch hörbar – aufsaugt, was immer an spannenden Gerüchen zu erfassen und neu zu entdecken ist. Und ab und zu, das wird schnell klar, saugt er ganz wie ein richtiger Staubsauger nicht nur Gerüche auf, sondern auch das, was sonst noch so herumliegt. Ein richtiges Staubsäugetier.

Ausgewachsen wird er ein paar Zentimeter größer sein als der wesentlich bekanntere Labrador oder der Golden Retriever, außerdem schmaler, schlanker. Und er wird etwas längeres Fell haben.

Wie üblich bei dieser Rasse ist dem oft fantasievollen, aber nicht alltagstauglichen Namen in den Papieren der des Zwingers vorangestellt – und der heißt in Hoovers Fall »Black Amanda's« und steht für Haus und Hof der Familie Nielsen bei Naestved gut 150 Kilometer südlich von Kopenhagen. Hoover ist gebürtiger Däne, ohne es zu wissen.

Die Festlegung, ob es »der Gelbe«, »der Grüne« oder »der mit dem grün-schwarzen Band« werden sollte, war nicht leicht. Am besten wäre gewesen, kurz entschlossen »Ich nehme sie alle drei« zu sagen – aber das ging nicht. Ich hörte mich sagen: »Der mit dem gelben Band. Den möchte ich gerne mitnehmen. Und von nun an wird er Hoover heißen.«

Der kleine, schwarze Kerl muss etwas geahnt haben, denn Sekunden nachdem der entscheidende Satz gefallen war, kletterte er unter dem Küchentisch von Annette Nielsen auf meine Füße und legte sich auf den Schuhen schlafen, als wollte er ausdrücken: »Dann soll es so sein. Mit dir gehe ich gerne mit.« Das tat er dann auch. Aber als das Auto von seinem Hof rollte, wurde ihm wohl doch mulmig. Und dann begann fürs Erste das Geschimpfe.

Es dauerte ein paar Kilometer, bis er mit sich, mit mir und mit der Welt versöhnt war: so lange, bis er nach dem Start auf dem Schoß nun in dem von einer Katze ausgeliehenen rundum geschlossen Flechtkorb mit Gittertürchen auf der Rückbank halbwegs zur Ruhe kam. So lange, bis ich erkannt habe, dass Dänemarks Straßen lang und gerade und gut überschaubar sind und dass an Sonntagen wie diesem dort auf dem Lande sowieso fast niemand unterwegs ist – und dass es deshalb genügt, mit der linken Hand zu lenken. Die rechte greift währenddessen nach hinten, und ihre Finger hangeln durchs Gitter der Katzenhäuschentür in Richtung Hoover. Der leckt daran, knabbert daran, saugt daran, scheint sich plötzlich ganz behütet zu fühlen, lässt schlagartig das Schimpfen sein und schläft erst mal eine Runde auf der neuen Kuscheldecke mit Pfötchenmuster.

Einen Mitbewohner in dem Häuschen aus Geflecht hat er auch: einen violetten Plüsch-Tintenfisch mit Gummikern und zwanzig Zentimeter langen kuschelweichen Tentakeln. Zum Knautschen, Schleppen, Herumwerfen. Und zum Liebhaben. Fürs Erste hat er sich draufgelegt – so unbequem das in Menschenaugen sein mag.

Bei der ersten Rast krabbelt er munter aus seinem Körbchen, schaut neugierig in diese fremde große Welt hinaus – und reckt sich ausgiebig, ehe er Ambitionen zum Aussteigen an-

deutet. Ein kleines Halsband trägt er bereits – kaum länger als ein Uhrarmband, denn der Hals des neun Wochen alten Welpen ist nicht dicker als das Handgelenk eines erwachsenen Mannes. Und nun kommt zum ersten Mal seine neue knallrote Leine ins Spiel. Artig lässt er sie ans Halsband knipsen, macht nur einmal kurz Anstalten, daran zu knabbern, und schon ist spannender, was ums Auto herum geschieht: zum ersten Mal außerhalb des Grundstücks ein kleines Geschäft verrichten zum Beispiel. Und ein paar Meter weiter vor lauter Aufregung gleich das zweite.
Ängstlich wirkt er dabei nicht. Er hüpft sogar vergnügt herum, schnüffelt hier, schnuppert da, patscht mit der rechten Vorderpfote in eine Pfütze, schlabbert ein paarmal aus dem mitgebrachten Wassernapf und verschwindet bald darauf wieder in dem mit dem Gurt sicher vertäuten Katzenkörbchen auf der Rückbank. Die zweite Rast verläuft nicht anders, und unterwegs macht Hoover Schläfchen, angekuschelt an Tintenfisch und Pfötchendecke – und lässt sein neues Leben auf sich zukommen. Ab und zu fiept er im Traum. Verspielt klingt das, irgendwie heiter. Es muss ein schöner Traum sein.
Doch die nächste Herausforderung nach dem Abschied von Familie und Zuhause steht bereits bevor: Wie wird der kleine Kerl auf die Autofähre zwischen Rødby und Puttgarden reagieren? Auf das Gerumpel bei der Einfahrt in den metallenen Schiffsleib, auf die Echo-Akustik, wenn dort Wagentüren knallen, Menschen in doppelter Lautstärke reden, Türen mit Pfeifton elektrisch auf- und zugehen? Und wie lässt sich ihm dieses Erlebnis am angenehmsten verpacken? Einfach so: Mr. Quick-as-Hell bleibt im Katzenkörbchen, wird mit geschlossenem Gittertürchen und aller neuen Ausrüstung im Inneren der Behausung aus dem Auto gehievt und übers

Treppenhaus zwei Stockwerke hoch bis in den Wartebereich für Passagiere getragen.
Da steht er nun mit seinem geflochtenen Zuhause auf dem Tisch, kann halb Richtung Ostsee durchs große Fenster, halb zu seinem neuen Menschen blicken – und fast gar nicht zum breiten Flur, auf dem sich die anderen Passagiere Richtung Bord-Supermarkt zum Schnapseinkauf entlangschieben. Irgendwer ruft trotzdem: »Guck mal, wie süüüß«, und Hoover lässt sich an den dünnen Gitterstäben seiner Haustür vorbei in größter Entspanntheit mit einem Finger streicheln. Er scheint sich geborgen zu fühlen, hat seinen Frieden mit dem Auszug bei Mutti in kürzester Zeit gemacht, wird bald schwankend zurück zum Auto geschleppt und findet auch das gänzlich unproblematisch. Was für ein entspannter Geselle – und das als Flat Coated, die zwar als ziemlich furchtlos bekannt sind, aber eher hektisch als entspannt, eher permanent auf hocherfreuten 180 sind, als dass sie die Dinge in aller Seelenruhe auf sich zukommen ließen. Einmal noch gibt es einen Boxenstopp am Rande eines Rapsfeldes – wieder mit Schnüffeln, Pischen, Trinken. Und wieder passt die knallrote Leine perfekt zu den Farben der Umgebung. Und zum schwarzen Welpenpelz. Dann ist Hoover auf der Zielgeraden. Was für ein Tag!

Der Einzug ins neue Zuhause

Beim Einzug ins neue Zuhause ist Hoover so entspannt wie unterwegs – und anfangs etwas vorsichtig, als würde er auf den großen Rüden warten, dessen Geruch seine kleine Nase hier bereits wahrgenommen hat. Er schnauft sich neugierig die Fußleisten entlang, hält zunächst respektvoll Abstand vom Hundesofa im Wintergarten. Und in seinem kleinen

Gesicht lassen sich diese Fragen ablesen: Wie wird der Große auf mich reagieren? Darf ich hier sein? Hinein in sein Reich, ohne ihn vorher zu fragen? Wird er mich erschrecken, zurechtweisen oder vielleicht doch auf Anhieb lieb haben? Hoover sucht und schnauft und macht seinem neuen Namen alle Ehre. Erst drinnen, dann draußen im Garten.

Wen er nicht findet, das ist der große Hund, der hier nach allen Gerüchen zu urteilen zu Hause sein muss. Was er nicht weiß, ist, dass der große Hund fünf Tage vor Hoovers Einzug gestorben ist. Der Plan war nicht aufgegangen, dass der Große den Kleinen erziehen und die beiden einander zwei, drei, vier und gerne noch viel mehr Jahre begleitet hätten. Denn eigentlich hätte Hoover erst vier Monate später einziehen sollen und wäre jetzt noch nicht mal geboren. Der Züchterkontakt stand bereits, der Welpe war vorgemerkt. Dann wäre ein anderer zum Hoover geworden.

Jetzt ist es dieser kleine entspannte Däne. Denn nach dem plötzlichen Tod des Großen gab es nur zwei Möglichkeiten: nie wieder einen Hund zu haben, um nie mehr die Angst der letzten Lebenstage durchleben zu müssen, nie mehr Trauer und Verlust eines vierbeinigen Familienmitglieds zu durchleiden. Oder sofort wieder einen Welpen einziehen zu lassen. Es wurde die Variante zwei – ohne großes Nachdenken, ohne Zögern. Denn noch schlimmer als der Tod des Großen wäre nur gewesen, wenn es ihn gar nicht erst gegeben hätte. Wenn es all das Glück mit ihm, die unendlich zahlreichen schönen Erlebnisse, diese innige Verbundenheit nicht gegeben hätte. Hoover ist eingezogen, weil sich andernfalls all das viele Schöne, das vor der Trauer kommt, nie wieder erleben ließe. Muss er andauernde Vergleiche fürchten? Wird er sich an demjenigen messen lassen müssen, nach dem hier noch alles riecht und der noch immer so präsent ist und auf ewig im

Gedächtnis bleiben wird? An einem großartigen Hund, der nicht ganz neun Jahre alt geworden ist? Nein. So etwas geschieht nur in der Theorie, allenfalls noch ganz am Anfang. Denn kaum, dass man seine neue Hundsperson kennenlernt, ist eines klar: Der Neue ist jemand anders, eine eigene Persönlichkeit, ein anderer Charakter. Es geht nicht darum, den Toten zu ersetzen. Es geht darum, jemand Neuen mit Pelz in das eigene Leben hineinzulassen und diesem Jemand allen Freiraum der Welt einzuräumen, sein eigenes Wesen zu entfalten.

Mal sehen, was Hoover da alles erleben wird. Jetzt hat er sich erst mal halb aufs mit Rasen bedeckte Grab des Großen im Garten gelegt: die Schnauze flach auf den Boden – und blickt in die Welt hinaus, als schlösse sich ein Kreis.

Tapsig springt er herum, freut sich an seinem violetten Plüsch-Tintenfisch, der mit seinen Tentakeln kaum wesentlich kleiner ist als er selbst und sich herrlich herumschleudern lässt. Und an einer winzigen Plüsch-Ente, die er bereits im Wechsel mit dem Tentakeltier stolz mit sich herumschleppt.

Was dann geschieht? Dann wird es Nacht für Hoover, obwohl es draußen noch hell ist. Sein abendliches Fressen hat er noch schnell verdrückt, noch viel getrunken, einen riesigen See gemacht, im Freien sogar, und dann erst mal ein paar Runden im neuen kuschelweichen Körbchen geschlafen: weil der Tag voller Ereignisse steckte, so prall gewesen ist mit neuen Eindrücken wie keiner zuvor.

Die erste Nacht – und die zweite. Und noch eine.

Nacht – das ist die Zeit, zu der kleine Hunde sich einsamer fühlen als tagsüber. Nachts, da ist alles anders, da fehlt die Fröhlichkeit des Tages. Nachts ist es gruselig. Und nachts, da sollte man besser nicht wach liegen, zumal an einem noch völlig fremden Ort. Hoover aber ist aufgewacht: auf der Pfötchendecke, neben dem Plüsch-Tintenfisch, in seinem rundum geschlossenen Katzen-Flechtkorb mit Gittertürchen. Hineinzusteigen war kein Problem. Einzuschlafen hat auch gut geklappt. Aber dann, als er aufgewacht ist, wird ihm offenbar ganz anders. Da fehlt plötzlich die Familie, sind Geschwister und Mutti mit einem Mal doppelt so weit weg. Keiner atmet an ihn angeschmiegt, keine Pfote hangelt im Schlaf in der Luft und patscht gegen ihn. Ganz schön einsam in so einem Korb in einem fremden Haus in einem fremden Land jenseits des Meeres. Hoover quiekt, Hoover jault. Und bald macht Hoover auch das Wölfchen und stimmt kurz das Heullied vom einsamen Hund an.

Da sollte helfen, was fast neun Jahre zuvor auch beim Großen gewirkt und gestern noch auf der Autofahrt so gut geklappt hat: die Finger zwischen das Gitter stecken, kraulen, daran knabbern lassen – mit langem Arm vom Bett aus. Es wirkt – und funktioniert sofort nicht mehr, sobald der Arm wieder einfährt. Also muss Plan B greifen: Da sich Hoovers Flecht-Häuschen schlecht mit ins Bett stellen lässt, muss ein Gartenliegenpolster für den Fußboden her.

Da liege ich nun mit meinem Bettzeug, strecke wieder den Arm Richtung Körbchen, habe es nun auf gleicher Höhe etwas bequemer als fünf Minuten vorher, greife wieder mit der Hand zwischen den Gitterstäben hindurch. Und trotzdem ist auch diese Haltung auf Dauer unbequem, und das Fiepen setzt beharrlich wieder ein, kaum dass die Kraul-Finger wieder eingefahren sind.

Was nun tun? Die Lösung ist in doppelter Hinsicht eine enorme Vereinfachung: das Gitter öffnen. Denn sofort kommt Hoover herausgesprungen, freut sich, kann im nacht-

schwarzen Garten erst mal unter Bewachung einen Drei-Uhr-morgens-See machen – und drängt sich gleich danach direkt an mein Bettzeug auf dem Polster auf dem Fußboden, schläft tief und fest und hat ganz vergessen, dass er eigentlich furchtbar einsam und fremd hier ist. Ich mache es ihm nach und schlafe ebenfalls schnell ein. Gegen halb sieben rührt er sich das erste Mal, sagt einmal »Fiep« und schaut: »Soll das heißen, du musst raus?«, frage ich und hebe ihn sicherheitshalber fast im selben Moment auch schon über die Terrasse hinweg auf den Rasen. Genau das sollte es heißen. Erst fürs kleine und gleich danach für ein gewaltig großes Geschäft.
Die nächste Nacht beginnt für mich bereits auf dem Fußboden und läuft ähnlich glatt. Und in der dritten bin ich den Fußboden langsam leid und verschwinde wieder im Bett. Hoover unterdessen findet es gar nicht gut, dort unten bleiben zu sollen, und ruft ein paarmal kurz und klar »Fiep!«. Ich gehe den Weg des geringsten Widerstandes, handele gegen alles, was ich je in Hundebüchern gelesen und in zig Diskussionen selbst vertreten habe – und fasse mit der rechten Hand unter den Po des Welpen, der bereits hochkant an der Bettkante steht, und hebele ihn hinein. Der kuschelt sich sofort an, legt das winzige Köpfchen in meine geöffnete Handfläche und schläft ein.
Prompt müssen wir nachts einmal weniger raus – weil wir beide sehr gut schlafen und weil er auf keinen Fall durch vorzeitiges Signalgeben riskieren will, die Bettphase zu früh zu beenden und nach dem Gang in den Garten womöglich nicht an diesen Traumplatz zurückzudürfen. Das Bett ist so zur Win-win-Liegestatt geworden. Fürs Erste. Denn es fragt sich, wie das wird, wenn das 5-Kilo-Exemplar bei den 35 Kilo eines ausgewachsenen Flat-Coated-Retriever-Rüden angekommen sein wird. Und ob er dann an selber Stelle

noch zugelassen sein wird. »Bett-Visa«, erkläre ich ihm schon mal, »verlängern sich nicht automatisch. Sie sind größenabhängig und situationsgebunden.« Er schaut interessiert. Trotzdem bezweifele ich, dass er das bereits verstanden hat.

Beim Tierarzt im Wartezimmer

Es macht nichts, dass alle anderen größer sind. Und älter. Und dass es manchen schnell zu viel ist, von einem Welpen bestürmt zu werden. Hoover jedenfalls macht es nichts. Er ist gänzlich unbefangen, begrüßt jedes Tier im Wartezimmer auf das Herzlichste – und aus Versehen sogar eine Katze und ein Kaninchen. Die immerhin saßen in rundum geschlossenen Körbchen und wollten eigentlich gar nicht so gerne begrüßt werden – jedenfalls nicht von einem jungen Hund.

Wenn Hoover seine Sympathie verteilt, spielen Größe und auch Gattung offenbar keine Rolle. Der riesige, freundlich wedelnde Wolfshund bekommt genau dieselbe Portion davon ab wie der kleine alte Dackel, dem das alles viel zu schwungvoll zugeht und der sich deshalb unter den Wartezimmerstuhl von Frauchen zurückgezogen hat und knurrt. Die Warnung überhört Hoover und verschüttet sie unter überschäumender Herzlichkeit: Jeder bekommt die Schnauze und im Zweifel auch das Gebiss von ihm poliert, jedem signalisiert er, wie friedlich er ist und wie lieb er alle hat. Nur eines funktioniert überhaupt nicht: einen Moment lang stillzusitzen. Und wenn die anderen Tiere gerade mal nichts mehr von ihm wissen wollen, fragen deren Besitzer: »Ja, wer bist du denn?« und rufen ihn zu sich, auf dass er gestreichelt werde und sich mit einer Zuneigungsattacke revanchiere.

Ein bisschen weniger schwungvoll ist er anschließend im Behandlungszimmer. Der sei ja erstaunlich entspannt für einen Flat, sagt die Tierärztin, als er auf der Blechplatte des Behandlungstisches steht und sich in Augen, Ohren und Schnute schauen lassen muss und obendrein auch noch abgehorcht wird.

»Meistens«, erzählt sie, »sind Flats hektisch, halten sich kaum auf dem Tisch, drehen sich vor lauter Temperament ständig um sich selber und versuchen, mit der Nase immer da zu sein, wo gerade die Hände des anderen sind – oder wo dessen Gesicht ist.«

Sie weiß nicht, wie viele Runden um sich selber, um Hände und Gesichter Hoover zuvor bereits im Wartezimmer gedreht hat. Und nicht, dass er einen Aufregungspisch auf den Linoleumboden des Behandlungszimmers abgesondert hat, bevor sie aus dem Nebenraum kam. Auch nicht, dass ihre Helferin und ich den ruckzuck aufgewischt haben.

»Alles gut, der ist gesund«, hat sie gesagt – bis auf eine kleine Ohrenentzündung, die ihm fortan für eine Woche das Erlebnis beschert, zweimal täglich erst eine Reinigungsflüssigkeit und dann eine Salbe in die Ohren gejubelt und verrieben zu bekommen. Er findet das nicht toll und kommt trotzdem, wenn er gerufen wird, um die Prozedur treuherzig über sich ergehen zu lassen – weil es danach viel Lob gibt. Und ein Leckerli.

So reagiert er wenig später auch darauf, mehrmals täglich Salbe ins rechte Auge gedrückt und verteilt zu bekommen. Ganz lieb setzt er sich hin. Sechsmal am Tag muss ich ihm Salbe ins Auge machen, die Tube dafür im spitzen Winkel ansetzen, möglichst nah an den Augenwinkel heranführen, dann mit der anderen Hand den Bindehautsack leicht nach unten ziehen, die Salbe hineindrücken, das Auge schließen

und alles hinterm Lid verreiben. Nur die ersten zwei Male zappelt er. Danach kommt sogar dann angelaufen, wenn ich die Tube bereits in der Hand halte. Brav setzt er sich zwischen meine Beine und akzeptiert das unangenehme Procedere. Gleich danach ist zweierlei klar: Es gibt ein Leckerli. Und viel wichtiger noch: Herrchen will mir nur Gutes. Eine Erkenntnis, die uns für immer verbinden wird.
Warum das alles? Wie es zu der Verletzung kam? Das weiß niemand so genau, denn gesehen hat es keiner, wie es geschehen ist. Hoover lief in den Garten und war gesund – und kam mit gerötetem Auge und einer Delle zurück. Er muss auf einen Zweig aufgelaufen sein und hat sich eine sichtbar tiefe Hornhautverletzung mit zeitweiser Eintrübung der Umgebung zugezogen. Nach drei Wochen ist alles wieder gut. Die Geschichte führt Hoover und mich sehr schnell besonders eng zusammen. Wir sind jetzt ein Rudel, ein Team, das gut miteinander kann.

Schulbesuch, einmalig

Es soll Zeiten gegeben haben, da gab es keine Hundeschulen. Heute findet man sie an fast jeder Ecke. Und wenn man mit einem Welpen unterwegs ist, ist der dritte Satz von Freunden ebenso wie von Wildfremden nach »Der ist aber süß!« und »Ja, wie heißt du denn?« beziehungsweise alternativ »Ja, was bist du denn für einer?« stets »Und geht er denn auch in die Hundeschule?«. Manchmal möchte ich sagen: »Ja, klar, aber er hat einen Hauslehrer.«
Dabei gestehe ich: Dieser Hauslehrer kann sicher noch den einen oder anderen Tipp brauchen und macht bestimmt manches falsch, sofern sich denn bei Erziehungsfragen überhaupt objektiv zwischen richtig und falsch unterscheiden

lässt. Und ich gestehe noch etwas: Dieser Hauslehrer bin ich.
Dabei ist es gar nicht so, dass ich ein gespaltenes Verhältnis zu Hundeschulen hätte. Ich habe bloß das Gefühl, dass ich sie nicht brauche. Weil ich anders als die meisten Leute zu Hause arbeite und der Hund mich deshalb den ganzen Tag um sich hat – und umgekehrt. Weil ich mit Hunden aufgewachsen bin und wir von meinem dritten Lebensjahr an immer mindestens einen, maximal vier hatten. Ohne es bewusst zu tun, hatte ich die Möglichkeit, sehr viel mitzubekommen, was den Umgang mit Hunden angeht. Das war so normal für mich, dass ich es gar nicht gemerkt habe. Heute bin ich zutiefst dankbar dafür.
Und noch einen Grund gibt es, der den Bedarf an Hundeschulbesuchen senkt. Er heißt Hoover. Denn Flat Coated Retriever haben etwas, was die Züchter in ihrer Neigung zu Anglizismen den *»will to please«* nennen, den Willen, zu gefallen, der allen Retrieverrassen unterstellt wird. Mit anderen Worten: Diese Hunde möchten es ihren Besitzern gerne recht machen – wenn auch in gewissem Rahmen. Die Erziehung erleichtert das sehr.
Zugleich sagen Leute mit Retriever-Erfahrung: Am einfachsten ist es, einen Golden zu erziehen. Schon ein Labrador braucht das Doppelte an Aufmerksamkeit, Konsequenz und Training. Und ein Flat ist so viel überzeugter davon, dass sein Weg schon der richtige sein wird, auch wenn Herrchen und alle Handbücher das anders sehen, dass er wiederum den doppelten Erziehungsaufwand eines Labradors benötigt. Noch mehr Ausdauer braucht man innerhalb dieser Rasse-Familie angeblich nur für einen Curley Coated Retriever, die relativ seltene Variante mit pudelartigem Lockenpelz. Dennoch machen sie alle es einem leichter als zum

Beispiel ein eigensinniger Terrier, zumal sie fast immer enorm intelligent sind.

Der Große ging seinerzeit zehn-, zwölfmal zur Hundeschule – weil er mein erster eigener Hund war und ich selber noch mehr zu lernen hatte als jetzt. Weil dort immer auch viel gespielt wurde und mir das wichtig war. Und, ich gestehe, weil dort ein Frauchen war, das mir gut gefiel.

Diesmal ist alles anders. Nicht nur, dass die Hundeschule im Nachbarort 20 Euro pro Doppelstunde kassiert. Es ist beim Probebesuch leider auch kein spannendes Fremd-Frauchen zur Stelle. Trotzdem geben Hoover und ich der Schule eine Chance.

Gut dreißig Welpen sind diesen Nachmittag da und werden auf drei Gruppen verteilt. Hoover, sagt der Schulleiter, kommt in die mittlere Gruppe, weil er schon zwölf Wochen alt ist – und führe er sich dort gut, solle er noch am selben Tag zu den Großen aus der Halle ins Freie versetzt werden.

»Viele Welpen, die das erste Mal hier sind, verstecken sich ängstlich hinter Herrchen oder Frauchen«, führt der Direktor aus. »Und manche müssen sogar spucken, weil ihnen unwohl in all dem Getümmel ist.« Hoover versteckt sich nicht, erbricht nicht, sondern beschließt, von Anfang an voll dazugehören und jeden Einzelnen kennenlernen und abschlabbern zu wollen. Er wird sofort versetzt. Nach keinen zwei Minuten darf er ins Freie, hat dort kurzzeitig einen respektvollen Schüchternheitsanfall, weil alle anderen schon mindestens so groß sind wie er und genauso stürmisch. Und weil ihn ein etwas jüngerer, aber doppelt so großer Berner-Sennhund-Welpe zweimal hintereinander mit Karacho umrennt und sich beim zweiten Mal sogar auf den liegenden Hoover draufsetzt.

Mit neuneinhalb Wochen ins neue Zuhause eingezogen: Hoover am Ankunftstag

Es fällt mir schwer, mich an das oberste Schulleiter-Gebot zu halten: Er wäre da, hat er gesagt. Und wir anderen sollten in absolut gar keiner Situation eingreifen und unsere neuen Familienmitglieder auch auf keinen Fall rufen, sondern am besten unsichtbar werden.
Haarscharf halte ich mich daran und verfolge, wie Hoover nun offensichtlich einen Plan gefasst hat und den Berner Sennhund aus Gerechtigkeitsgründen ebenfalls umrennen will. Leider prallt er einfach ab, und der etwas Größere schaut nur etwas verdutzt. Ganz schön furchtlos, mein Kleiner, denke ich mit gewissem Stolz. Und bald spielen der Berner Sennhund und er friedlich und gleichberechtigt miteinander. Ab und zu wechseln die Konstellationen aus unterschiedlichen Welpen, und die Stimmung ist reihum bestens. Sogar beim vierzehn Wochen alten Mops, der diesen Nachmittag zwar nicht der Jüngste, aber eindeutig der Kleinste ist und im Minutentakt von irgendeiner Horde überrollt wird, aber sich jedes Mal ruckzuck berappelt und wieder mitmischt.
Hoover sichert sich besondere Aufmerksamkeit der Menschen, weil er erst im Liegen aus dem riesigen silbernen Gemeinschafts-Wassernapf trinkt, dann mit den Vorderpfoten darin herumtrampelt, schließlich die Nase unter Wasser taucht und Blubberblasen in die Getränkewanne hineinpustet, um sich ganz zum Abschluss zur Erfrischung komplett in den Napf zu legen. Zum Glück findet auch der Anstaltsleiter das ganz witzig und verzichtet auf Rüge, Tadel und Schulverweis – selbst, nachdem Hoover sich anschließend feucht im Kies wälzt.
So weit ist der Schultag ein Volltreffer. Und genau wegen dieser ersten Dreiviertelstunde sind wir hergekommen: Hoover sollte möglichst viele andere Hunde auf einen Schlag treffen,

unbefangen mit ihnen umzugehen lernen, sich sozialisieren. Das ist kostbar.
Die nächste Stunde desselben Termins ist dagegen entbehrlich: Da sitzen wir mit lauter Welpen in einem Klassenzimmer mit rechtwinklig ausgerichteten Stuhlreihen, bekommen erst ein paar durchaus gute, sogar originelle Tipps. Doch dann kann jeder Fragen stellen, die vor allen und für alle beantwortet werden und doch durchweg individuellste Probleme behandeln und in aller Ausführlichkeit beantwortet werden. Es zieht sich und zieht sich und ist enorm langweilig. Die meisten Hunde schlafen tief und fest. Hoover aber ist unruhig. Er findet die Sitzerei wie ich viel zu langweilig, würde lieber mit den Kindern spielen, die dauernd rein- und rausrennen und damit mächtig stören.
Zum Abschluss geht es noch mal in die Halle, um ein paar Übungen zu machen. Da sind alles in allem bereits über zwei Stunden vergangen, und inzwischen ist auch Hoover platt. Unser Fazit: Wir üben lieber zu Hause. Und zum Spielen und Sozialisieren verabreden wir uns einfach möglichst oft mit anderen Hunden. Den Zwanziger bekommt Hoover ersatzweise in seine Spardose gesteckt.

Der Käfig und das Alleinebleiben

Das Gestell sieht martialisch aus. Leider. Dabei ist es gut gemeint und macht Sinn. Die Züchterin des Großen hatte damals darauf bestanden, dass ich so etwas für ihn anschaffe, damit er nicht Kabel kaut oder sonstige lebensgefährliche Tests durchführt, wenn er mal alleine sein muss: einen Gitterkäfig. Ein gewaltiges Geschütz – einen guten Meter lang, einen halben hoch, einen halben tief, alles zum Zusammenfalten und mit zweifach verriegelter Tür an der Vorderseite. »Kennel« hat sie das Geschütz genannt, in das er immer nur unter anhaltendem lautstarken Protest einzog. Wir haben es kaum benutzt. Und jetzt blüht Hoover dieser Käfig, über den die Züchterin von einst sagte: »Den können Sie auch gut für Ausstellungen benutzen. Die Hunde fühlen sich darin wohl, wenn sie rechtzeitig daran gewöhnt werden.«

Also muss das Ding gemütlich eingerichtet werden: mit weicher Decke, mit sämtlichem Plüschspielzeug, Gummiball. Hoover findet das bei der Erstbesichtigung gar nicht schlecht, schnauft und schnuppert in jedem Winkel und jede einzelne Tralle entlang, als ob das grundüberholte mobile Gefängnis noch nach Dachboden oder gar nach der Kindheit des Großen riechen könnte. Er bekommt sogar sein Futter darin – bei geöffneter Käfigtür. Damit die Behausung auf alle Fälle positiv verknüpft werden möge.

Und was tut er? Er renoviert, sortiert um. Er entmöbelt sein Behelfszuhause. Das Napf wird als Erstes herausgezerrt, als wollte er sagen: »Fütterung bitte künftig im Freien!« Er schleppt das Spielzeug davon, zerrt die Decke heraus und campiert künftig in einer anderen Ecke des Raumes oder schläft, unbequem hin oder her, auf dem ausrangierten Paar Schuhe, das ich als vertraute Duftprobe neben dem Käfig platziert habe.

Als er endlich das erste Mal wirklich dort einziehen und keine sieben Minuten alleine hinter der verschlossenen Gittertür zubringen soll, weil ich nur schnell zum Bäcker fahren möchte, geht das Geschimpfe los: Er trampelt, bellt, knurrt. Er quiekt. Ihm gefällt es ganz und gar nicht, dort eingesperrt zu sein und alleine bleiben zu sollen – und sei es für noch so kurze Zeit. Ich gehe trotzdem. Und als ich fast unmittelbar darauf schon wieder da bin, höre ich noch, wie Hoover das

Wölfchen macht und traurige Tierlieder singt, als würde er den Novembermond anheulen.
Die sofortige Freilassung akzeptiert er mit Freude und achtet darauf, in den nächsten Stunden größtmöglichen Abstand zu dem Käfig zu wahren, und zum Fressen treibt ihn abends nur die Gier dort wieder hinein – und auch das nur mit den Vorderpfoten und auf Maximallänge ausgefahrenem Hals. Das Heck bleibt zur Sicherheit außerhalb des Käfigs.
Trotzdem wiederholen wir das Käfigexperiment in den Folgetagen noch zweimal – bei identischem Ergebnis. Und kurz darauf verschwindet das mehrfach entmöbelte Geschütz wieder zusammengefaltet auf dem Dachboden.
Hoover unterdessen hat verstanden: Wenn Herrchen geht und er nicht mitkommen kann, bekommt er eine leere Pappschachtel zum Beispiel von einer Salbentube oder einer Packung Pralinen. Wenn er sie auffetzt, findet er darin ein Leckerli – und ist erst mal beschäftigt, bis es so weit ist. Das wird – wie schon zuvor beim Großen – unser Signal für »Du musst hierbleiben, und ich bin bald wieder da«. Und wenn Alleinebleiben nach Futter schmeckt, scheint es plötzlich gar nicht mehr so schlimm zu sein.
Wenn ich nun wiederkomme, ist Hoover regelmäßig so entspannt, dass alleine das Geräusch des Schlüssels im Schloss noch nicht ausreicht, um ihn auf die Beine zu bringen. Erst wenn er mich sieht, steht er auf, reckt und streckt sich ausgiebig und kommt mich dann begrüßen. Wo er schläft? Von wo er kommt? Aus der Ecke in der Küche. Dort wo der Käfig war und jetzt das alte Paar Schuhe steht, auf dem er am liebsten schläft.

Gefährlicher Kampfhund

Über die außerordentlich tierliebe Nachbarin von Gegenüber freut Hoover sich so sehr, dass sie eine blutende Wunde davonträgt. Er patscht mit den Pfoten zur Begrüßung, lässt sich streicheln, kraulen, kitzeln, wird immer übermütiger. Wie eine Katze fährt er die Krallen aus, wenn er patscht – sogar beim Pfötchengeben. Ein bisschen ist es, als wollte er greifen – und weiß nur noch nicht, dass das ohne Daumen enorm schwierig ist.
Zur Abwechslung will er die nette Nachbarin anschlabbern, ihr die Zunge auf den Arm kleben, dann mit den spitzen Welpenzähnchen zwicken und sie schließlich apportieren und in seinen Korb verschleppen, bis plötzlich das Blut deutlich sichtbar über den braungebrannten rechten Unterarm rinnt.
»War das mein Monster?«, frage ich irritiert. »Selbst war ich es nicht«, sagt sie und lacht, bekommt Tupftaschentuch, Desinfektionsspray und Pflaster spendiert und verspricht, Hoover trotzdem weiter lieb zu haben. Der gibt sich zutiefst zerknirscht, obwohl niemand mit ihm schimpft und alle sicher sind, dass keinerlei Absicht dahintersteckt.
Morgen, der Beschluss steht, wird er mit einem anderen Welpen zwangsverabredet, damit die beiden miteinander herumtollen können und er lernt, wie sehr man kneifen darf – und ab wann der andere einem gehörig die Meinung sagt. Die Feinjustierung der Kieferkräfte und das Wissen um den Effekt der Zähne ist Teil der Grundausbildung. Ganz spielerisch. »Sonst wird zurückgebissen«, sagt die Nachbarin und drückt das Pflaster fest.
Die Woche darauf hat sie übrigens zum Grillen eingeladen. Und dann hat sie noch dies gesagt: »Und bring unbedingt

Hoover mit. Deswegen grillen wir ja überhaupt.« Sie möchte den kleinen Racker gerne wiedersehen, diesen Teilzeit-Kampfhund aus Versehen. Das ist doch schön so.

Sitz, Platz und Hallo

Was kleine Belohnungen alles möglich machen! Und was alles mit großem Lob noch einfacher wird! Hoover scheint Spaß daran zu haben, zu lernen. Das hat mindestens zwei Gründe: zum einen, weil man sich mit ihm beschäftigt und das immer gut für die Hunde-Seele ist. Und zum anderen, weil es außer der Reihe etwas zu fressen gibt, wenn man irgendwie so tut, als wäre man einverstanden mit dem, was Herrchen da will, und die Übungen nachturnt.
Hoover jedenfalls versteht schnell. Ein cleverer kleiner Kerl! Sanfter Druck auf seinen Po in Kombi mit dem Wort »Sitz!« und einer diesem Kommando vorbehaltenen Geste bedeutet: ein Leckerli. Einmal wieder aufzustehen und sich erneut hinzusetzen, bedeutet Riesenjubel und noch ein Leckerli, eines von den ganz besonderen sogar, die seltsam grünlich gelb sind, wie eine Menschen-Lutschpastille aussehen und wegen ihres Anteils an Tapioka-Wurzeln herrlich süß schmecken. Kein Wunder, dass der Welpe an dem Hinsetz-Spiel schnell Gefallen findet. Will er es besonders gut machen, legt er sich sogar hin und versteht nicht so ganz, warum er dann noch mal und noch mal »Sitz!« gesagt bekommt und zugleich mit beiden Händen wieder aufgerichtet wird. Bald hat er den Bogen vollständig raus: Pastille gegen Hinsetzen, ohne ins Liegen abzugleiten. Guter Deal.
Mit dem Kommando »Platz!« ist es ein bisschen schwieriger, denn das soll nicht als Fortschreibung der Hinsetzbewegung aus dem Befehl »Sitz!« abgeleitet werden, sondern etwas

ganz Eigenes sein – eine Bewegung ohne Zwischenstopp auf dem Po. Auch das kapiert Hoover mithilfe der kleinen Tapioka-Pastillen schnell. Ich muss einfach die flache Hand langsam vor ihm über den Fußboden gleiten lassen, dabei »Platz!« sagen, vor allem aber eines dieser Sonder-Leckerlis unter jener Hand liegen haben. Und es herausrücken, kaum dass er die richtige Position eingenommen hat. Idealerweise bekommt dieses Kommando ebenfalls eine eigene Kombi-Geste, damit eines Tages auch die ganz tonlos funktioniert. Ich muss nicht lange darauf warten. Hoover hat Spaß daran und merkt sich alles.

Am tollsten aber findet er »Hallo Hoover« oder »Give me five!«. Neuerdings funktioniert auch das Kommando »Blutsbrüder!« – weil das Wort in diesem Fall fast egal ist und die Geste entscheidet: die zum Gruß entgegengestreckte Hand. Er patscht seine Pfote hinein, egal, ob im Stehen, im Sitzen oder im Liegen. Sogar herzlich schütteln lässt er sie sich, solange die Bewegung nur rauf und runter abläuft und niemand versucht, entgegen den Möglichkeiten der entsprechenden Hundegelenke den Arm nach links oder rechts zu schwenken. Was an der Blutsbrüderschaft am schönsten ist? Zweierlei. Dass kein Blut fließt. Und dass es anfangs auch dafür ein Leckerli gibt. Ein ganz normales übrigens, völlig ohne Tapioka.

Den Wald entdecken

Hoover ist so neugierig, so interessiert und zugleich so unaufgeregt, dass ich mich recht bald über einen Rat der Züchterin hinwegsetze. Die hatte gesagt: »Gehen Sie in den ersten Wochen nur im eigenen Garten mit ihm spazieren, um ihn nicht zu überfordern und damit ihm nichts Schlimmes widerfährt.« Da ist was dran. Und zugleich auch wieder nicht, denn irgendwann muss er mal über die Grundstücksgrenze hinwegschauen, den Wald entdecken, am Bahnübergang warten, andere Menschen und andere Hunde treffen. Und so passen wir eine Uhrzeit ab, zu der erfahrungsgemäß kaum jemand spazieren geht – und steuern ein Waldstück an, in dem selten jemand ist.

Ich setze ihn an der langen Laufleine aus dem Auto auf den Sandboden des Waldparkplatzes. Er schaut sich in alle Richtungen um, schnüffelt, läuft los, will die neue Welt kennenlernen – um nach dreißig Metern wie angewurzelt stehen zu bleiben. Was er sieht, was ihn stört? Nach einigen Momenten komme ich darauf: wahrscheinlich der gewaltige Stapel gefällter und der Länge nach aufeinander abgelegter Baumstämme. »Alles gut!«, sage ich, mache einen Schritt auf das Holz zu, überrede ihn mitzukommen und streichele schließlich die Stämme. Er schnüffelt, schaut, springt schließlich mit allen vieren in die Luft, als wollte er »Ach so, dann ist ja jetzt alles okay« sagen, und trabt wieder munter voran weiter den Waldweg entlang. So oder ähnlich erschließen wir uns nach und nach jede Neuentdeckung.

Und ungefähr so begegnet er auch dem ersten Pferd seines Lebens: »Was für ein riesiger, respekteinflößender Hund«, scheint er zu denken, während wir uns auf dem kombinierten Reit- und Wanderweg durch den Forst ziemlich weit auf die Lichtung links von der ausgetrampelten Schneise verdrücken, damit der Riesenhund mit Hufen, Sattel und Reiter in gebührendem Sicherheitsabstand vorbeiziehen kann. Kaum ist er zwei Meter entfernt, quittiert Hoover das Ereignis wieder mit dem nunmehr typischen Bocksprung – als wollte er sagen: »Gespeichert, abgehakt und für harmlos befunden.« Sensationell findet er, was so ein Riesenhufhund für gewaltige Hinterlassenschaften fabriziert – und dass die offenbar für Welpennasen höchst attraktiv duften. Er stürzt sich, noch ehe ich zu einer Regung in der Lage bin, mit weit geöffnetem Maul kopfüber in den Pferdehaufen und greift, was immer davon irgendwie mit der Schnauze in nur einem Biss einzupacken ist. Ich ertappe mich dabei, »Hoover!« mit sehr kurzem »o« zu rufen, fast zu brüllen. »Nein« und »Pfui« schicke ich gleich hinterher. Alle drei Worte erreichen nur, dass er mich leicht verwundert anschaut. »Ausspucken«, rufe ich nun, ein Wort, das ab sofort neu im Sortiment ist und noch häufig zum Einsatz kommt. Weil er noch nicht wissen kann, wofür es steht, öffne ich ihm das Maul, sage wieder »Nein, ausspucken!« und schüttele ein bisschen was von der Beute heraus. Kaum löse ich den Griff, schließt sich die Schnute wieder und Hoover schaut erstaunt. »Hast du da etwa noch was drin?«, frage ich. Sein Blick antwortet: »Nö. Natürlich nicht.« Und beim nächsten Zugriff auf sein Maul purzelt noch mal eine riesige Portion Pferdeapfel auf den Waldboden.

Dreißig Meter weiter beginnt Hoover ohne aktuellen Anlass ebenso genüsslich wie gemütlich zu kauen, und ich wiederhole das Procedere zusehends routinierter ein drittes Mal – um wieder eine gewaltige Portion Kot auf den Waldboden zu schütteln. Seitdem macht er einen Bogen um Pferdehaufen, kaum dass ich anfange, das Wort »nein« auszusprechen. In jedem zehnten Fall reagiert er anders: Dann schaut er mich kurz und seltsam frech an, macht seinen Bocksprung – und stürzt sich mit weit geöffnetem Maul kopfüber auf die vermeintliche Delikatesse, als wollte er mich unbedingt noch mal »Nein!!!« rufen hören. Und toben sehen!

Gut gegen Pferdescheiße sind herrlich sonnige Sommertage, denn dann sitzen dicke, blau schillernde Fliegen auf den verdauten Resten. Und als die plötzlich alle auffliegen und dabei in ihrer Summe klingen wie ein riesiger Brummkreisel, da erschrickt sich selbst Hoover und beginnt, sich die Delikatesse aus freien Stücken wieder abzugewöhnen.

Stattdessen wird nun apportiert, was immer irgendwie mitwill. Mit Vorliebe sind das Tannenzapfen – streng verboten – und trockene, stumpfe Hölzer – erlaubt. Manchmal stattliche Äste mit allem Drum und Dran – erlaubt, aber enorm unhandlich –, seltener kleine, noch ganz regulär verwurzelte Bäumchen – verboten.

Anhand der Zapfen vertieft er zügig die Erkenntnis, was das Kommando »Ausspucken« bedeutet und dass es letztlich besser ist, die Beute selber herzugeben, als sie aus dem Maul geschüttelt zu bekommen. Denn los wird man sie sowieso. Keine Ahnung, warum er besonders gerne ausgerechnet die kleinsten Kiefernzapfen herumschleppen mag, die sich schon im Hals wie ein Dübel spreizen oder ein Stückchen tiefer im Darm zum Verschluss führen könnten. Das strikte Zapfen-Nein zu akzeptieren, fällt ihm jedenfalls sehr schwer. Dass trotzdem die meisten dieser Dinger auf dem Waldboden liegen bleiben, liegt an zweierlei: an der in diesem Fall wirklich unnachgiebigen Konsequenz und daran, dass jeder gepfändete Zapfen durch etwas anderes ersetzt wird. So soll er lernen, dass Stöckchen zum Beispiel erlaubt sind und dass man gemeinsam Spaß haben und spielen kann, sofern das Apportiergut legal ist.

Für besonders weit aufgerissene Hundeaugen sorgt der erste Personenzug, der – nur drei Waggons lang – auf der Gleistrasse durch den Wald fünfzehn Meter von uns vorbeirauscht. Ich habe ihn früh kommen hören und den Moment genutzt, um mit Hoover »Sitz« zu üben. Nicht dass es in dieser Sekunde wichtig wäre, dass er säße – aber dass er abgelenkt wird und sich auf etwas ganz anderes konzentrieren muss. Und dass er merkt, dass Herrchen in dieser Situation auf alles setzt, nur nicht auf Flucht. Er setzt sich und springt gleich wieder auf, um dann doch an Ort und Stelle stehen zu bleiben, als der Zug mit einem lauten Fauchen und Quietschen an uns vorbeirauscht. Und muss sich wieder setzen. Keine fünf Minuten später ist die Bahn in Gegenrichtung auf der eingleisigen Strecke unterwegs. Wir wiederholen die Übung in größter Entspanntheit, als wäre der Zug uns wieder völlig egal – und Hoover macht mit, konzentriert sich erst auf den aufgerichteten Zeigefinger, auf seinen Namen, dann auf das Kommando »Sitz!« – und auf das Leckerli gleich danach. Und ehe er die Sinne frei hat für etwas anderes, ist die Bahn schon wieder vorbei – und für ihn auf diesem und jedem weiteren Spaziergang abgehakt als etwas, das da hingehört und keinen Anlass für Aufregung bietet.

Er und die anderen – zu siegen ist unwichtig

Hoover mag Spielen, Wälzen, Strampeln. Und wenn er schon mal dabei ist, mag er auch Kneifen, Treten, Küssen. Was er nicht mag, ist wirklich zu kämpfen. Und was ihm völlig egal ist, ist zu gewinnen. Weil das so ist, wundert er sich gründlich, wenn andere das anders sehen und rangeln, um zu siegen: um den anderen umzuwerfen, ihm womöglich sogar wehzutun, sich auf ihn zu stellen oder zu setzen. Er zieht lieber mal am Ohr, rempelt, fällt dabei mit um, wälzt sich – und kommt nicht auf die Idee, mit der Bauch-in-die-Luft-Haltung Angriffsfläche zu bieten, die jemand ausnutzen könnte, dem es darum geht, der Stärkere zu sein. Entsprechend begrüßt er bislang noch jeden Hund herzlich mit seiner »Ich bin klein, mein Herz ist rein«-Gestik und schlabbert dem anderen erst mal die Schnute ab – egal, ob auch Welpe oder längst groß. Unwichtig, ob Rüde oder Hündin. Hoover ist keiner, der die anderen dominieren will. Er möchte stattdessen seinen Spaß.

Und so wundert er sich, als zwei Wochen nach seinem Einzug ein anderer Retriever-Welpe zu Besuch kommt, der nur ein paar Tage jünger ist und nicht mal im fremden Zuhause Zurückhaltung zeigt. Statt herzlich »Hallo« zu sagen, stellt er sich gleich hochkant an Hoover auf, patscht ihm beide Pfoten ins Kreutz, drückt meinen verblüfften Mitbewohner herunter, wirft ihn ruckzuck um und stellt sich drauf. Ich bin geschockt. Hoover ist es auch, windet sich irgendwie aus dem Schwitzkasten heraus und flitzt erst mal in den Garten.

Das Besucher-Frauchen des Grobklotzes findet das alles recht normal und ist ganz stolz auf ihren Hecht. Seit ein paar Wochen schon fährt sie in eine Spezial-Hundeschule in fast vierzig Kilometer Entfernung, wo einzig durch positive Bestärkung beziehungsweise im Gegenzug durch Ignorieren erzogen wird und ein klares »Nein!« ebenso wie der mäßigende Griff in die Kutte des zugezogenen Fellmonsters strengstens tabu sind. Sie nennt es »die Wattebausch-Methode« und ist sehr angetan davon. Ich bin es nicht – und stehe kurz davor, mich selber in eine Beißerei mit dem dominanten Schläger zu verwickeln, um Hoover zu retten, der gerade im Garten zum zweiten und kurz darauf zum dritten Mal umgeworfen und unterjocht wurde.

Sekunden bevor ich im Herrchen-schützt-seine-Brut-Impuls aus der Haut zu fahren drohe, platzt Hoover selber der Kragen.

Jetzt ist er es, der Anlauf nimmt, den völlig überraschten Schlägertypen-Welpen umrennt, ihn am Ohr zieht und sich auf ihn draufsetzt. Dann wälzt er sich selber vor Freude über den Erfolg und hat den anderen sofort wieder über sich – um nun aber richtig ärgerlich zu werden, ihn sofort abzuschütteln und noch mal umzuhauen. Von da an geht es. Jetzt hat der Wattebausch-Junge kapiert, dass Spielen etwas anderes sein muss und es hier nun mal nicht um so etwas Blödes wie ums Kämpfen oder Dominieren gehen soll. Und plötzlich scheint beiden die Sache Spaß zu machen. Fast eine Stunde lang tollen sie nun herum und auch Wattebausch-Frauchen ist zufrieden.

Bei der nächsten Begegnung der beiden ist alles wie vorher: Der andere will sich wieder hochkant auf Hoover stellen und ihn umwerfen, statt ihn überhaupt erst mal zu begrüßen. Plötzlich scheint Hoover sich ganz genau zu erinnern – und geht einfach weiter. Die Leine von Heinz, so heißt der andere, ist zu kurz, um die Attacke fortzusetzen, denn am anderen Ende hängt unbewegt das Wattebausch-Frauchen, dem in der Situation offenbar ein bisschen unwohl ist. Später am Telefon erzählt sie, dass sie von einer neuen Spezial-Superhundeschule mit alternativen Methoden gehört hat, die sie mal ausprobieren wolle. Leider fünfzig Kilometer weg von hier. Aber vielleicht nicht schlecht. Die haben einen guten Ruf, wenn es darum geht, mit besonders dominanten Rüden klarzukommen. Könnte ein guter Plan sein.

Am Tag darauf treffen wir im Wald eine Kindergartengruppe. Die Kleinen jubeln, als sie Hoover an der Leine kommen sehen: »Oh! Guck mal, der sieht ja genauso aus wie Heinz!« – »Aber dieser ist viel besser erzogen«, sagt die Kindergärtnerin, nachdem Hoover auf mein Sitz-Kommando sogar sofort reagiert und ihr unaufgefordert die rechte Pfote zum Gruß entgegengestreckt hat. Sie bleibt zum Glück bei dieser Einschätzung, als Hoover plötzlich aufsteht, um ein vielleicht vierjähriges Mädchen, das komplett in Pink gedresst ist, mit einem herzlichen Vollformat-Schlabberer zu begrüßen. Nicht dass die Kindergärtnerin nun durchaus berechtigterweise mit ihm oder mir schimpfen würde – sie wendet sich stattdessen an das kleine Mädchen, das im Augenblick noch nicht sicher ist, ob es strahlen oder heulen soll: »Du siehst ja, dass der liebe kleine Hund an der Leine ist, und du siehst auch, wie lang diese Leine ist. Wenn du nicht möchtest, dass so etwas passiert, musst du einfach weit genug weg bleiben. Der Hund hat sich nur gefreut, der mag dich.« Die Kleine beschließt, sich besser auch zu freuen, versucht nun noch mal, Hoover mit lang ausgestrecktem Arm und zur Seite weggedrehtem Gesicht zu streicheln. Uff.

Sprungfeder mit Fell

Wenn Hoover springt, dann aus dem Stand – und auf der Stelle. Er kann vor Begeisterung in die Luft schnellen, schafft das Doppelte der eigenen Höhe, aus dem Lauf heraus manchmal noch ein bisschen mehr. Was er bei all seinen Hüpf-Künsten bislang vergisst, ist die Sprungkraft so zu tarieren, dass er mit einem Satz auch vorankommt. Es fehlt am Abtritt, an einer Sprungrichtung. Sozusagen.

Will er ins Bett springen, prallt er ab. Er käme inzwischen locker hinein, aber schnellt nur vor der Bettkante in die Luft und kommt dabei geschätzte fünf Zentimeter voran. Das reicht zwar zu einem zünftigen Aufprall, um den er sich nicht weiter schert, aber ist noch kein Satz fürs Agility-Lehrbuch. Der Versuch, aufs Sofa zu gelangen, läuft nicht anders ab.

Und im Wald spannt sich die Rollleine plötzlich nach rückwärts: Hoover liegt in einer zwanzig Zentimeter tiefen und vielleicht einen dreiviertel Quadratmeter großen Sandgrube mitten auf dem Reitweg. Ich bin daran ganz in Gedanken

vorbeigegangen und zugleich blind davon ausgegangen, dass er es genauso machen würde, zumal rundherum viel Platz ist und obendrein kein Pferd weit und breit. Er entscheidet sich stattdessen offenbar für die selbstbewusste Helden-Lösung und hat versucht darüberzuspringen.
Ich komme nicht sofort darauf, helfe ihm aus dem Kies, wo er etwas irritiert, gründlich mit Sand bepudert und der Länge nach ausgestreckt liegt. »Komm, wir gehen noch mal zurück«, sage ich. Er berappelt sich, klettert heraus, und nach zwanzig Metern wenden wir wieder und nehmen erneut Kurs auf den Mikro-Canyon. Diesmal schaue ich genau hin: Wieder geht mein schwarzer Held bis genau an den Rand der Sandgrube. Stoppt. Springt mit allen vieren gewaltig in die Luft. Landet mit den Vorderbeinen haarscharf in der Grube, mit den Hinterbeinen noch knapp am »Ufer«, macht eine Rolle vorwärts und liegt wieder im Sand – und schaut irritiert und irgendwie auch vergnügt aus.
Zu Hause üben wir nun Hürdenspringen im Garten – angefangen mit zehn Zentimetern über Grund. Hoover ist begeistert. »Endlich was los«, scheint er zu denken, nimmt sogar Anlauf, bremst im letzten Moment, springt gewaltig in die Luft – und landet genau auf dem dünnen Hürdenhölzchen. Fortan mache ich vor, wie es geht – und hoffe, dass die Nachbarn gerade zum Einkaufen gefahren sind. Ich rufe »Hopp« im Moment des Abtritts – und rufe Hoover. Der ist begeistert, lässt sich dafür bejubeln, endlich auch richtig über das Hindernis zu kommen. Und um zu zeigen, dass er alles verstanden und die Sache jetzt draufhat, nimmt er noch mal richtig Anlauf, springt diesmal überhaupt nicht, bremst auch nicht, reißt im letzten Moment das Maul sperrangelweit auf – und nimmt die Hürdenstange als Beute-Stöckchen mit. Er wedelt nicht nur mit dem Schwanz, der

ganze Hintern wackelt. Hoover scheint sich an seiner wissentlich begangenen Schelmerei zu freuen und ist nicht geneigt, die Hürdenstange allzu bald wieder herzugeben.
Später führen wir das Kommando »Hüpf« ein, wann immer er sich mit allen vieren gleichzeitig abtritt und wie ein Flummi in die Luft springt. Ein Befehl wird erst dadurch daraus, dass ich es immer sage, wenn er von sich aus so hüpft: ganz plötzlich beim Spielen im Garten, später dann unmittelbar bevor ich den gefüllten Futternapf am gewohnten Fressplatz abstelle. So assoziiert er das Wort mit dem Tun – und bald reicht der Begriff, um ihm klarzumachen, was nun passieren soll. Und schon ist daraus ein Kommando geworden, ein neuer Baustein für die kleine Sammelliste unter der Überschrift »Hoovers Wortschatz«.
Mit dem Begriff »Futter« lief es schon zuvor so ähnlich. Ich habe ihn immer gesagt, wenn ich dem kleinen, verfressenen Welpen die Nahrung hingestellt habe. Wenig später war er schon bei der Frage »Willst du Futter?« oder der Feststellung »Gleich gibt es Futter!« begeistert und rannte zum Fressplatz. Einfacher kann man einem Hund das Sprechen nicht beibringen. Oder das Verstehen.

Ein Glas in Ehren

Irgendwann sind Gäste da – zur feierlichen Hoover-Besichtigung mit anschließendem Grillabend. Der Kleine genießt es, im Mittelpunkt zu stehen, bewundert, beglückwünscht, vor allem betatscht zu werden: so viel Interesse, so viele Menschen zum Anschlabbern, Anknabbern, Anspringen, und alle machen andauernd so lustige motivierende Geräusche wie »Ahhh« und »Ohhh« und »Hach« und »Süüüß«. Und manchmal auch mal »Oh, nein!«.

Aber irgendwann beruhigen sie sich alle wieder, und weil das Wetter so schön ist und alle so unangepasst sind und vor allem aber keinerlei unnötige Distanz zu Hoover aufbauen wollen, hocken sie sich auf das sonnenbeschienene Holz der Terrasse. Und plaudern. Über dies, das, Gott und die Welt – und plötzlich nicht mehr nur über kleine Hunde. Ihre Weingläser haben die meisten auf dem Tisch geparkt, die Wassergläser halten sie in den Händen oder haben sie auf den Bohlen gleich neben sich abgestellt. Und dann kommt Hoover.
Der hat gerade gemerkt, dass es auf Dauer doch nicht ideal ist, weiter alleine mit dem neuen Zahnpflegeball zu spielen. Und dass es wichtig ist, auch als Hund zwischendurch mal einen Schluck zu trinken. Und weil die Frau, die gerade mit der linken Hand gestikuliert und wild am Erzählen ist, in ihrer rechten das volle Wasserglas fünfzehn Zentimeter über Grund in die Luft hält, kann das nicht anders als für den Welpen gemeint sein. Hoover jedenfalls unterbricht ihre Story mit seinen Trinkgeräuschen – und einigem Geplansche. Er hat einfach die Schnute in das breite Wasserglas getunkt und angefangen, geräuschvoll draufloszuschlabbern. Alle lachen – und die Frau lässt ihn gewähren. Sie bekommt kurz darauf ein neues Glas – ganz für sich alleine.

Futter ist doof – oder doch nicht

Ist es ein Plädoyer, öfter mal die Sorte zu wechseln? Oder geht es darum, die schmackhafte Veredelung der Trockenmahlzeit anzuregen? Jedenfalls will Hoover bereits sehr bald sein Fertigfutter nicht mehr haben – es sei denn, ich setze mich beim Fressen daneben und rede ihm gut zu. Oder gebe es ihm in der Sorge, das arme Kleintier könnte aus dem

Stand ganz und gar verhungern, aus der Hand. Dann schmeckt es plötzlich wieder. Auf Dauer beschließe ich: lieber nicht mehr danebensetzen, lieber nicht aus der Hand füttern, lieber den Napf bis zur nächsten Mahlzeit wegräumen, wenn er nicht will.
Und plötzlich wird der Teller wieder leer – in zusehends rasanterer Geschwindigkeit übrigens, als hätte das kostbare Gut Futter noch nie so gut geschmeckt wie jetzt. Dieselbe Sorte übrigens wie von Anfang an – das Zeug, das die Züchterin empfohlen und das er schon in Dänemark bekommen hatte.
All die anderen Probetütchen und Testpacks, die ich in einem ersten Anflug von Verzweiflung bereits besorgt hatte, gibt es jetzt als Leckerlis: als noch kostbareres Gut, das nur stückweise herausgerückt wird. Er findet es riesig.

Schnürsenkel-Experimente

Das alte Paar Schuhe habe ich in die Küche neben Hoovers Napf, neben seinen liebsten Schlafplatz gestellt: damit es ein bisschen nach Herrchen riecht – und damit dieser Geruch auch dann da ist, wenn er mal alleine bleiben muss. Kaputt machen oder auch nur in seinen Korb schleppen darf er diese Schuhe nicht, damit er gar nicht erst auf die Idee kommt, künftig Schuhe als seine Besitztümer zu betrachten und sie womöglich fachgerecht zu zerlegen.
Er schläft gerne direkt auf diesen ausgedienten Wandertretern, als wollte er sie bebrüten. Zwei-, dreimal am Tag läuft er dennoch plötzlich mit einem dieser Schuhe im Maul an mir vorbei und schleppt ihn in seinen Korb. Ein anderes Mal, ich komme gerade vom Bäcker zurück, liegen beide in seinem Korb und werden dort bebrütet. Jedes Mal sage ich

lang gezogenen »Nein« und schleppe die Schuhe zurück, manchmal im 5-Minuten-Abstand, und gebe ihm ersatzweise eines seiner offiziellen Spielzeuge. Nach einiger Zeit stehen oder liegen sie tatsächlich nur noch dort, wo sie sein sollen.

Und eines Mittags fehlt plötzlich bei einem davon das Schuhband. In Luft aufgelöst haben wird es sich nicht und so ganz einfach herauszufummeln ist es auch nicht. Wie bei Wanderschuhen üblich, ist es immer wieder kreuz und quer durch zahlreiche Metallösen gefädelt und schließlich stramm gezogen. Da muss jemand Zeit gehabt und erstaunliche Geduld aufgebracht haben – und mit gewissem Geschick vorgegangen sein. Gibt es fingerfertige Hunde? Oder muss man dann besser von pfotenfertig sprechen, obwohl vermutlich die Zähne mit im Spiel waren? Und wohin soll das noch führen, wenn so jemand schon als Welpe derart pfötchenfertig ist? Lernt er als großer Hund dann stricken oder strebt er einen Job als Chirurg an? An einer renommierten Tierklinik womöglich? Und muss ich sein Studium finanzieren? Das sind Fragen, die einem Herrchen dann plötzlich durch den Kopf spuken. Wie auch jene: Wo ist der lange, braune Schnürsenkel eigentlich geblieben? Eingeatmet womöglich? Von Magensäften malträtiert, vom Darm gewürgt und als Bandwurmattrappe demnächst wieder ausgeschieden? Vorerst jedenfalls gibt es keine Spur davon.

Und bald darauf passt der zweite Wanderschuh wieder zum ersten: Sein Antlitz wurde fachkundig entsprechend angepasst. Auch dieses in gleicher Weise vielfach durchfädelte Schuhband fehlt plötzlich. Diesmal allerdings hat der Täter eine überdeutliche Spur gelegt und zumindest den derart nackten Schuh im einzigen Korb des einzigen Hundes weit und breit zurückgelassen, während zur Auffindung des ver-

missten Schnürsenkels wieder sachdienliche Hinweise gegen entsprechende Belohnung vonnöten sind.
Der Täter ist wortlos geständig. Ich hebe den Schuh hoch, sage »Hoover?« und vermeide jeden Unterton. Hoover schmatzt. Hoover schluckt. Hoover nähert sich in leicht gebückter Haltung – um dann einen kleinen Sprung zu machen und mich anzuschlabbern. Das soll wohl heißen: »Ich war's. Ich geb's zu. Und ich entschuldige mich. Aber ist doch letztlich auch halb so wild.« Stimmt.
Ich räume den Schuh also zurück an dessen korrekten und inzwischen traditionellen Stellplatz neben dem Napf – und vermisse weiter nunmehr zwei Schuhbänder. Sie sollen erst einige Tage später auftauchen, als durch Zufall ein geheimes Schnürsenkelarchiv erst aufgefunden, dann ausgehoben wird: Unter sämtlichen Kissen, unter dem überhängenden breiten Polsterwulst des Hundekorbes sind die Schuhbänder versteckt. Man kann nie wissen, wann man so etwas noch braucht. Was sich dort bei dieser Gelegenheit auch noch findet: ein halb bearbeiteter Kauknochen und ein lange vermisster Tennisball.

Ein Tintenfisch für Frühaufsteher

Eines Tages wird, wenn alles gut läuft, Herrchen Hoovers bester Freund sein. Solange Hoover klein ist, nimmt ein Tintenfisch mit Tentakeln diese Position ein. Über ihn freut er sich, wann immer er ihn irgendwo plötzlich von Weitem sieht. Er rennt hin, macht auf halbem Weg einen Bocksprung. Oder morgens: Da ist er der Erste, der begrüßt wird. Und dieses Willkommen fällt handfest aus, bissfest sogar. Hoover greift mit dem geöffneten Maul nach seinem Plüsch-Tintenfisch, packt ihn, schleudert ihn hin und her, nimmt

ihn am Arm, schlägt ihn gegen die Schlafzimmertür, schleudert ihn in die Luft, lässt los, springt hinterher, erbeutet ihn wieder. Und das wilde Spiel beginnt von vorne.
Wir nennen ihn Tentakles, weil er sechs Tentakeln hat, jeder in Pink und aus Plüsch. Und einen Leib mit Plüschmantel, in den ein ovaler Kautschukkern eingenäht ist. Wie es sich für jemanden gehört, der sich so schreibt, spricht er sich auch wie ein ganz gewöhnlicher griechischer Held aus. Wie Herakles. Oder Herkules. Einfach Tentakles. Hoover kann nicht ohne. Er liebt seinen Tentakles, obwohl er so grob mit ihm umgeht.
Der Krake aus der erstaunlich umfangreichen Welpenspielzeug-Abteilung des Tierfutterladens ist meistens nicht weit, wird tagsüber in den Korb oder den Garten geräumt, abends neben das offizielle Hundenachtkissen im Schlafzimmer gepackt, und selbst ins Auto musste Tentakles schon mitkommen. Hoover hatte ihn im Maul und wollte partout mit ihm auf die Rückbank klettern. Vergessen wird Tentakles selten – allenfalls mal kurz, wenn aktuelle Ablenkung da ist. Danach spielt Hoovers bester Freund wieder die Hauptrolle. Schließlich war der schon bei der Abholung in Dänemark dabei und lag im Flechtkorb auf der Autorückbank bereit. Damit Hoover dort nicht so alleine sein musste. Das hat offenbar eine gewisse Verbundenheit begründet.
Anfangs übrigens hatte er noch einen zweiten Kumpanen, aber der wartet nun in einer Spezialklinik für Plüsch-Igel auf fachgerechte Behandlung. Eines Morgens, als es – wie sich im Nachhinein herausstellte – auffällig still war und keine Tentakles-gegen-die-Holztür-Schleudergeräusche zu hören waren, hat Hoover ihn operiert: erst mit den spitzen Welpenzähnen den Leib an der Unterseite geöffnet, dann die Hälfte der fluffigen Füllwolle aus relativ kleiner Öffnung mit

relativ viel Geschick herausgepult und mit der offenkundigen Absicht, den späteren Reinigungsaufwand zu maximieren, in kleine Portionen zerrupft und kreuz und quer im Wohnzimmer verteilt.
Sollte Tentakles davon erfahren, muss es ihn nicht beunruhigen. Er kommt ganz ohne Füllwolle aus, sodass ihm dieses gewiss gut gemeinte Schicksal erspart bleiben wird.

Endlich schwimmen

Hoover ist Retriever. Und Retriever lieben Wasser. Er tut das auch: solange das Wasser im Trinknapf ist und man mit den Vorderpfoten darin herumtrampeln kann, bis das Behältnis umkippt. Mit etwas Glück wird man dabei schön nass. Hat man weniger Glück, gerät das meiste auf die Küchenfliesen, die ganze Aktion fällt umso mehr auf und es gibt Ärger. Hoover schreckt das nicht sonderlich. Er ist in dieser und in manch anderer Hinsicht so lange Wiederholungstäter, wie ihm die Sache Spaß macht - auch wenn er kurzfristig auf halbe Höhe schrumpft, sehr schuldbewusst und reumütig guckt. Und erneut zuschlägt, kaum dass das letzte eindeutig mahnende Wort verklungen ist.
Wasser ist auch dann großartig, wenn es aus dem Gartenschlauch kommt und gerade nicht für ihn gedacht ist. Mit Freude drängt er sich - wiederum ohne Rücksicht auf Verluste - zwischen Spritze und Pflanze und versucht, in den Strahl zu beißen. Weil das nicht nur lustig aussieht, sondern auch spaßig ist, bekommt er in solchen Fällen eine kleine Dusche auf die Vorderpfoten, tanzt dann und macht Bocksprünge auf dem Rasen. Und sogar aus Versehen herausgefunden hat er, wie man die Stärke verstellt - von kaum spürbarem Dusch-Geplätscher in breiter Streuung auf den

wesentlich spaßigeren strammen Strahl, bei dem man wenigstens richtig schnell richtig gründlich nass wird. Man muss dafür nur irgendwie kurz in die Spitze am Schlauch-Ende beißen und eine leichte Drehbewegung machen.
Ist das Wasser aber nicht auf die Trinkschale als Gewässerchen begrenzt oder auf einen bloßen Strahl heruntergeregelt, ist es ihm unheimlich: in den Fluss im Wald steigen? Da, wo es die anderen Hunde tun? Dort, wo der kleine Strand übersät ist von Pfotenabdrücken in allen Größen? Dort, wo Herrchen seit Tagen jeden Morgen kleine Stöckchen kaum fünfzehn Zentimeter von der Uferlinie ins Wasser wirft, damit Hoover hineinsteigt, nass wird, Spaß hat, schwimmen lernt? No. Keine Chance. Der kleine Wasserhund tapst mit den Füßen hinein, erschrickt sich schon beim ersten Schritt über so viel Feuchtigkeit und läuft drei Meter rückwärts. Noch ein Stöckchen? Noch eins? Mit der Hand im Wasser rühren? Rufen? Nichts für Hoover. Wasser, das signalisiert er allzu eindeutig, soll nicht seine Welt sein.
Also muss ein Ausflug zu Manfred her. Der mag Hunde, wohnt am See und steigt am eigenen Steg bei Wind und Wetter ins Wasser – wenn es sich ergibt, auch gerne mit Hund. Der Plan sieht so aus: Hoover wartet am kleinen Seestrand, Herrchen hält ihn fest, Manfred steigt derweil vom Steg aus ins Wasser, wartet dann drei Meter vom Ufer und ruft Hoover, der nicht nur hineinlaufen, sondern sogar ein kleines Stück weit schwimmen müsste, um zu Manfred zu gelangen. Soweit die Idee. In der Praxis sieht dann alles ganz anders aus, denn tags zuvor hat die Gemeinde ein Wehr öffnen lassen und der Wasserpegel im See ist so deutlich gestiegen, dass es plötzlich keinen Strand mehr gibt. Manfred steigt trotzdem hinein und ruft: »Hoooooover!«

Der steht derweil im dichten Ufer-Grünzeug, schaut – und sprintet in der Sekunde des Lockrufs los, vergisst alle Bedenken vor mehr als tellergroßen Feuchtigkeitsreservoirs. Er galoppiert durchs Wasser, so weit das geht – und schwimmt plötzlich: nicht nur mal so, mit Ach und Krach, ein kleines Stück – sondern gleich eine Runde um Manfred herum und, weil es so schön war, gleich noch mal. Drei Minuten später ist er kaum davon abzuhalten, direkt vom Steg aus wieder hineinzuspringen: Von nun an ist Hoover Wasserratte – und noch nie so übermütig, vorlaut und, man muss es so sagen, auch ungehorsam gewesen wie im weiteren Verlauf dieses Abends. Wasser scheint etwas auszulösen bei Flats. Sie sprudeln dann über. Sie brauchen das, lieben das, sind bis zur totalen Unbeherrschtheit glücklich. Und dann ist auch ein bisschen Ungehorsam okay. Nur das bisschen mehr, das muss irgendwie wieder heruntergeregelt werden.
Von nun an jedenfalls ist plötzlich alles spannend, was mit Wasser zu tun hat. Herrchen wird nun sogar als offenbar absoluter Herrscher über zwei sprudelnde, sogar gurgelnde Quellen im Haus bewundert. Er kann sie über einen Tastendruck mit der ganzen Handfläche auslösen, doch der Wasserfall versiegt nach zehn Sekunden wieder und leider darf man als kleiner Hund nicht hineinsteigen. Auch wenn man noch so gerne wollte und es immer wieder versucht: Klos sind nicht zum Schwimmen da.
Zwei Wochen später an der Ostsee ist die Wasserbegeisterung zwar noch da, aber das Vertrauen in die eigene Schwimmfähigkeit nicht mehr ganz so groß wie am Manfred-Besuchstag: Hoover wird sicherheitshalber lieber nur halb nass, rennt so weit hinein, dass er nicht überflutet wird und permanente Bodenberührung Schwimmbewegungen überflüssig macht – bis eine Welle ihn anhebt und er doch drei Züge schwimmen

muss. Danach geht es wie der Blitz an Land. Er schüttelt sich. Er dreht sich einmal um die eigene Achse, schüttelt sich noch mal, blickt aufs Wasser – fehlt nur noch, dass er die Ostsee anbellt. »Was war das denn?«, scheint er zu denken. »Was hat das Wasser denn gerade mit mir gemacht?« Er pest nun in einem Irrsinnstempo über den Strand hin und her, hat Mühe, dabei nicht über die vielen eigenen Beine zu stolpern, und scheint gerade jede Menge Hundeglück zu empfinden. Trotzdem bleibt er vorerst lieber an Land.

Durch die Tür

Wie es beim Großen war, als der klein war, das weiß ich nicht mehr. Als er der Große war, wollte er immer als Erster durch die Tür. Ungeduldig haute er mit der Pfote dagegen, wenn sie ihm nicht schnell genug aufging. »Nun mach schon«, sollte das heißen – freundlich, aber resolut. Und öffnete sie sich dann endlich den ersehnten ersten Spaltbreit und dann gleich noch einen, zwängte er sich hindurch: vor Herrchen, vor allen anderen. Und wenn es beim Nachhausekommen war, dann sprintete er so in den Flur, griff sich eines seiner vielen Spielzeuge, schleppte es stolz umher und tanzte damit herum.

War es spät am Abend, dann reichte die Kraft noch immer, um sich als Erster hindurchzudrängeln und sich gleich darauf mit einem lauten, wohligen Stöhnen in den Hundekorb zu werfen und sofort zu schlafen. Oder aufs Sofa zu steigen, sich dort mit einem halb erschöpften, halb zutiefst zufriedenen Stöhnen hinzuwerfen und ebenfalls zu schlafen. Er konnte diese Sehnsucht nach seinem Zuhause sogar auf Englisch zum Ausdruck bringen, wenn wir anderswo eingeladen waren und er endlich wieder zurückwollte. So etwas wie »hoooom« mit lang gezogenem »o« hat er dann gesagt. Es muss *»home«* geheißen haben. Jedenfalls haben das immer alle herausgehört. Je später der Abend, je eindeutiger die Schlafenszeit, desto öfter hat er es gesagt.

Hoover ist da viel geduldiger, vielleicht weniger dominant. Vielleicht auch einfach noch ein Kind. Längst war ich gewohnt, den Hund beim Verlassen des Hauses vorgehen zu lassen, weil ich es war, der noch abschließen musste. Hoover aber wartet hinter mir. Erst wenn ich ein paar Schritte weiter ins Freie trete oder ihn rufe, kommt er hinterher. Ihn vorbeizuwinken, funktioniert noch nicht. Wahrscheinlich ist er einfach nur zu höflich, ganz Gentleman. Oder Gastgeber. Und dann doch mehr oder weniger heimlich der Herr im Haus.

Öffnet sich im Freien die Seitentür zur Garage, wo das Auto für die heiß ersehnte Fahrt zum Wald wartet, ist es wieder Hoover, der – obwohl voller Aufbruchsbegeisterung – nicht vorgeht: weil er schnell noch auf den Rasen laufen und abpumpen muss. Er geht mit den Hinterbeinen in die Knie und pischt und pischt und pischt. Weil das Auto seine Höhle ist – und man in die eigene Höhle besser nicht machen sollte. Und weil keiner weiß, ob wirklich bloß die Drei-Minuten-Fahrt zum Wald bevorsteht oder doch ein längerer Ausflug.

Fliegen fangen

Zum Glück versucht er es nur bei Fliegen und bei Käfern. Und hoffentlich hat er es sich wieder abgewöhnt, wenn die Wespenzeit beginnt: Hoover jagt Insekten – meist, indem er sich mit weit geöffnetem Maul und einem kleinen Sprung in die Flugbahn der nervig surrenden Brummer wirft, es schließt, schluckt, landet. Und triumphierend guckt. Dann ist die Sache erledigt. Das hat ein paarmal mit beeindruckender Sicherheit und Geschwindigkeit geklappt. Neulich hat er eine andere Methode ausprobiert und hat danach selber ganz erstaunt geschaut – weil auch die umgehend zum Erfolg führte: Im Liegen hat er mit der lang ausgestreckten linken Vorderpfote im richtigen Moment auf eine Fliege gepatscht, die ihn offenbar schon länger genervt und nun offenbar gerade vergessen hatte, dass sie fliegen kann, und stattdessen im Zickzack über die Fußbodenfliesen lief. Und jetzt liegt sie da. Platt geklopft ausgerechnet mit dem etwas ungelenken Hundearm unter der eigentlich so weichen Pfote. Er muss ziemlich fest zugeschlagen haben und schnüffelt nun irritiert. Wahrscheinlich weil er reinlich ist, leckt er sein Opfer sofort auf, schluckt es herunter – und setzt den typischen Hoover-Blick auf: ein bisschen verwundert. Etwas stolz. Und recht heiter.

Große Wiedersehensfreude oder: Die Furcht davor, es könnte anders kommen

Ich hatte die nette Frau Nielsen in Dänemark schon am Telefon gefragt, ob es überhaupt richtig wäre, so kurzfristig zu ihr zu kommen und einen Welpen auszusuchen, denn drei Wochen später müsste ich für viereinhalb Tage auf Dienstreise gehen. Daran wäre nichts zu rütteln und Hoover müsste so lange zu der tierlieben Frau im Dorf, die Hunde in Pflege nimmt – immer nur eine begrenzte Zeit, immer in ihrer Wohnung. Wäre es dann nicht besser für ihn, ihn erst nach dieser Reise abzuholen, damit er sich nicht bereits verstoßen fühlen muss, kaum dass er sich im neuen Zuhause eingelebt hätte?

Annette Nielsen hatte gelacht: »Aber das ist doch ein Flat. Die lieben doch alle Menschen.« Und noch etwas hatte sie gesagt: »Kommen Sie lieber jetzt und nehmen Sie ihn gleich mit. Sie beide verpassen sonst viel zu viel von der kostbaren Prägezeit.« Und nun muss ich für vier kostbare Tage verreisen. Viel lieber würde ich bei Hoover bleiben. Aber es hilft nichts. Und so kommt die nette Frau, die inzwischen über siebzig ist und früher ihr Leben lang Riesenschnauzer hatte, erst zu uns zu Besuch, damit die beiden sich schon mal kennengelernt haben.

Ein paar Tage später besuchen wir sie, damit Hoover auch die Räumlichkeiten seines Zwischenzeitzuhauses bereits vertraut sein werden, wenn er dort eincheckt.

In meiner Übervorsicht bringe ich sie dazu, dass wir gemeinschaftlich ihre Wohnung umräumen. Alles Kleinteilige vom untersten Bord und dem niedrigsten offenen Schrankfach weiter nach oben. Alle filigranen Puppen, alles, was man herumschleppen und zerstören oder womit man sich selber als Welpe zerstören könnte, weg in die Abstellkammer. Und alle tropischen Topfpflanzen, von denen weder sie noch ich weiß, ob sie giftig sind, von Blumenbank und Fußboden mindestens auf die Fensterbank. Sie muss mich als Rollkommando empfunden haben, ist eine resolute alte Dame und hat doch alles mitgemacht: aus Tierliebe. Aus Vorsicht und Verständnis. Und weil sie Hoover auf Anhieb großartig findet.

Das erleichtert es, ihn am Vorabend der Abreise dort abzugeben. Hoover ist begeistert, sie wiederzusehen, und will sofort das Handtuch zerfetzen, das sie als Hundedecke über den Fußboden gebreitet hat. Sie freut sich ebenso – und lässt ihm sogar mit dem Handtuch seinen Spaß. Durch einen Türspalt sehe ich, dass sie rund um ihr recht hohes Bett

Gartenmöbel-Polster drapiert hat. Später erzählt sie mir: »Damit er weich fällt, falls er herausplumpst, denn natürlich darf er ins Bett.«

Ich kann beruhigt wegfahren und finde die Stille zu Hause vor dem frühmorgendlichen Aufbruch doch wieder furchtbar: Gerade erst war mein Großer gestorben. Und jetzt ist auch der Kleine weg. Mit Macht bricht die Trauer durch. Und der Trost ist, dass Hoover wiederkehren wird. In nur viereinhalb Tagen. Und dass er die Bude dann mit Sicherheit wieder aufmischen wird.

24 Stunden später rufe ich aus einer halben Welt Entfernung an und frage die alte Dame, ob alles okay sei mit Hoover. Was sie antwortet, ist dies: »Okay ist gar kein Ausdruck. Großartig ist es! Eine wunderbare Nacht war das. Ich habe selten so gut geschlafen. Was war das kuschelig! Wir waren ganz spät draußen und ganz früh und nachts hat er gar nicht gemusst.« Was für ein Glück, dass es diese Frau gibt. Und plötzlich taucht eine andere Sorge auf: die, dass Hoover womöglich gar nicht mehr zurückwill. Dass er mich längst vergessen hat, sich womöglich gar nicht über meine Rückkehr freut, mich vielleicht wegen unerlaubten Entfernens vom Rudel mit Missachtung straft und einfach durch mich hindurchsieht.

Es kommt ganz anders, zum Glück. Der Kleine erkennt mich sofort und kann sich kaum halten vor Begeisterung. Ich knie mich zu ihm auf den Fußboden und er versucht mich mit aller nur denkbaren Welpenwucht zu überrennen und zu erklimmen, will mir ins Gesicht schlabbern, kneift mich seltsam zärtlich ins Ohr. Er freut sich einfach riesig. Uns wird eine schöne Zeit bevorstehen. Und noch einen angenehmen Nebeneffekt hat sein Aufenthalt dort: Ich bekomme ihn ein kleines bisschen stubenreiner zurück. Und sie kann ihn jederzeit besuchen kommen. Wie schön, dass sie es tut. Da freuen sich beide.

Ins Auto heben

In den ersten Wochen muss ich Hoover ins Auto hineinheben. Alleine ist er nicht auf die Rückbank gekommen. Er betrachtet diesen Lift als willkommenen Service und findet später, dass eine derart bequeme Dienstleistung nicht einfach abgeschafft werden sollte. Er wartet noch immer vor der offenen Autotür, obwohl ich ausdauernd auf das Polster klopfe und »Komm, hopp« sage. Irgendetwas scheint ihm zu fehlen.

Weil Sturheit in solchen Momenten aber den Beginn des geliebten Ausflugs, der meistens zum Wald führt, verzögert, hat er beschlossen, eigenhändig die Vorderpfoten auf die Rückbank zu legen und sich lediglich noch durch Unterfassen am Hintern helfen zu lassen – ohne allerdings die nötigen zwei Schritte vorwärts zu machen, wenn das Hundeheck erst mal in der Luft hängt. Ich muss nicht nur heben, ich muss auch schieben. Er fällt dann auf der Rückbank hin, grinst, strampelt und scheint all das richtig komisch zu finden. Manchmal versucht er inzwischen immerhin, sich alleine hineinzuhangeln – wieder fast ohne Vorwärtsbewegung. Meistens liegt er danach auf dem Schonbezug der Rücksitz-Abhängung ganz entspannt auf der Seite und steht erst auf, wenn sich die Tür wieder öffnet: erstaunlich für einen Flat.

Beim Wiedereinsteigen am Ende eines Spaziergangs wird er deutlicher und legt sich ununterfassbar, sozusagen, neben das Auto. Das soll wahrscheinlich heißen: Ich möchte lieber noch hierbleiben, nicht schon wieder wegfahren. Kommandos helfen nichts, dezent vorgetragene Bitten hört er sich an

und schmettert sie durch demonstrative Reglosigkeit ab. Besser wird es erst, wenn Leckerlis ins Spiel kommen, die sich rein zufällig auf der Rückbank des Autos finden und auf die ich mit dem Tonfall höchster Begeisterung aufmerksam machen muss. Dann klappt es. Und nach zehn Tagen reicht endlich der Tonfall, nach vierzehn funktioniert »Komm, hopp« wenigstens auf dem Rückweg.
Beim Bett ist es übrigens nicht anders. Er steht mit den Vorderpfoten auf der Matratze, robbt nach vorne, liegt dann flach mit dem Leib darauf, während die Hinterbeine immer noch auf dem Fußboden stehen. Der Blick sagt: »Nun hilf mir doch hinein, mit der Hand unterm Po.« Wenn ich stattdessen lange genug warte, geht es plötzlich auch alleine.
Und an einer Stelle im Haushalt funktioniert die Sache mit dem anderswo angeblich notwendigen Lift ohnehin ganz alleine, sehr zügig und völlig lautlos: wenn sich ein schwarzer Schatten heimlich auf das für Hunde verbotene und ebenfalls schwarze Ledersofa im Wohnzimmer wuchtet und dort in größter Unschuld und farblich fein abgestimmt Mittagsschlaf halten will. Alles ganz gemäß dieser Erkenntnis: Wer wartet, kommt nie hoch. Wer fragt, müsste sich doch bloß ein »Nein« anhören.

Glück im Unglück

Zum Glück mag Hoover das Autofahren. Er weiß, dass es dann meistens spannend wird, weil am Ende jeder Autotour ein Besuch bei lustigen Leuten steht, die Bälle werfen oder an denen man hochspringen kann. Oder ein Spaziergang!
Einmal nur hätte sein Tatendrang in Bezug auf das Auto furchtbar ausgehen können – und schuld wäre ich gewesen, weil ich nicht genügend nachgedacht hatte. In Ermangelung

eines Geschirrs in passender Welpen-Junghund-irgendwie-dazwischen-Größe, habe ich den Karabiner des Hunde-Sicherheitsgurts an seinem Halsband befestigt – und am anderen Ende den Clip in der Gurthalterung der Rückbank einrasten lassen.

Weil es ein heißer Tag ist, sind alle Fenster ein Stück weit heruntergefahren. Das auf der Fußwegseite der Rückbank ist sogar ganz unten, damit er hinausschauen und durchatmen kann, während ich noch Dinge im Kofferraum verstaue. Doch was macht der Kleine? Ihm ist das zu langweilig. Er ist ungeduldig und springt kurzerhand aus dem Fenster. Er hätte sich dabei erhängen können. Was für eine schreckliche Vorstellung!

Zum Glück aber ist das Halsband nicht allzu eng eingestellt und, wichtiger noch, der Gurt haarscharf lang genug, dass er mit den Hinterbeinen Bodenberührung hat und nicht in der Luft baumeln muss. Am nächsten Tag habe ich ein Hundegeschirr in Zwischengröße angeschafft – und nie mehr werde ich das Fenster so weit öffnen, dass er hindurchpassen könnte. Etwas Gutes hat die Aktion: Hoover hat sich genauso erschrocken. Wahrscheinlich wird er so einen Sprung so schnell nicht wieder riskieren.

Wachhund

Hoover hat schnell erkannt, was sein Reich ist – dass es ein Haus umfasst und einen Vorgarten und auf der Rückseite einen richtigen Garten mit Terrasse. Und dass ein Auto dazugehört. Hält ein anderer Wagen vor der Haustür oder öffnet jemand das Vorgartentor und nähert sich unserer Haustür, bellt Klein Hoover. Noch mit Welpen-Piepsstimme. Aber er bellt, passt auf, kündigt an – und vom Tonfall her soll das

wohl auch heißen: »Vorsicht am Gartentor, falls mein Herrchen sagt, dass ihr hier nichts zu suchen habt!«
Tatsächlich freut er sich auf jeden, sobald die Haustür aufgeht – weil er bislang nur erlebt hat, dass Leute freundlich, oft sogar mit Umarmung begrüßt werden. Weil aber in der Hundetheorie auch mal ein anderer darunter sein könnte, wird trotzdem gebellt. Weil wiederum diese Wahrscheinlichkeit aber enorm gering ist, gilt bei geöffneter Haustür: ausgiebig freuen!
Inzwischen fühlt er sich auch für die Hausrückseite zuständig und baut sich ebenso breitbeinig wie pieps-bellend auf der Veranda auf, weil irgendwo hinter den Tannen an der Grundstücksgrenze und für uns unsichtbar gerade eine Autotür zugeschlagen wurde. Da muss man doch zur Sicherheit Bescheid geben, dass hier jemand als Wachhund im Dienst ist. Ich ertappe mich dabei, stolz auf ihn zu sein.
Neulich passte er ganz besonders gut auf und wäre dabei fast an die Falschen geraten. Er war gerade im Vorgarten unterwegs, als zwei Menschen an der hüfthohen Hecke vorbei über den Bürgersteig marschierten – jeder mit einem ausgewachsenen Deutsch-Drahthaar-Terrier an der Leine. Hoover war sich nicht ganz sicher, ob er sich über die Menschen und Hunde wie sonst immer freuen sollte oder ob er sein Reich bewachen müsste, und entschied sich, beides zugleich zu tun. Er pieps-bellte. Und er wedelte mit dem Schwanz. Und trat sich obendrein mit allen vieren zugleich vom Boden ab, um dank seiner Sprungkraft senkrecht in die Höhe zu schnellen und im Moment größter Nähe zum Erdorbit über die Hecke schauen zu können – und gesehen zu werden. Wie ein Flummiball schnellte er wieder und wieder hoch, um zwischendurch auf dem Rasen aufzuprallen und wieder abzufedern. Die Menschen lachten. Die Terrier aber blieben

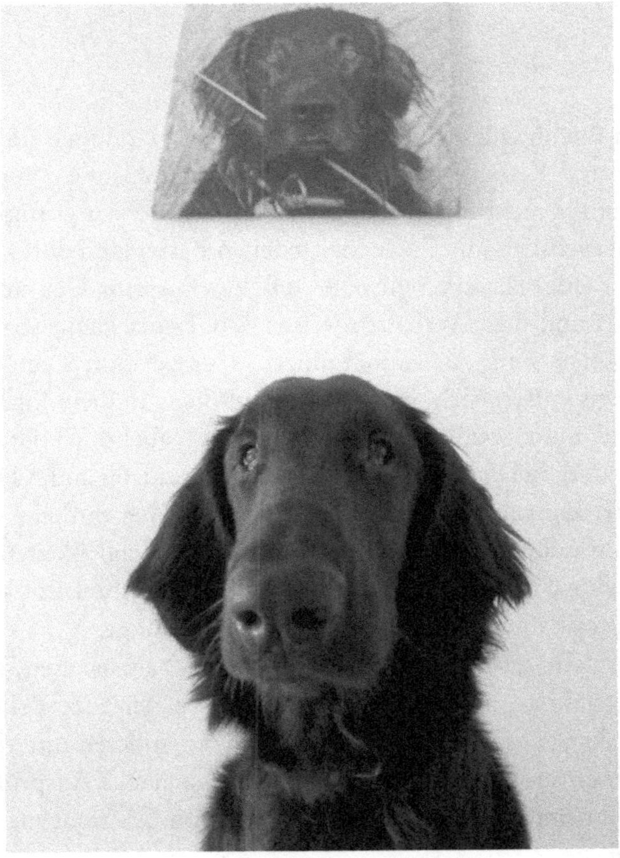

Ahnenreihe im übertragenen Sinne:
Hoover vor dem großformatigen Foto seines Vorgängers

stehen und knurrten arg irritiert und ziemlich tieftönig – und wurden von Herrchen und Frauchen eilends weitergezogen. Eine gute Entscheidung.

Die Zunge hinkleben

Im Buchhandel gibt es so etwas wie ein Handbuch für Flat Coated Retriever, eine Art Gebrauchsanweisung. Nur ein einziges recht überschaubares Werk befasst sich griffig und übersichtlich mit dieser eher seltenen Rasse. Und dort steht, dass jeder Flat ein Schlabber- und ein Anspring-Gen in sich trägt und diese Verhaltensweisen den Tieren kaum abzugewöhnen sind. Also funktioniert es umgekehrt: Die Menschen müssen sich, im Rahmen natürlich, an diese Eigenart der Hunde gewöhnen – nicht jeder Gast, aber doch der Halter und vielleicht auch dessen Familie und Freunde. Denn jeder Zungenschlag ist ein Liebesbeweis, eine zärtliche Geste im Rahmen der vor allem technischen Möglichkeiten des Hundes. Mit der Pfote zärtlich zu streicheln, erlaubt seine Motorik nicht. Also macht er es mit der Zunge.

Ihn dafür zu schelten oder ihn jedes Mal abzuweisen, wäre ungefähr so, wie wenn unter Menschen der Satz »Ich liebe dich« aus dem Mund des einen vom anderen mit »Zieh Leine, Idiot« gekontert würde. Und auch das Anspringen ist fast immer Ausdruck von Freude, von Übermut manchmal.

Da gilt es, das richtige Maß zu finden und es durch gewisses Bremsen im Zweifel ein wenig herunterzuregeln, wenn nötig. Schließlich will niemand umgesprungen werden und hinfallen, auch nicht grob angegangen werden. Mit der Zeit lernt der Hund ähnlich wie beim Kneifen mit den Welpenzähnen, seine Kräfte auszutarieren. Er weiß dann, was zu

viel ist, und bekommt das Problem selber in den Griff – Momente allergrößten Übermuts natürlich ausgenommen.
Was nun aber die Liebesbeweise angeht, ist Hoover vor allem morgens besonders zärtlich und hat eine Methode der Gefühlsäußerung entwickelt, die offenbar der Erstbegrüßung zu Tagesbeginn vorbehalten bleibt: Er klebt seine irgendwie auf halbe Länge gefaltete Zunge auf Unterarm oder Hand oder, falls erreichbar, am allerliebsten in die Ellenbogenbeuge. Dazu fährt er sie quasi aus, patscht sie auf die Haut, ohne sie hin und her zu bewegen, kommt mit der Nase nah ran, ohne jedoch damit seinen Menschen zu berühren. Kann sein, dass jemand »Iih, wie eklig« sagen würde. Was ich aber sage: »Feiner Hoover, lieb bist du.« Schließlich gibt es in jedem halbwegs geordneten Haushalt fließend Wasser und Seife. Fast immer ist beides in der Nähe, jedenfalls morgens kurz nach dem Aufstehen.

Immer folgen

Es gibt einen signifikanten Unterschied zwischen immer zu folgen und immer folgsam zu sein. Was das Zweite angeht, läuft es nicht schlecht. Was jenes Folgen angeht, ist alles sozusagen »sehr intensiv«. Im Haus folgt Hoover mir auf Schritt und Tritt, hat jede Regung im Blick, und selbst wenn ich denke, er schlafe tief und fest, wacht er doch in der Sekunde jeder noch so lautlosen Regung auf – um wieder zu folgen. Nicht, um etwas abzustauben, sondern um zusammenzubleiben. Die Nähe ist ihm wichtig, weil wir doch nun ein Rudel sind.
Auf dem Spaziergang im Wald, weit abseits der Gleise inzwischen versuchsweise auch ohne Leine, ist das ein bisschen anders. Beim ersten Marsch in Freiheit überschreitet der Ab-

stand zu keinem Zeitpunkt zwei Meter, nach drei Tagen sind es auch mal zehn. Nicht mal zu rufen brauche ich ihn, er folgt von alleine und behält alles im Blick.
So großartig das ist – so schade finde ich es auch, denn eigentlich habe ich mir als erzieherische Maßnahme für einen dieser Spaziergänge vorgenommen, mich zu verstecken und hinter einem dicken Baum oder auf der Rückseite eines dicht belaubten Strauches zu verschwinden, wenn er mal nicht aufpasst. Drei, vier Sekunden lang soll er sich verloren fühlen, ganz alleine im Wald. Dann würde ich die Bühne wieder betreten, ihn rufen und für sein Kommen loben. Er könnte enorm erleichtert sein und würde es nie mehr an Aufmerksamkeit mangeln lassen, um bloß niemals wieder auch nur für ein paar Sekunden im Wald weit abseits vom Zuhause auf sich allein gestellt sein zu müssen.
Beim ersten Versuch ist er nicht weit genug weg, nicht ausreichend unaufmerksam: Er sieht sofort, wo ich mich verstecke, kommt angerannt und findet das neue Spiel irre lustig. Beim zweiten Mal Tage später liegen fünfzehn, zwanzig Meter zwischen uns. Er hat mich tatsächlich aus den Augen gelassen, während ich ihn von meinem neuen Versteck aus gut beobachten kann.
Der Moment der Unsicherheit, der Augenblick dieses »Au Mist, Herrchen ist weg«-Gedankens ist minimal. Er schaut in alle Richtungen, seltsam überlegt und koordiniert sogar. Dann schnüffelt er, hält die Nase in den Wind, lässt sie über den Waldboden gleiten wie einen Geigerzähler, nimmt die Spur auf, läuft in meine Richtung, stoppt noch mal, schaut wieder, schnüffelt wieder – und hat mich: von Schreck keine Spur. Trotzdem bin ich für ihn spürbar der Held des Tages. Weil ich dieses tolle neue Spiel eingeführt habe. Nur hatte ich mir das eigentlich ein bisschen anders gedacht.

Tunnelblick

Erst ist das Ding unheimlich. Ein Fremdkörper im Korridor hinter der Eingangstür. Es ist zwei Welpen hoch, mindestens fünfzehn Welpen lang, es ist dunkelblau, liegt plötzlich im Flur und man kann von einem Ende zum anderen hindurchgucken. Von der Haustürseite sieht man so zum Beispiel der Länge nach durch dieses Ding hindurch einen kleinen Flat Coated Retriever mit gewissem Sicherheitsabstand vor der gleich großen Öffnung auf der Südseite des Flures, der Wintergartenseite, warten.

Zunächst ist der neue Welpen-Spieltunnel, diese mit dünner Plastikfolie bespannte Röhre mit dreißig Zentimeter Durchmesser, ein bisschen gruselig. Was soll die da? Warum liegt die da plötzlich? Was will die da überhaupt so nah am Hundekorb? Und warum rollt die auch noch, wenn von der geöffneten Terrassentür aus eine Windbö ins Haus hineinpustet? Hoover macht einen Satz zurück, bellt einen einzelnen hochtönigen Welpenkläffton, der der Röhre Angst machen soll.

Auf all die Fragen hat er keine Antworten. Neugierig ist er trotzdem: schnüffelt, schaut, patscht mit der Pfote, macht wieder einen Satz zurück, patscht noch mal. Und dann taucht schon wieder eine Frage auf: Warum kniet Herrchen auf der anderen Seite dieses Dings und ruft dauernd und mit seltsamer Betonung so albernes Zeugs wie »Ja, was ist das denn?, Ja, Hoover, kuck« und zu allem Überfluss auch noch »Ja, Hoover, kohomm, kohomm«. Und wenn Hoover kommen will, sagt er »Nein« und dreht dieses Dings so, dass man nicht einfach daran vorbeilaufen kann. Hoover ist irritiert, aber einfach durchzusprinten traut er sich noch nicht. Wer weiß schließlich, was dann geschieht? Was darin womöglich lauert?

Er wartet lieber ab. Und diese Entscheidung ist goldrichtig, denn irgendwann – Herrchen ruft immer noch mit Lockvogelstimmchen so was wie »Kohomm« und klingt zwischendurch auch mal energischer, zugleich aber immer noch verständnisvoll – fliegt ein aus dem Handgelenk geschleudertes Super-Leckerli mit Tapiokawurzel-Süße in den plastikbahnenbespannten Ring: ein Argument, das zieht. Todesmutig stürzt Hoover sich in den Tunnel, schnappt das Leckerli, will sofort auf engstem Raum wenden, stürzt dabei auf den Hintern, rappelt sich wieder auf, rennt, gelangt in Sicherheit, dreht sich erst anderthalb Meter vom Tunnel entfernt um. Und: Er welpenkläfft. Erst einmal. Dann noch einen dreifachen Pieps-Kläffer hinterher. Alles gut gegangen!
Und dann fliegt wieder ein Leckerli hinein. Und, eine Riesengemeinheit, danach wirft Herrchen nicht mehr, sondern hält es einfach zwischen den Fingern fest, guckt immer noch in den Tunnel und ruft »Kohomm«. Was auch immer ihm alles an Gefahren blüht: Hoover sprintet los, durchquert in Todesverachtung und rasend schnell den Tunnel, bekommt die Beute und ein Ganztages-Riesenlob, das mindestens für die nächsten 24 Stunden vorhält. Und er stellt fest: War gar nicht schlimm. Hat irgendwie sogar Spaß gemacht. Und deshalb rennt er nun noch ein paarmal ganz unaufgefordert durch, stolpert wieder, wälzt sich sogar darin, scheint gleich darauf vergnügt zu tanzen und hat spätestens jetzt seinen Spaß mit dem Ding.
Was er am nächsten Tag unternimmt, als der Tunnel wieder ins Spiel kommt? Er hat jeden Respekt verloren. Statt durchzulaufen, stürzt er sich von außen drauf und swingt auf der Plastikbespannung wie auf einem Trampolin, bis er den Tunnel mit den Zähnen packt und resolut hin und her schleudert, als handele es sich um Tentakles. »Besiegt!« soll das hei-

ßen. Und: »Ich bin hier der Hund im Haus, glaub ja nicht, du Tunnel könntest es mit mir aufnehmen.«

Hundedank nach der ersten Klavierstunde

Die erste Klavierstunde ist für jeden Junghund immer etwas ganz Besonderes. Erst schaut er konzentriert, dann irritiert, gleich darauf wieder konzentriert, versucht schließlich mit der Nase, eine der nur vier Holztasten des dreißig mal zwanzig Zentimeter großen Tasteninstruments anzutippen, dann schließlich patscht er mit Wucht die Pfote drauf – und hat es herausgefunden: Denn genauso soll es sein. Alles wie im richtigen Leben, alles wie bei den Menschen – mit dem Unterschied, dass aus einer Box auf der Oberseite der Taste Leckerlis herausrollen oder katapultiert werden, wenn man sie drückt, und menschliche Pianisten auf diesen Bonus zumindest bei gängigen Klavieren und Konzertflügeln verzichten müssen. Wie viel da kommt, ist ganz abhängig vom Krafteinsatz. Einen Ton macht das auch – wieder abhängig von der Wucht des Tasten-Tippens. Ein bisschen klingt es wie ein Xylofon, wenn die Holztaste auf den Holzsockel des Klaviers gedonnert wird. Das Geräusch ist für Hoover zweitrangig. Entscheidender ist: dass tatsächlich ein Leckerli herausrollert. Mindestens eines.

Zehn, fünfzehn Minuten dauert es, bis er die Systematik erkannt hat und er erst noch etwas zweifelnd, dann immer zielsicherer die Pfote einsetzt und mal mit links, mal mit rechts anschlägt. Nur einmal gegen Ende des ersten noch nicht ganz magenfüllenden Kammerkonzerts springt er plötzlich auf: um Herrchen das Ohr nass zu schlabbern und ganz zart hineinzubeißen – als wollte er »Danke« und »Mann, ist das toll, das macht ja richtig Spaß« sagen.

Was wird über den Tag hinaus bleiben? Die Erkenntnis ganz tief im Hundekopf, dass man die tollsten Sachen mit Herrchen erleben und zusammen die schwierigsten Probleme lösen kann – Hauptsache, gemeinsam. Und dass es sich toll anfühlt, tatsächlich hinter den jeweiligen Trick zu kommen. Das motiviert.

Am nächsten Nachmittag ist die Freude groß, als wieder das Hundeklavier ins Spiel kommt. Er weiß noch ganz genau, wie es geht, und patscht mit Wucht auf die Tasten: auf dass das Leckerli fliegen möge. Und noch eines. Und noch ein paar mehr.

Kirschenernte

Hoover erntet Kirschen. Allerdings nur die heruntergefallenen, davon aber jede, derer er habhaft werden kann. Er verfrühstückt sie genussvoll, lutscht, kaut, schluckt. Immer mit Kern. Und weil zwei große Kirschbäume im Garten stehen, muss er eigentlich nur unten liegen und warten, dass ihm die reifen Kirschen vor der Pfoten plumpsen: was für ein Leben!

Wann immer eine Fahndungsmeldung rausgeht, weil Hoover verdächtig lange nicht im Haus gesehen wurde, zudem keine vernehmbaren Geräusche aus dem Off produziert und auch nicht auf dem Rasen sitzt, schläft oder ihn illegalerweise rupft, taucht er etwas abseits unter den Kirschbäumen auf und geht seinem neuen kulinarischen Hobby nach.

Der Eifer dabei hat den großen Vorteil, dass alle Früchte frisch verschwinden und nicht auf dem Rasen zu gären beginnen und ihm erst einen Welpen-, später einen Junghund-Schwips bescheren könnten. Manchmal schubst er die reife Kirsche mit der Nase, um dann, kaum dass sie in allem anderen als einer gerade Linie davonkullert, mit der Pfote draufzupatschen und die so erschlagene Frucht zu fressen. Sein Blick sagt: So muss es im siebten Hundehimmel sein. Nur morgens wirkt er manchmal etwas ungehalten, denn dann waren schon die Amseln da, sind auf genau seinem Picknickplatz herumgehüpft und haben die von der Natur doch ganz offensichtlich für ihn bestimmten Kirschen weggefressen und nur noch die Kerne liegen gelassen. Die immerhin riechen noch nach der Frucht. »Könnte man ja auch fressen, wenn keine Kirsche mehr drumrum ist«, scheint er zu denken. Mir ist nicht ganz wohl dabei und insgeheim sammele ich sie ein, wenn er Mittagspause macht und drinnen tief und fest schläft. Das beschränkt die tägliche Kerne-Dosis, ohne ihm ganz und gar die Freude zu nehmen. Und irgendwann wird die Kirschenzeit auch wieder vorüber sein. So lange aber lässt sich das Hobby auch am Häufchen ablesen – eine Tatsache, die die Sorge nimmt, er würde die Kerne zerteilen oder sie würden sich in irgendeiner Darmwindung zusammenrotten und nicht mehr herauswollen. Sie sind alle wieder da.

Kühle Grube

Schlimm, was alles verboten ist. Eigentlich wirklich alles. Dauernd schimpft Herrchen, dauernd heißt es lang gezogen »Neeeeiiiin«. Das ist das erzieherische, das durchdachte Nein. Schlimmer ist das überraschte, das kurze und zackige und meistens auch einen Tick lautere »Nein!«, häufig kombiniert mit dem schroffen »Hierher jetzt!«. Dann ist irgendetwas geschehen, was wirklich streng verboten und vielleicht sogar gefährlich ist – Größenordnung an Stromkabeln kauen zum Beispiel. Oder kleine Tannenzapfen ins Maul nehmen, mit denen sich entweder gleich der Hals total sperren

ließe oder die ein paar Stunden später zum Darmverschluss führen könnten.
Dass Herrchen jetzt immer schon zum schroffen, kurzen, besonders bedrohlichen »Nein!« greift, wenn Hoover im Garten Gras ausreißt, hat nichts mit wirklicher Gefahr zu tun. Eher damit, dass der Garten von Tag zu Tag schlimmer aussieht, weil überall hässliche Inseln gerupft wurden, die in ihrer Summe keinerlei gestalterischem Konzept folgen. Hoover schaut jedes Mal so, als wollte er sagen: »Weiß ich doch, t'schuldige« und nachschieben: »Aber ist doch egal, Rasen und Moos schmecken doch so gut.« Jedenfalls ist das »Nein« noch nicht mal ganz verklungen, da rupft er schon wieder. Und plötzlich geht es nicht mehr um Gras und Toleranz, sondern um das wichtigste Erziehungsprinzip. Das lautet: Konsequenz. Das gesprochene Wort gilt. Und so wird von nun an jedes Rupfen unterbunden. Das führt zu Stress, zu Ärger – und ist für Hoover ein Riesenspaß wie für ein frühpubertäres Kind. Er provoziert es geradezu, wartet nur darauf, bei der Untat gesehen zu werden, springt dann auf, läuft einen engen Kreis, wirft sich der Länge nach wieder auf den Rasen, guckt, wartet zwischen acht und zwölf Sekunden. Und: rupft wieder!
Von nun an gilt: Herausforderung annehmen – und unbedingt gewinnen, damit alle künftige Erziehung in wichtigeren Fragen noch Sinn macht und die wenigstens gewisse Autorität gewahrt bleibt. Die Strategie lautet daher: überraschen. Ein wenig erschrecken. Schneller sein.
Ich fülle daher eine kaum tischtennisballgroße Tupperdose mit drei kleinen Steinchen, klebe sie zu – und lege mich auf die Lauer. Kaum, dass Hoover wieder rupft, schleudere ich die Dose vor seine Vorderpfoten, rufe »Nein!« und mache synchron zum Abwurf einen Rumpelstilzchensprung auf die

Terrasse. Vor Schreck quietscht er sogar kurz, obwohl die Dose ihm nicht nur nicht wirklich wehtun kann, sondern ihn sogar absichtlich verfehlt. Das wirkt, um einen gut einstündigen Rupf-Stopp zu erzwingen. Dann hat er sich entschieden, doch wieder weiterzumachen, seinen engen Kreis zu laufen und alles lustig zu finden.

Nun greift Plan B: Die Schachtel fliegt nicht mehr vor die Pfoten, sondern fällt irgendwo an seiner Wegsprint-Route vom Himmel – und in die neuerliche Schrecksekunde hinein komme ich angelaufen, schubse ihn um und setze mich symbolisch auf ihn, während er auf dem Rücken liegt. Dazu spielt sehr lang gezogen die »Neeeiiin, das sooollst duuu doch niiicht«-Platte, während die rechte Hand ohne Druck auf seiner Kehle liegt. Er will mich abschlabbern, sich entschuldigen – und hat, oh Wunder, diese klare Dominanzgeste verstanden. Die Rupf-Auftritte haben fortan Seltenheitswert und ein Blick genügt nun, ihn dazu zu bringen, Gras und Moos wieder auszuspucken.

Ersatzweise entwickelt er nun ein neues Gartenhobby für heiße Tage und verlegt sich dabei auf den Tiefbau-Sektor. Er spezialisiert sich darauf, Gruben unmittelbar an der dem Garten zugewandten Hauswand auszuheben, und manche davon lässt vermuten, dass er das Gebäude nachträglich unterkellern möchte. Offenbar von Anfang an vorhandene Lücken in der Isolierung hat er tief unterhalb des einen Zimmerfensters auf diese Weise bereits durch seine Baggerarbeiten sichtbar gemacht und auch die Erdung der Satellitenantenne zur näheren Inspektion freigelegt.

Ertappt wird er trotz inzwischen durchaus signifikanter Wachsamkeit immer erst nach einem gewissen Fertigstellungsgrad, wobei unklar bleibt, wann er so eine Grube wirklich als vollendet ansieht. Manche scheint mehrfach erweitert worden zu sein. Jedenfalls: Bei Ergreifung liegt er meistens in diesen kühlen Erdlöchern und lässt es sich ans Fundament des Hauses gelehnt recht gut gehen. Er tankt offenbar Kraft für den nächsten Akt, denn solcherlei Bauarbeiten werden stets an den heißesten Tagen angesetzt – und an unterschiedlichsten Stellen, bevorzugt hinter Bambuspflanzen oder stattlichen Koniferen. Bei der Arbeit scheint er mit einigem Eifer und großem Tempo vorzugehen, denn der Aushub liegt weit weg, muss demnach mit Wucht weggescharrt, geradezu wegkatapultiert worden sein.

Meistens entdecke ich diese Gruben, wenn ich ihn länger nicht im Büro am Schreibtisch habe vorbeilaufen sehen, das Spielzeug noch drinnen im Haus liegt und durchs raumhohe Bürofenster länger kein schwarzer Schatten in den Augenwinkeln beim Umherhuschen zu erahnen war. Denn dann rufe ich ihn – und wenn er selbst dann, durchaus ungewöhnlich, nicht kommt, schreibe ich ihn wie während der Kirschenerntezeit zur Fahndung aus und gehe auf Pirsch im Garten. Taucht er dann in seinem Erdloch auf, muss ich offiziell zwar schimpfen und den »Was hast duuu denn da schon wieder gemacht?«-Tonfall anschlagen. Inoffiziell bin ich ein bisschen stolz auf ihn, weil er so tatkräftig und so engagiert ist. Wie auch immer. Im Mahn-Tonfall kommandiere ich ihn aus der Grube heraus und schütte sie wieder zu – die größeren mit der Schaufel, die kleineren mit den Schuhen.

Nachdem zugeschüttete Wohnhöhlen eine Zeit lang trotz aller Verbotsbekundungen wenig später wieder neu ausgeschachtet wurden, habe ich nun einen Trick kultiviert, der das Gruben-Unwesen erstaunlich schnell beendet: Ich besuche ihn an einem dieser Löcher, schaue streng, sage nichts und halte ihm die bewährte Tupperdose mit den Steinchen, die so gut gegen das Rupfen geholfen hat, vor die Nase. Das muss ich nur zwei-, dreimal machen. Seitdem ist die Tiefbau-Phase beendet – und ich bin gespannt, welches Hobby er sich als Nächstes erschließen wird.

Chefplatz

Chefplatz ist alles, wo Herrchen hockt. Wo Herrchen liegt, wo Herrchen steht. Und weil Herrchen wichtig bist, müssen das die bedeutsamsten Plätze sein, energetisch aufgeladen vielleicht, möglicherweise kultisch wichtig sogar. Das gilt sogar für die auf Tastendruck sprudelnde Quelle im Bad, auf der Hunde unmöglich sitzen können. So oder so: Es müssen Stätten sein, die gehütet werden sollten, sobald Herrchen dafür gerade keine Zeit hat. Stätten, die einen selber zum Chef erheben, wenn man sie denn nur besetzen kann.

Wenn niemand anders da ist, ist das Hündchen Nummer zwei in der Hierarchie und kann aufrücken. Instinktiv nimmt Hoover deshalb schon als kaum drei Monate alter Winzling stellvertretend nacheinander alle wichtigen Positionen ein, wann immer sie verwaist sind. Stehe ich morgens auf und gehe ins Bad, rückt Hoover im Bett vom Fußende kommend aufs Kopfkissen auf, obwohl er weiß, dass es eigentlich tabu ist. Solange ich da bin, versucht er es nicht, und wenn ich wiederkommen sollte, räumt er es – ein wenig zögerlich zwar, aber dann doch freiwillig.

Mit dem Fahrersitz im Auto ist es nicht anders. Bin ich beim Bäcker im Laden und Hoover muss einen Moment warten, klettert er über die Sitzbankabhängung und nimmt verantwortungsvoll den Platz hinterm Steuer ein. Bei meiner Rückkehr will er ihn stets bereitwillig räumen, braucht aber plötzlich Hilfe dabei, über dieselbe Abhängung wieder nach hinten zu kommen. Mit anderen Worten: Wenn man nur will, sind alle Hindernisse überwindbar. Wenn man nicht ganz so gerne will oder mehr soll, als dass man wirklich möchte, ist alles nicht mehr so einfach.

Nur an einer Stelle versucht er es mit der rein räumlichen Übernahme der Rudelführerfunktion nicht mehr. Der Schreibtischstuhl ist ihm unheimlich, denn der rollt davon, wenn man hochkant an der Sitzfläche steht und eigentlich gerade mit der Kraft der Vorderpfoten den behaarten Hintern hochwuchten möchte. Dabei muss Hoover sich ziemlich erschreckt haben. Das eine oder andere Mal versucht er es noch von der Seite unter der Armlehne hindurch, aber auch da reagiert der Stuhl mit Wegrollen. Es sieht so aus, als bliebe dieser Platz wirklich mir vorbehalten. Als einziger.

Denn selbst das anfangs für tabu erklärte schwarze Ledersofa ist längst, sozusagen, in Hundebesitz übergegangen. Er musste sich beim ersten Mal lautlos heraufgehebelt und dann schwarz auf schwarz getarnt ganz an die Rückenlehne geschmiegt haben, sodass er erst nach einer geschätzten halben Stunde entdeckt wurde. Alibimäßig hat er zwar verschämt geschmatzt und schuldbewusst geschaut, als er wieder herunterkommandiert wurde. Doch fortan hat er beharrlich Schlange gestanden und abwechselnd das Sofa und Herrchen angehimmelt. Das Sofa und Herrchen. Herrchen und das Sofa. Das Sofa, das Sofa, noch mal das Sofa, dann wieder Herrchen. Und dabei so niedlich und so schutzbedürftig geschaut, wie es nur junge Hunde hinbekommen – bis er gedurft hat. Er darf es noch immer, liegt dort ganz still, auf dass er nur ja nicht auffalle und wieder heruntergeschickt werde. Es scheint, er ist sich der Ehre bewusst, dort sein zu dürfen.

Das erste Feuerwerk, das erste Gewitter – und der erste Spielmannszug

Das Wort ist hässlich, aber es bedeutet etwas Gutes: Der Flat Coated Retriever an sich sollte als Jagdhund »schussfest« sein. Das klingt wie »kugelsicher«, aber meint etwas anderes. Er soll schlicht nicht erschrecken, wenn es ballert. Dass diese gewisse Unerschrockenheit weitergegeben wird, darauf achten die Züchter bereits. Und Herrchen und Frauchen müssen anschließend vor allem in den ersten Wochen und Monaten der besonders intensiven Prägung dafür sorgen, dass ihr Welpe mit allerlei Geräuschen konfrontiert wird, die jedes für sich zwar schauerlich sein dürfen, für den Hund aber stets ohne jede Bedrohlichkeit inszeniert werden müssen und sich am besten als heiteres Spiel auflösen.

Dazu gehört es, die papierene Brötchentüte aufzupusten und platzen zu lassen – und einen Riesen-Bohei darum zu inszenieren, damit der Knall für den Hund letztlich positiv besetzt ist. Hoover darf deshalb die bereits in Fetzen gepustete Tüte weiter zerlegen und bekommt eine Belohnung für die getane Arbeit. Er lernt in wenigen Tagen von der Kinderrassel bis zu verschiedensten Pfeifen, von der Gitarre bis zur Jahrmarkt-Tröte die unterschiedlichsten Krachmacher kennen.

Und sogar einen eigenen Panik-Button bekommt er serviert – und bedient ihn sogar mit Freude. Eigentlich ist das Ding ein Scherzartikel, ein kaffeetassengroßer, hintergrundbeleuchteter Knopf in Rot, der in graues Plastik eingefasst und in Weiß mit dem Schriftzug »PANIC« in Großbuchstaben bedruckt ist. Drückt man ihn, erklingt erst eine Alarmsirene, dann sagt eine blecherne Stimme *»Begin panic sequenze in three, two, one seconds«*, und schließlich kreischt eine ebenso blecherne Frauenstimme in gespieltem Entsetzen.

Als all dies das erste Mal vor Hoovers Nase geschieht, starrt er diesen Knopf völlig ungerührt an und der Schrei irritiert ihn allenfalls, aber erschrickt ihn nicht. Erst beschnüffelt er das Ding, dann patscht er mit der Pfote danach – so tapsig, dass er den Alarm damit auslöst. Schnell haut er, nun gezielter, ein zweites Mal mit der Pfote drauf und schaltet ihn noch während der Ansage wieder ab – und ist verblüfft. Im Handumdrehen begreift er, dass er das Ding selber ein- und ausschalten kann, und hat seinen Spaß daran – super fürs Selbstbewusstsein. Und gut gegen Schreckhaftigkeit.
Inzwischen steckt der batteriebetriebene Panik-Knopf in der mittleren Schreibtischschublade, und wenn die mal einen Spalt aufsteht, zieht Hoover sie weiter auf und löst gezielt mit Nasenstupser den Alarm aus, um ihn voller Spielfreude gleich darauf wieder abzuschalten.
Aber nützt alles Geräusch-Training, wenn es doch mal unverhofft ballern sollte? Das bleibt zu hoffen – bis ganz unverhofft die Probe aufs Exempel ansteht. Dafür reicht ein Champions-League-Fußballspiel, das die Nachbarn offenbar deutlich mehr berührt als Hoover und Herrchen. Wir sind längst im Bett, als das Spiel endlich abgepfiffen wird. Doch Nachbars ist nach feiern zumute, denn offenbar hat »ihr« Team gewonnen: Sie jagen erst eine offenbar übrig gebliebene Silvesterrakete in den Frühsommernachthimmel, zünden dann ein paar gewaltige Böller im Garten. Hoover ist davon aufgewacht – um nicht zu sagen: hochgeschreckt. Er schaut mich fragend an. Ich sage nur: »Alles gut, schön schlafen« in der Stimmlage größter Entspannung und bleibe unverändert liegen. Ihm genügt das, um für sich zu folgern: »Kann nix Problematisches gewesen sein. Also schlafen.« Herrchen ist sein Seismograf in solchen Situationen.

Dasselbe ein paar Nächte später bei Hoovers erstem Gewitter: Wieder wachen wir beide auf, als es gewaltig rumst. Jetzt schaut er schon etwas aufgescheuchter als bei den Fußball-Böllern. Weil es so gut geklappt hat, sage ich wieder nur: »Is alles gut, schön schlafen« und mache das vor. Er macht es nach und atmet Momente später tief und fest und zuckt kurz darauf im Traum mit den Beinen, als würde er vergnügt herumspringen.

Der Große fand Spielmannszüge schrecklich. Hörte er die auch nur von Weitem, verschwand er in der Badewanne, die er wahrscheinlich wegen des Beckenrandes zur idealen persönlichen Schutzhöhle erklärt hatte. Hoover bekommt seinen ersten Spielmannszug ganz unverhofft an einem Sonntagnachmittag vor der Gartenpforte serviert. Irgendwer hatte irgendwas zu feiern und durfte es per Festzug durchs Dorf zelebrieren. Hoover interessiert das nicht die Spur. Er schaut kaum auf. Es ist spannender, weiter an den vielen Armen seines pinkfarbenen Plüsch-Tintenfisches herumzuzerren.

Einmal nur ist der Kleine sichtbar irritiert über Geräusche. Dafür bedarf es über siebzig Mann, die sich auf einer CD versteckt gehalten haben müssen und nun eine Sinfonie von Tschaikowsky aus den Wohnzimmerboxen pressen. Als die ersten Töne kommen, hält Hoover inne, schaut, horcht, guckt etwas angstvoll, entschließt sich dann, die Geräusche suchen zu gehen. Er schnuppert erst an der einen Box, dann an der anderen – und ist irgendwann beruhigt. Gleichwohl hält sich das noch: Bei Klassik reagiert er gänzlich anders als bei Pop-Musik, die sozusagen unkommentiert bleibt. Wahrscheinlich hatte die Züchterin in Dänemark keine Sinfonieorchester in ihre Boxen gesperrt und auf die Welpen losgelassen.

Hoover ist sehr zart, wenn es darum geht, einem Menschen Nahrung aus der Hand zu nehmen. Selbst ein einzelnes Mini-Leckerli, Verdaubares von unterhalb Erdnuss-Dimension nimmt er in feinmotorischem Geschick mit spitzen Zähnen zwischen den Fingern ab. Bekommt er etwas das erste Mal, wird es zur wahrscheinlich von irgendeiner Retriever-Regierung vorgeschriebenen Sicherheitsüberprüfung in den Hundekorb getragen. Dort liegt es zwischen den Pfoten, wird erst angeschaut, dann abgeschnüffelt, schließlich angeleckt, dann angebissen und erst nach positiver Rückmeldung aller in diesen Vor-Check involvierten Sinne aufgefressen. Hat es sich als lecker erwiesen, steht er fortan Schlange, wenn dasselbe Zeug wieder im Spiel ist. Er schluckt dann so schnell und mit einer hektischen Bewegung, dass man glaubt, er würde sich hinter sich selber wieder anstellen, um gleich noch mal dasselbe zu bekommen.
Sogar sein erstes Blatt Salat hat er zur Überprüfung in den Korb getragen – auch, um die Frage zu klären, ob es überhaupt als etwas Essbares gemeint oder womöglich doch nur zum Apportieren gedacht war. Er entscheidet sich, es in möglichst viele kleine Teile zu zerfetzen und nicht zu fressen. Erst als er später sieht, dass ich so etwas esse, wird die Sache interessanter. Das zweite Blatt Salat kaut er vorsichtig und ist sich offenbar noch nicht ganz sicher, wie er das mittelfristig finden will – um gleich danach anzustehen und mir die Pfote resolut gegen die Wade zu scheppern. »Mehr davon!« soll das heißen. Seitdem frisst Hoover mit Freude Salat. Und wenn er die Wahl hat zwischen einer geschälten Karotte oder einem Büffelhautknochen, er würde sich immer für die Karotte entscheiden – und vor Glück einen Extra-

Bocksprung machen, wenn er sie zum Verzehr in den Korb schleppt.
Seine Gemüsevorliebe ist weder gewollt noch anerzogen, aber sie ist niedlich und derart umfassend, dass sie Beeren und manches Obst einschließt. Mit Begeisterung nimmt er einzelne rohe Erbsen zwischen die Zähne. Und mit ähnlicher Zuneigung vertilgt er einzelne Heidelbeeren und sogar überreife Stachelbeeren – Letztere so gerne, dass wegen der Verletzungsgefahr am doch arg pieksigen Strauch ein strenges Selbsterntеverbot erlassen werden musste.
Und höflich ist er auch. Widert ihn eine gut gemeinte Nahrungsspende spontan eher an, tut er alles, um es sich nicht anmerken zu lassen, damit nur ja niemand enttäuscht ist. Seine erste gekochte Nudel nimmt er vorsichtig ins Maul. Er schielt fast, um nebenbei auch sehen zu können, nach was er da mit den Zähnen greift. Das Maul schließt sich – und nichts: kein Kauen, kein Schlucken, auch kein Ausspucken. »Na, magst du das?«, frage ich mit Sonntagsspaziergangs-Vorfreude-Tonfall. Er scheint zu nicken und so etwas wie »Ühm hm« zu antworten, was immer das bedeuten soll. Nach einigem Warten schlendert er so gelassen wie möglich Richtung Korb. Ich folge. Er schaut mich irritiert an, und erst als ich mich wieder abwende, öffnet sich die Futterluke einen Spalt und er spuckt die vollständige Nudel zur näheren Inspektion wieder aus, hat sie nun vor sich liegen, tippt sie mit der Nase an, wendet sie mit der Zunge, nimmt den Kopf zurück. »Iih, was für eine wurmhaft seltsame Konsistenz!« scheint das auszusagen. Am Ende frisst er sie doch – und findet Gefallen daran. Sekunden später steht er wieder in der Küche Schlange und bekundet eindeutig: »Noch so ein wurmhaftes Ding bitte!«

Die Freundin hat recht. Nur war mir das, was sie da beobachtet und so gelobt hat, vorher gar nicht bewusst. Kaum eine halbe Stunde lang hat sie Hoover und mich erst im Auto, dann auf dem Spaziergang erlebt, da kam ihr diese Erkenntnis: »Du setzt nur durch, was geht, und das ist gut so.«

Erst habe ich überlegt, ob das überhaupt stimmt. Und wenn, ob es dann auch wirklich gut so ist.

Ich frage mich einen Moment lang, ob sie es nur als Beobachtung wiedergibt oder mir durch die Blume sagen will: »Jetzt greif aber endlich mal durch und ermahne dein vorlautes Viech.« Dabei war ich doch gerade eben erst immer stehen geblieben, habe sogar zwei Schritte rückwärts gemacht und demonstrativ »Bei Fuß!« gesagt, kaum dass die Leine wieder stramm gespannt war, weil Hoover zu schnell voran wollte. Es brachte immer nur kurzfristig einen Erfolg, aber ich blieb hartnäckig. Und als er im Auto auf der Rückbank turnte, habe ich energisch »Hoover! Platz jetzt« gesagt, ohne ihn während der Fahrt anschauen oder alles durch eine energische Geste untermauern zu können. Und sofort hat er sich hingelegt.

Fest steht schnell: Sie meint es als gewisses Kompliment und erzählt gleich darauf, dass sie bei ihren drei Kindern oft viel zu viel erfolglos durchzusetzen versucht und damit letztlich nicht durchdringt. Was bei der Brut dann einzig hängen bliebe, sei diese Erkenntnis: Alles halb so wild, was Mami von uns will. Tun wir es nicht, ist es am Ende auch egal.

Sollte ich das bei Hoover tatsächlich besser gemacht haben? In ihren Hundehaltungs-unerfahrenen Augen womöglich sogar toll konsequent sein? Ein gerechter Hundevater, der sogar ganz brauchbar respektiert wird? Ich glaube, ungefähr so hat sie es gemeint – und bin ein kleines bisschen stolz. Und noch ein bisschen stolzer, als ich merke, dass sie meinen kleinen Racker mit all seinen flatcoatigen Eigenarten und gewissen Erziehungsdefiziten sogar richtig gern hat und nach dem abendlichen Sommerpicknick auf einem abgeernteten Weizenfeld irgendwo in der Weite Holsteins noch mal betont, wie gut ich ihn im Griff habe. Und wie entspannt ich entscheiden würde, was ich ihm durchgehen lassen könne und was besser nicht. Danke!

Der Tellerbeobachter

Ich weiß, dass es für jeden Hund eine Herausforderung ist. Aber so ist es gar nicht gemeint. Es war einfach so üblich, schon bevor damals der Große als Kleiner hier einzog. Und er hat das immer respektiert, nie etwas geklaut, ist nicht mal lästig gefallen, obwohl ich beim Abendessen schon seit einer Ewigkeit auf dem Fußboden sitze, mit dem Rücken an der Couch lehne und meine Mahlzeit auf dem niedrigen Wohnzimmertisch stehen habe.
Er lag dann irgendwo hinter mir auf dem schwarzen Ledersofa und hat diskret beobachtet oder demonstrativ kein Interesse gehabt. Oft lag er unterm Tisch, hat mal mit der Nase gegen mein Knie gedrückt und signalisiert, dass ich gerne etwas nach unten durchreichen dürfe, wenn es sich denn anböte. Oder er hat im Liegen resolut die Vorderpfote auf mein Knie gepatscht und immer kräftiger gedrückt, je weniger ich reagiert habe. Meistens habe ich dann nacheinander und mit längeren Pausen ein, zwei Nudeln oder ein Blatt Salat durchgereicht und er hat sich dankbar auf die Seite gelegt und ist eingeschlafen – egal, wie viel mehr Nudeln da oben

noch auf dem Teller sein mochten. Das war schön, irgendwie innig. Und es ist vorbei.

Mit Klein Hoover geht das nun ganz von vorne los – und es ist offen, wohin es führt. Oder wie weit. Kann ich weiter da unten sitzen, noch immer alles auf den Tisch stellen, dann sogar wieder außer Sichtweite in der Küche verschwinden, mit Nachschub zurückkehren und sicher sein, dass in der Zwischenzeit nichts angerührt wurde? Am Anfang denke ich gar nicht darüber nach, so sehr war alles in Fleisch und Blut übergegangen. Aber dann sehe ich Hoovers fassungslosen Gesichtsausdruck. Er guckt erst auf die Teller, dann mir direkt in die Augen, und seine Miene sagt: »Das gibt's doch nicht! Das kann doch einfach nicht wahr sein! Da steht ja das ganze Zeugs in Reichweite, das so interessant riecht!« In dieser Sekunde wird mir klar, dass ich gerade auch in dieser Hinsicht einen Neuanfang erlebe – und mich wahrscheinlich fürs Erste vorsehen muss.

Tieftönig spreche ich das langgezogenste »Neeeiiiinnn«, das man sich denken kann. Hoover rückt zwei Schritte weiter weg, aber lässt Tisch und Teller nicht aus den Augen. Ohne dass der Körper insgesamt sich bewegt, wird der Hals immer länger. Er fährt ihn aus wie das Periskop eines U-Bootes – als ob er magnetisch von den Tellern angezogen würde und gar nichts dagegen tun könnte. »Neeeiiiinnn!« Der Hals fährt um die Hälfte wieder ein, die Vorderpfoten trippeln im Sitzen nervös auf der Stelle. Ich sage »Platz!« und nichts geschieht. Ich lege die flache Hand vor seine Vorderpfoten, ziehe sie langsam in meine Richtung, sage wieder »Platz!«. Jetzt macht er es. Und bekommt sein Leckerli. Und wahrscheinlich schon damit habe ich alles falsch gemacht – das Gegenteil von allen Hundebuch-Tipps: Jetzt weiß er, dass es auch bei Tisch etwas geben könnte. Und schon sitzt er wie-

der. »Platz.« Und er liegt wieder. Nach zwei Abenden liegt er nur noch. Mit geradem Hals und starrem Blick Richtung Teller.
Und dann begehe ich den nächsten Fehler: Er bekommt ein Stückchen Salat von meiner Portion – wie früher der Große, der sich danach auf die Seite gedreht hat und eingeschlafen ist. Hoover hingegen spornt das zu Höchstleistungen im Tellerhypnotisieren an – als hätte er schon mal von Teleportation gehört und wollte das Porzellan und lieber noch all das, was draufliegt, allein durch die Kraft des Willens und der Gedanken in sein Maul fliegen lassen. Es klappt nicht.
Ich gehe wieder in die Küche, sage vorher sehr lang gezogen und streng »Aber niiiiicht drangehen!«. Er trampelt im Sitzen mit den Vorderpfoten, als wollte er quittieren, dass ihn der Befehl erreicht hat. Und kaum zwanzig Sekunden später sehe ich bei der hastigen Rückkehr schon von der Türfüllung aus, dass die Hundenase an meinem Salatteller lehnt und ein Drittel der Portion in Windeseile eingeatmet wurde, während die Zunge gerade noch nach einem Hauch Dressing hangelt.
»Hoover!«, rufe ich. Mit ganz kurzem o und sehr gepresst. Er zuckt zurück. »Nein ist das!« Er wirft sich hin. Ich lege die Hand an seine Kehle, ohne ihm wehzutun, schaue ihn aus nächster Nähe sehr streng an, sage: »Das sollst du doch nicht! Tu das niiieeee wieder!« Und zugleich weiß ich ganz genau: Ich bin schuld. Ich bin ihm auch gar nicht böse. Das Szenario muss einfach zu verlockend gewesen sein. Deshalb versöhnen wir uns auch sehr schnell und er darf weiter aus gebotenem Sicherheitsabstand zuschauen, bekommt anschließend ein Leckerli aus der Küche.
Fortan gebe ich ein bisschen mehr acht – und er hat sich auch etwas gemerkt. Demonstrativ verlasse ich ein paar

Abende später noch mal das Zimmer und beobachte aus sicherer Deckung das Geschehen. Da sitzt er wie versteinert, hält die Nase vielleicht dreißig, vierzig Zentimeter von den Tellern entfernt und starrt alles nur an. Ohne Zuckung, scheinbar ganz ohne in Versuchung zu geraten. Ich warte. Warte noch länger. Warte noch mal. Nichts geschieht. Jetzt komme ich offiziell zurück, lobe ihn überschwänglich – und gebe ihm ein aus der Küche mitgebrachtes Stück Käse als Belohnung fürs sensationelle Wohlverhalten. Fortan bekommt er immer nach dem Abendessen in der Küche seinen Happen Käse als Prämie für all die Beherrschung. Er hat das System längst verstanden, wartet auf seinem Platz im Liegen ab – und zählt mir wahrscheinlich insgeheim die Bissen in den Hals. Feiner Hoover, Riesenleistung!

Ist das denn überhaupt legal?

Der Spruch hat sich bei uns so eingebürgert. Hoover schleppt etwas an, reißt Zweige ab oder trampelt mit den Pfoten im Wassernapf – alles irgendwie eher heitere Anlässe, nie etwas Bedrohliches. Und statt gleich »Pfui!«, »Nein!«, »Aus!«, Böses Viech!« zu rufen, schaue ich ihn an und frage mit ernstem Tonfall und doch noch im freundlichen Diesseits der Erziehungs-Tonlage: »Aber ist das denn überhaupt legal?« Er guckt mich dann regelmäßig groß an und scheint inzwischen tatsächlich zu erkennen, dass er etwas irgendwo auf der Schwelle zwischen »Völlig in Ordnung« und »Das geht aber nicht!« unternommen hat. Nichts schlimm Verbotenes, aber doch etwas nicht wirklich Ideales. Und irgendwie scheint er es dann noch mal zu überdenken: lässt plötzlich das Buddeln im Garten sein (verboten), schleppt das Sofakissen doch noch nach draußen (egal – bei schönem Wetter jedenfalls), hört auf, Triebe vom Bambus abzureißen (das Zeug wuchert ziemlich, trotzdem verboten), jagt weiter dem ausrangierten alten Basketball hinterher, der über den Rasen rollert (erlaubt).

Inzwischen macht es uns beiden Spaß – und Leute, die das erste Mal erleben, wie er bei der Legalitäts-Frage schaut, sind jedes Mal amüsiert: Weil es aussieht, als ob er wirklich kurz die Gesetzeslage durchgeht und abwägt. Jedenfalls die hausintere.

Der halbhohe Hund und die umgestürzte Garderobe

Hoover war alleine. Gar nicht lange. Aber er muss es wieder versucht haben: sein aktuelles Späßchen, die eigenmächtige Spielerei, in Jacke und Schal zu beißen und daran zu ziehen – nicht in irgendwelche Jacken und Schals, sondern in die an den Haken der dreibeinigen Garderobe im Flur. Jedes Mal habe ich energisch geschimpft und das tiefste, längste »Neeein!« gesagt, das ich hinbekam. Ich habe mit dem Zeigefinger gedroht und »Mach das nicht!« gesagt. Er hat dann jedes Mal losgelassen und sich getrollt.

Und jetzt muss er es doch wieder versucht haben. Jedenfalls läuft mir ein nur noch halbhoher Hund entgegen, als ich durch den Nebeneingang ins Haus zurückkomme. Er geht geduckt. Wie einer, der weiß, dass er gehörig etwas ausgefressen hat. Wie jemand, der ahnt, dass es gleich ein Donnerwetter geben wird. Es bleibt aus. Weil ich froh bin, dass das kleine Wesen unverletzt ist. Und weil mir klar ist, dass es gar keines Anpfiffs bedarf, um sicherzustellen, dass er nie wieder an den Klamotten zerren wird, die an der Garderobe aufgehängt sind. Er hat sie umgerissen, sie liegt der Länge nach im Flur. Das muss gewaltig Krach gemacht haben. Ich weiß es, weil ich mal über eines ihrer drei Beine gestolpert bin und sie damals ebenfalls umgerissen habe.

Hoover wird sich so gewaltig erschrocken haben, dass ich die Garderobe kommentarlos wieder aufrichte, während er noch ein paar Zentimeter geschrumpft ist und mich anschaut, als wäre ich ein Schreckensherrscher, der jede Sekunde Vergeltungsmaßnahmen einleiten würde. Stattdessen sage ich: »Wo ist denn dein Ball? Komm, wir gehen draußen spielen.« Jetzt schaut er fassungslos, dann wächst er binnen zwei Sekunden auf Normalgröße, macht ein paar Glückssprünge. Und wir gehen Ball spielen.

Ob er jemals wieder mit der Garderobe in Konflikt geriet? Man soll nie nie sagen. Aber bislang noch nicht wieder. Ob er jemals Möbel angefressen, in Türrahmen gebissen, Sitzpolster zerkratzt hat? Nie. Nichts davon. Seine Sachen hat er zerlegt, meine ausnahmslos ganz gelassen. Okay, er hat mal in die lange Gardine der Schlafzimmerterrassentür gebissen, daran mit aller Kraft gezerrt, sie geschüttelt, auf »Hey!«, »Nein!« und »Aus!« nicht reagiert – und sich gehörig erschrocken, als dann das Kissen aus dem Bett angeflogen kam und dessen Aufprall mit einem neuen energischen »Nein!« intoniert war. Fortan hat er sie ebenso wie alle anderen Vorhänge in Ruhe gelassen.

Ein anderes Mal hatte er das einzige sichtbare Blatt der aufgerollt befestigten Klopapierrolle ins Maul genommen, daran leicht gezogen, es witzig gefunden, dass es nachgibt und da noch mehr kommt – und ist losgerannt. Mit dem Klopapier im Maul. Irgendwo in der Küche hat ihn ein einköpfiges Sondereinsatzkommando, das eigentlich gerade eine Sitzung abhielt, gestoppt. Und obwohl bei der Aktion viel gelacht wurde, hat er es nicht wieder getan. Eigentlich ein bisschen schade, denn schon als er mit dem Papier im Maul loslief, war seinem Blick ganz genau anzusehen, dass er gerade einen Clown gefrühstückt haben musste und sich des Schabernacks absolut bewusst war.

Das Welpenfell ist weg

Es ist, als hätte er es einfach auf den Teppichboden geklebt. Als hätte er sich im Wohnzimmer auf die Seite gelegt und nach dem Aufstehen einen schwarzen Abdruck in den exakten Umrissen eines knapp viereinhalb Monate alten Flat Coated Retrievers hinterlassen: Das kuschelweiche Welpenfell ist weg. Es pappt einfach auf dem Teppichboden und verschwindet alsbald darauf erst im Schlauch, dann im Leib des Staubsaugers, den wiederum Hoover noch nicht so ganz lieb gewonnen hat. Wenn der ins Spiel kommt, zieht er es vor, sich in mindestens zwei Zimmern Entfernung aufzuhalten.

Überall sind solche Abdrücke. Es sieht aus wie in den Kulissen eines Slapstick-Films über das Erwachsenwerden junger Hunde. Fast über Nacht fällt – oder schreibt man in dem Fall besser fellt? – es einfach aus, klebt überall im Haus, und der Rest steckt wenig später als dicke Rolle in Bürste und Kamm. Als ob Hoover über Nacht den Fellpulli bis auf die Unterwäsche ausgezogen und morgens nur das oberste Shirt wieder übergestreift hätte.

Was geblieben ist, hat plötzlich Eleganz: ein paar Wellen auf dem Rücken, alles ist fester, dicker. Und an den Vorderbeinen ist genauso plötzlich, fast über Nacht, das entstanden, was in der Züchter- und Expertensprache wenig wohlklingend »Behang« heißt und doch keinen besseren Namen hat: die langen Haare, die sogenannten »Fahnen«, die so schick sind und die man später ständig kämmen muss. Gestern waren die Beine noch ganz glatt, wuchs das Fell noch nur kurz und irgendwie waagerecht ganz dicht und dünn, ganz eng und fluffig am Körper. Jetzt akzentuiert es die Gestalt. Der freche Welpe mit all seinen Albernheiten im süßen Kopf wird ein junger Herr. Rein äußerlich fürs Erste.

Das Tier in der Dusche

Hoover hat einen neuen Lieblingsplatz für heiße Sommertage und, mehr noch, für arg warme Sommernächte. Da packt er sich einfach in die Duschwanne. Damit das möglich ist, lasse ich sowohl die Badezimmer- wie die Duschtür offen stehen. Dass es dort hart ist, stört ihn offenbar nicht. Trotzdem schiebe ich ihm ein Kissen unters Köpfchen, das er mir allerdings zwei Stunden später ins Schlafzimmer schleppt, während er wieder in der Dusche verschwindet. Er braucht es offenbar nicht – oder meint, ich könnte es dringender benötigen. Anfangs war ihm die Dusche etwas unheimlich. Das liegt an einem Lernspiel, das ich ein paar Tage zuvor eingeführt hatte. Es heißt: Das-Tier-wird-in-der-Dusche-eingesperrt-und-muss-sich-selber-befreien. Dafür muss Hoover sich in die Duschwanne setzen, während ich die leichte, schwingbare und zudem durchsichtige Duschtür hinter ihm zuklappe, mich anderthalb Meter weiter auf den Fußboden setze und ihn rufe. Erst schaut er verwundert und ein bisschen angespannt, dann stupst er zaghaft mit der Nase gegen die Duschtür. Ich bin dann nachhelfen gegangen, habe wieder gerufen, ihn zu motivieren versucht und zugleich ein bisschen an der Tür gezogen. Als er wieder in Freiheit ist, habe ich ihn bejubelt – und gleich wieder dort »eingesperrt«.
Inzwischen weiß er, dass er dort so oder so binnen Kurzem wieder herauskommt, und nach drei, vier Versuchen hat er

die Tür erst mit der Nase aufgestoßen, später alleine mit der Pfote aufgeschlagen – und ist begeistert von seiner eigenen Allmacht.
Warum das alles? Weil er so oft draußen vor der angelehnten Terrassentür saß, hereinwollte, aber nicht wusste, wie das ohne fremde Hilfe geht. Dabei muss er auch dort nur mit der nötigen Kraft gegendrücken – viel Körpereinsatz ist auch dafür nicht nötig –, und prompt würde auch diese Tür aufschwingen. Er sollte an der leichteren Tür üben, wie so etwas geht. Sein Transfer-Denken funktioniert: Er hat seitdem nie mehr hilflos vor der Terrassentür gesessen, sondern mit der Pfote gegengeschlagen, um hereinzukommen. Ganz so, wie er es in der Dusche gelernt hat. Heute findet er es witzig, wenn ich die Duschtür hinter ihm zuklappe. Mit Wucht kommt er dann herausgesprungen und freut sich riesig: Was für ein tolles Spiel! Und was für ein Lerneffekt.

Auf dem Küchentisch

Zum Muster in der Butter kam es nicht, weil alle Vorräte vom Frühstück längst wieder sicher verstaut waren. Aber Spuren vom Tathergang gibt es trotzdem – tiefe Hunde-Milchzahn-Abdrücke im Etui des kleinen Fotoapparats zum Beispiel, der seinen Platz in dem Kleinkram-Korb auf dem großen Esstisch hat und plötzlich zwanzig Zentimeter daneben liegt. Und Papiere dort sind nicht mehr so fein säuberlich drapiert wie noch vor zwei Stunden. Der Stapel ist verschoben und plötzlich doppelt so breit aufgefächert wie vorher, ohne dass etwas vom Tisch gefallen wäre. Was in den zwei Stunden geschehen war? Das wüsste ich auch gerne.
In jenen 120 Minuten war ein unternehmungslustiger schwarzer Junghund allein zu Hause. Er hatte Küche, Essbe-

reich und Flur für sich und weiß zum Glück (noch) nicht, wie man Wohnzimmer-, Büro-, Badezimmer- und Vorratskammertüren öffnet. Der Große konnte das und hat doch stets nur die Vorratskammertür als die spannendste von allen aufgemacht – und das netterweise niemals aus eigenem Antrieb, sondern stets nur auf Kommando. Und nie, um ans Futter zu gelangen, sondern an Plüschtiere und Spielsachen, die dort für ihn lagerten und nicht alle gleichzeitig im Haus herumfliegen sollten.

Die Hundeleine, normalerweise auch in jenem Krimskrams-Korb auf dem Tisch geparkt, muss derweil irgendwie den Weg in den Hundekorb gefunden haben und wird kaum von alleine fliegen gelernt haben. Ebenso wenig wie der kleine Plüsch-Vogel, offiziell fest auf der Liste der Hoover'schen Besitztümer verankert und doch vermeintlich außer Reichweite auf dem Tisch in Warteposition für künftige Spieleinsätze gebunkert. Auch er findet sich nach meiner Rückkehr im Korb wieder – ungefähr dort, wo sich einst das geheime Schnürsenkelarchiv befunden hat.

Hoover muss erst hochkant mit den Pfoten auf der Tischplatte am Tisch gestanden haben – offiziell strengstens verboten –, anschließend mindestens einen der sechs Küchenstühle so weit verschoben haben, dass es auf den ersten Blick nicht auffällt und doch gereicht hat, um draufzuklettern. Und am Ende muss er sogar auf dem Tisch gestanden haben. Denn in der Mitte wartet ein Hundespielzeug auf seinen nächsten Einsatz. Dabei geht es darum, Holzkugeln so zu verschieben, dass man an die in den Mulden unter jenen Kugeln verstecken Leckerlis gelangen kann. Keine der sechs Kugeln lag mehr in ihrer Mulde – und keine schoss über den Spielfeldrand hinaus, nicht eine ist auf dem Fußboden gelandet. Da muss ein Experte sehr vorsichtig agiert haben – so

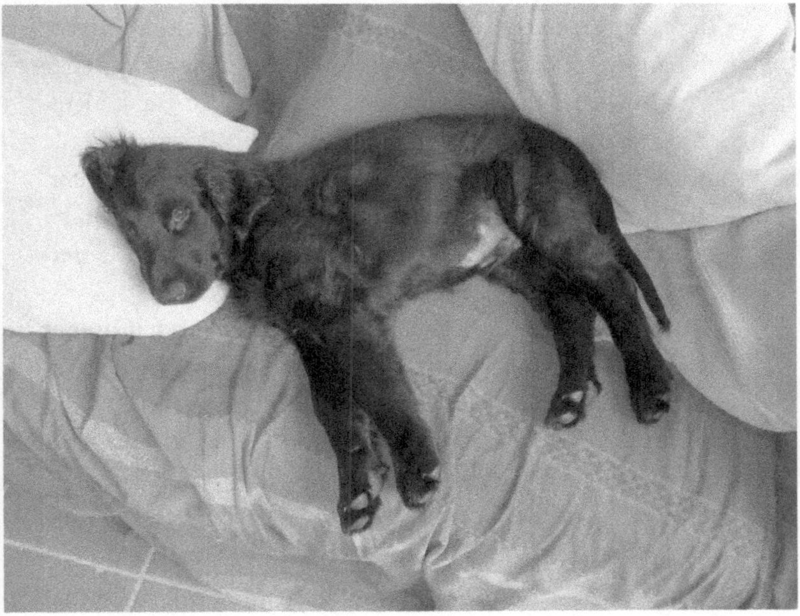

Hauptsache gut gepolstert: Hoover auf dem geliebten Hunde-Sofa

nah herankommen kann er nur, wenn er mit allen vieren auf dem Tisch gestanden hat. Mit dem ganzen Tier. Sozusagen. Als ich das endlich begreife, denke ich nur: Was für ein Glück, dass er da aus mehr als doppelter Hundehöhe wieder heil heruntergekommen ist – und hoffe zweierlei. Dass er es nie mehr wieder machen wird und dass ich, wenn er es ziemlich sicher doch wieder probieren wird, rechtzeitig zur Stelle bin und aus dem Stand ein derart eindrucksvolles Donnerwetter vom Stapel lassen kann, dass es ein ganzes Hundeleben lang keinen neuerlichen Versuch zu solcherlei Unternehmung geben wird.
Während ich all das noch denke und zugleich noch immer erleichtert bin, kommt mir ein quietschvergnügter Hoover entgegengelaufen: mit dem kleinen Plüsch-Vogel im Maul. Ich brauche ein paar Sekunden, um mich zu erinnern, dass ich den vor keinen fünf Minuten aus dem Hundekorb gepult und wieder auf den Küchentisch gelegt hatte. In die Mitte. Unerreichbar. Eigentlich. Er hat es schon wieder getan. Und ich habe nichts mitbekommen. Ich will nicht mal mehr ausschließen, dass er sich hydraulisch auf dreifache Halslänge ausfahren kann, aber bis ich es nicht genauer weiß, was da passiert, schiebe ich nun alle Stühle, so weit es irgend geht, unter den Tisch. Und räume alles weit weg, was zur Besteigung verbotener Hochplateaus animieren könnte.

Eine Pflaume, ein Apfel und alles, was sonst noch wächst

Wie praktisch, dass Hoover klein war, als auch das Obst klein war, und rechtzeitig zu Spätsommer und Herbst nachgewachsen ist. Weil nun auch das Obst größer ist. Ständig

hatte ich Sorge, etwas könnte ihm quer im Hals stecken bleiben, weil er so gierig zugreift.
So wie er anfangs die Kirschen verschlungen hat, die auf den Rasen gefallen waren, so stürzt er sich jetzt erst auf die Pflaumen, wenig später auf Äpfel und Birnen. Er frisst alles, was dazugehört: auch die Kerne, wenn welche drin sind. Auch die Stiele, wenn welche dran sind. Und alleine in den Garten schicken kann ich ihn auch nicht mehr – nicht jedenfalls nach einem heftigen Regenguss oder bei Sturm. Weil dann viel zu viel auf dem Rasen liegt, was er mit Freude aufsaugt. Neulich dürften es eindeutig zu viele Pflaumen gewesen sein: Er schaute mich an, als wollte er sagen: »Was gärt denn da in mir? Was quillt denn da in meinem Bauch? Und was für Geschosse klickern durch meinen Leib?« Und dann schaltete er einen Gang zurück, machte endlich mal Pause, schlief – um anschließend mit dem rein vom gewählten Zeitpunkt her betrachtet routinemäßigen Auswurf auch einen Berg sauber anverdauter Pflaumenkerne zurück in die Welt zu schießen. Was beweist: Am Ende kommt doch alles wieder raus. Trotzdem bin ich froh, dass hier keine Pfirsiche wachsen.
Liegt mal zu wenig vom Sturm vorsortiertes Obst auf dem Rasen, erntet Hoover auch gerne selbst. Von den diesmal nur drei Birnen an den Ziergehölzen neben der Terrasse hat er eine mit dem Maul fast im Vorbeigehen gepflückt. Und als pflegte er das Motto »Wenn schon gegen ein Verbot verstoßen, dann wenigstens richtig«, hat er sich mit der Beute-Birne im Maul mitten ins Blumenbeet gelegt, um sie nun genüsslich und in aller Ruhe zu vertilgen. Ich hole derweil Kostenvoranschläge von privaten Sicherheitsdiensten für die Bewachung der beiden anderen ein, die noch hängen. Noch!

Hoover ist insgesamt ganz schön verfressen geworden: jemand, der sich enorm übers Futter freut und trotzdem noch immer gertenschlank ist. Einer, der deutlich mit Nasenstupser erst ans Knie, dann gegen die Tür, hinter der der Futtersack lagert, an die korrekten Fütterungszeiten erinnert. Und nicht nur das: Er versucht sie täglich ein paar Minuten vorzuverlegen und kann sich manchen Morgen auch den Hinweis nicht verkneifen, es habe den Nachtisch-Kauknochen noch nicht gegeben. Er starrt dann im Wechsel die fragliche Schranktür und mich an und schafft es, dabei einen Augenausdruck gewisser Verzweiflung hinzubekommen. Beim dritten »Ich weiß das genau, du hast den heute und zwar eben gerade schon bekommen«-Hinweis springt er einmal kurz hoch, als wollte er mich küssen – und gibt auf. Sollte wohl heißen: »Echt, Herrchen, man kann das doch ruhig mal versuchen …«

Über Postbotenbesuch freut er sich besonders – aus Verfressenheit und Verspieltheit. Dem Mann mit dem gelben Auto tut er nichts an, er ist ihm so sympathisch wie jeder andere Besucher auch, doch dieser hat immer eine Belohnung dabei. Indirekt jedenfalls. Hoover bekommt das jeweilige Paket zum Zerfetzen, kaum dass ich es ausgepackt habe – und weil jedes Mal seltsamerweise ein paar Leckerli darin versteckt sind, hat er Riesenspaß daran. Zugleich lässt er meine Kartons – die, die nicht ausgepackt sind oder bewusst erst eingepackt wurden – in Ruhe. Offenbar hat er durch die Spielerei verstanden: Nur wenn man sie als Hund offiziell ausgehändigt – aus seiner Sicht: ausgepfotet – bekommt, ist was zum Fressen drin. Nimmt man sie sich selber, wäre es nur eine halbe Sache.

Neulich hat er sogar Camping neben dem Futtersack im Abstellraum gemacht, als die Tür dorthin einen Spalt offen gestanden haben muss. Er schob sie auf Hundebreite auf, zwängte sich hindurch, schnupperte, schnüffelte, suchte nach Öffnungen im Sack, ohne selber eine hineinzureißen, und beschloss, daneben Wache zu halten, bis sich womöglich etwas tut. Irgendwann kam er wieder heraus, weil es zwar lecker roch, aber dann wohl doch auf Dauer zu langweilig gewesen sein muss.
Ein anderes Mal ist er nicht auffindbar: Ich rufe. Suche. Pfeife. Kein Hund weit und breit. Niemand, der angelaufen kommt. Ich rufe wieder, suche weiter, pfeife noch mal, endlich auch die Es-gibt-Futter-Melodie. Und plötzlich wefft es. Mit einem Mal scharrt es an der Rückseite einer Holztür. »Ja, wo ist denn Hoooover?«, versuche ich es noch mal. Es wefft lauter. Er muss vorhin wieder hinter der Tür zum Futtersack-Raum verschwunden sein und ich muss bald danach bemerkt haben, dass sie nicht richtig geschlossen war, und sie zugezogen haben - ohne zu ahnen, den schwarzen Großzwerg somit dort eingesperrt zu haben. Er wiederum kann sich offenbar schrecklichere Verließe vorstellen, als eine Zelle mit fünfzehn Kilo gut verpacktem Trockenfutter zu teilen, und wird beschlossen haben, dort einfach abzuwarten, bis der Sack endlich freiwillig eine Regung zeigen und platzen wird.
Das Experiment habe ich nun durch meine Ruferei vorzeitig abgebrochen, und da er womöglich diesseits der Tür etwas verpassen könnte, hat er gewefft. Niedlich klingt das, dieses resolut gemeinte Bellen mit Junghund-Stimme. Ich habe die Tür geöffnet und ihn überschwänglich gelobt.

Knurren

Man wundert sich, was für Geräusche mittlerweile aus so einem kleinen Stück Hund kommen können – und wie solide dessen Selbstbewusstsein ist. Diesmal hat er es auf einen blechernen Staubfänger abgesehen, den ich zum Spielen auf den Küchenfußboden gestellt habe: ein faustgroßes Plastikflugzeug mit Werbeschriftzug auf einer Sprungfeder, beides auf einen Metallsockel von etwa zwanzig Zentimeter Durchmesser montiert.
Ich schiebe das Geschütz auf den Fliesen hin und her, bringe das Flugzeug zum Wippen. Hoover schaut. Hoover überlegt. Und Hoover pirscht sich an. Ganz vorsichtig, lautlos, geschrumpft auf halbe Hundehöhe, jederzeit auf dem Sprung, um notfalls auch die Flucht antreten zu können, falls das Konstrukt sich als gefährlich oder sogar als unbesiegbar erweisen sollte.
Mit der Pfote tastet er erst, patscht dann danach. Sie ist dabei scheinbar hydraulisch auf Maximallänge ausgefahren, während der restliche Körper größtmöglichen Abstand wahrt. Durch die Berührung verrutscht der Sockel ein paar Zentimeter. Das Flugzeug schwingt, wippt, berührt kurz den Boden, um dann wieder in Ruheposition zurückzuschwingen. Hoover ist sofort in mehreren Sätzen drei Meter zurückgesprungen – um sich dann wieder anzupirschen. Erst sagt er »Weff«, dann etwas entschiedener »Wuff«. Und weil das Flugzeug auch daraufhin das Feld nicht räumt, knurrt er es nun an: tief, dunkel, bedrohlich. Wie ein ganz Großer! Ich bin spontan stolz auf ihn, seine Töne, seinen Mut. Und ich kann gar nicht fassen, dass er aus diesem kleinen Bauch von vier, fünf Monaten diesen Sound herauspressen kann.

Wieder tippe ich das Flugzeug an. Diesmal ist sein Satz zurück überschaubar. Eher ein Schritt als ein Sprung. Er verschärft das Knurren abermals. Richtig böse und bedrohlich klingt es jetzt. Nun ist er es, der das Flugzeug antippt. Erst mit der Pfote, und als es da nicht beißt, auch mit der Nase. Und schon kurz darauf greift er mit dem Maul über das Cockpit – und schleppt den Störenfried mit triumphierend hochgerecktem Schwänzchen in seinen Korb: besiegt. Erbeutet. Problem gelöst.
Später erst bemerke ich, warum er wahrscheinlich so besonders resolut gewesen ist. Das Flugzeug hat nur zwei Meter von seinem Fressnapf entfernt gestanden und jeder Weg zum Futter hat daran vorbeiführen müssen. Ehe das womöglich kurz vor einer wichtigen Mahlzeit zu Problemen geführt hätte, hat er die Sache lieber gleich aus der Welt räumen wollen.

Wir wurden gelobt

Manchmal warte ich darauf, dass ich auch begrüßt, vielleicht sogar ebenfalls geklopft und gelobt würde. Öffne ich die Haustür, ducken sich seit ein paar Wochen selbst Freunde unter meinem Blick weg Richtung Fußboden, ohne mir »Guten Tag« gesagt zu haben. Jeder und, schlimmer noch, jede hat nur noch Blicke für Hoover übrig. Ich stehe derweil doof daneben und warte gefühlt mehrere Tage, bis mir endlich auch jemand »Ach, hallo« sagt, als würde ich durch Zufall auch hier wohnen und nicht rechtzeitig vorm Eintreffen der Gäste verschwunden sein.
Manchmal ringen sich die Gäste dann auch noch den sonst üblichen Händedruck oder die gewohnte Umarmung ab, ehe sie sich gleich wieder Hoover zuwenden. Ich versuche,

damit klarzukommen – und bin froh, wie toll all die Besucher meinen Neuzugang finden. Trotzdem schwingt nach ein paar Sätzen immer auch Wehmut mit: bei allen, die auch den Großen gekannt haben und so wenig wie ich verstehen können, dass er plötzlich nicht mehr ist, nicht mit zur Tür gelaufen kommt, nicht gewohnt stürmisch mit begrüßt.

Neulich kommt uns im Wald eine Frau entgegen: Mitte dreißig wohl, irgendwie apart, ziemlich attraktiv, mit charmantem Lächeln, diesem Swing im Gang. Jemand, den man gerne kennenlernen möchte. Und weil ich sowieso zu schüchtern bin, sie anzusprechen, setze ich darauf, dass sie womöglich wenigstens kurz innehält, einen Hauch intensiver lächeln möge, wenn wir fast aneinander vorbei sind, damit ich mir fortan gewisse Aufmerksamkeit einbilden und auf die nächste Begegnung hoffen kann. Und was macht sie? Ist super-offensiv! »Du bist ja ein Schöner«, sagt sie. Ich bin einen Sekundenbruchteil lang fassungslos, denke erst »Wow« und dann »Ist doch gelogen!«, und noch im selben Sekundenbruchteil bückt sie sich zu Hoover. »So ein Schöner!«, sagt sie jetzt und knuddelt ihn ausführlich, während er sie küssen darf. Schon wieder er! Nur er! Aber dann sagt sie noch »Super Team!«, lächelt. Und geht forschen Schrittes weiter, noch während sie das sagt.

Seitdem sind Hoovers Spaziergänge etwas länger. Das erhöht die Chance, sie mal wiederzusehen. Aber wahrscheinlich hat der Waldboden sie eine Kurve weiter verschluckt. Eine Urlauberin. Ein Zufallsbesuch in unserem Ort. Jemand, der nie wieder auftaucht. Das wäre zu schade. Ich beschließe, mit Hoover in den nächsten Tagen das Kommando »Such!« zu üben. Und vielleicht noch »Los, bring die Frau«.

Papa und Opa

Früher habe ich immer darüber gespottet, wenn irgendein Frauchen am Ostseestrand ihren Pudel mit »Wo ist Mutti? Hier ist Mutti! Komm zu Mutti!« rief und irgendein Herrchen seinem Boxer hinterherkrakeelte: »Walter! Hierher, Walter, zurück zu Papa!« Anfangs habe ich auch vehement bestritten, dass der Große – Hoovers Vorgänger – Kindersatz gewesen wäre, und die Unterstellung, ich würde ihn vermenschlichen, habe ich sogar als Provokation empfunden. Er durfte immer Hund sein. Er war immer Hund. Und immer war er ein großartiger Hund.

Und irgendwann bin ich umgeschwenkt, habe das »Papa«-Gerede erst als Ironisierung und bald wie selbstverständlich mitgemacht. Meine Mutter war seine Oma, mein Vater sein Opa, mein Bruder sein Onkel. Meine damalige Freundin war seine Tante. Und alle fanden es witzig.

Damals gab es Freunde, die das nicht verstanden haben. Es sind die rationalsten Leute, die ich kenne. Natürlich haben sie kein Haustier. Sie rief irgendwann an und meinte, sie müsse mal ernsthaft mit mir reden. Sie mache sich Sorgen. Und ihr Mann auch. Ich würde abgleiten, den Schuss nicht hören, durchdrehen. Es fing recht vorsichtig an und wurde dann immer klarer: »Das ist, verdammt noch mal, ein Hund und nicht dein Kind! Du bist nicht sein Vater! Kein Mensch kann ein Haustier zeugen!«

Für sie war das dramatisch, für mich waren das nicht wirklich News, aber mit »Ich weiß, gib jetzt Ruhe« hätte ich sie damals nicht erreicht – heute übrigens erst recht nicht. Also habe ich gesagt: »Is gut, ich werde das mit ihm besprechen. Aber es geht nicht sofort. Seit er groß ist, hat er einen eigenen Haustürschlüssel, zieht häufig mit Hündinnen ums Dorf und kommt erst abends wieder. Dann klären wir das.«

Sie schwieg wie in Schockstarre. Lange. Dann lachte sie hysterisch los. Wenn sie lachte, war es immer so hysterisch. Und endlich hatte sie zumindest halbwegs kapiert, dass ein lieb gewonnenes Tier durchaus emotional Kindersatz sein kann und trotzdem Hund bleibt. Und dass man mit Sprache witzige Sachen machen kann. Und auch noch, dass es so etwas wie feine Ironie gibt. Und eine weite Welt diesseits oder jenseits purer Rationalität – wie man will.

Umso selbstverständlicher habe ich fortan von meinem »Fellsohn« gesprochen und dem Großen sogar eine eigene E-Mail-Adresse eingerichtet. Da war sie wieder entsetzt. »Wer soll ihm denn überhaupt schreiben?«, hat sie gefragt. Und als ich im Brustton der Überzeugung »Andere Hunde natürlich« geantwortet hatte, war wieder Schweigen und dann nach beeindruckend langer Stille dieses hysterische Lachen.

Natürlich hat er elektronische Post bekommen. Die Frauchen – es waren tatsächlich häufiger die Frauchen als die Herrchen – befreundeter Hunde haben im Namen ihrer Tiere an ihn geschrieben und die Botschaften an sein Computer-Postfach geschickt. Und ich habe an seiner Stelle geantwortet.

Als ich beim Tierarzt einmal sah, dass die dort auf der Karteikarte hinter seinem Namen meinen Nachnamen geführt haben, habe ich das hingegen korrigiert und gesagt, er heiße »Viech« mit Nachnamen – und so laute schließlich auch seine E-Mail-Adresse: Name.Viech@Soundso.com. Die haben das bereitwillig korrigiert und mich wahrscheinlich fortan für noch einen Hauch merkwürdiger als sich selbst gehalten.

Eine Zeit lang hatte ich sogar erwogen, neben mein Namensschild an der Haustür noch »G.Viech 2x klingeln« zu schreiben, als ob es hier einen Untermieter gäbe. Ich habe mir dann den GEZ-Kontrolleur vorgestellt, dem ich erklären müsste, dass es sich bei G.Viech um meinen Hund handelt, der nur Tierfilme guckt, am liebsten welche mit Wildgänsen oder Enten, das dann aber tatsächlich sehr aufmerksam. Aber ausschließlich über meinen Fernseher in meinem Wohnzimmer, für den ich bereits Gebühren entrichtete, und dass er deshalb vergeblich darauf setzte, weitere Rundfunk- und Fernsehgebühren für den Mitbewohner mit dem eigenen Klingelschild einzufordern. Und in der Fantasie hörte ich mich noch sagen, dass sein Fell zwar schwarz sei, aber es diskriminierend wäre, ihn deshalb zum Schwarzseher zu stilisieren. Ich habe dann lieber auf das heitere Türschild verzichtet. Die Gefahr, dass es von humorlosen Menschen gesehen würde, war zu groß.

Und jetzt ist Hoover mein neuer Fellsohn – ebenfalls noch ohne Türschild übrigens, und was die E-Mail angeht, nutzt er den Account von seinem Vorgänger vorerst weiter.

Neulich musste ich ihn für zwei Stunden bei meinem Vater einquartieren. Als ich dort durch die Tür kam und ihm der Hund entgegensprang, rief der sofort »Komm zu Opa«. Und als ich ihn wieder abholen will, erzählt er mir: »Hoover hat bei Opa auf dem Sofa geschlafen und ihm immer wieder das Ohr abgeschlabbert.« So soll es sein.

Pfötchenhalten

Hoover ist kuschelig. Und er kuschelt sehr gerne. Das mag in seinen Genen liegen, aber auch darin begründet sein, dass ich ihm nach dem Einzug, als er sich in der Fremde einsam fühlte und Heimweh hatte, die nötige Körperwärme geboten habe. Wir schmusen seitdem beide gerne, und wenn ich mal auf dem Sofa lese oder sogar ein Mittagsschläfchen halten möchte, dann kommt er dazu, bleibt nicht am Fußende, sondern liegt am liebsten neben mir und macht sich dabei ganz lang und schmal. Sogar ein bisschen keilförmig scheint er dabei zu werden, denn nicht der absturzgefährdete Platz an der Außenseite des Sofas ist der Flecken seiner Wahl, sondern die schmale Fläche zwischen den Seitenpolstern und mir. Weil ich meinerseits nicht abstürzen möchte, rücke ich nicht weit von den Polstern weg, doch ihm reicht der Freiraum. Die Nase parkt er auf meiner Schulter oder unter meiner Achsel, der Rest passt irgendwie daneben und reicht bis zur Wade. So schläft er ein. Es fühlt sich für uns beide gut an, ist Ausdruck unseres gegenseitigen Vertrauens – und, ganz nebenbei, ideal für kühle Winterabende.

Liegen wir anderswo und haben ein bisschen mehr Platz, patscht er mir gerne seine Pfote in die geöffnete Hand, findet es toll, sie gehalten und die Ballen gestreichelt zu bekommen. Kitzelig ist er dabei übrigens nicht. Manchmal dreht er sich auf den Rücken, liegt dabei umfasst in meinem Arm, streckt alle viere in die Luft – und atmet tief und fest und entspannt. In solchen Momenten denke ich, wie seltsam es ist, dass zwei so unterschiedliche Arten in gewisser Symbiose zusammenleben – dass Mensch und Hund sich irgendwie gefunden haben.

Stimmt es, dass es Leute gibt, die Hunde doof finden? Welche, die sogar vor Hoover Angst haben? Etwa, weil er groß und schwarz ist? Womöglich wegen dieser Zähne? Sie können unbesorgt sein. Außer ich rufe: »Hoover: Kehle!« Er legt den Kopf dann schief, überlegt, schaut und springt schließlich freudig an mir hoch. Was das heißt, weiß er nicht. Was es bedeutet, täte er nie. Nicht er. Nicht als Flat-Coated-Retriever! Aber seinen Namen hat er gerade gehört – und das ist immer Grund zur Freude: Könnte ja heißen, dass einer mit ihm spielen will. Oder dass es endlich wieder Futter gibt!

Bett-Eroberungsversuche bei Tag, mit und ohne Knochen

Bei aller Kuscheligkeit und allen Fellsohn-Sprüchen: In meinem Bett hat er nur etwas zu suchen, wenn ich auch drin bin – und zwar vor ihm. Es ist Chefplatz und nicht Ganztags-Riesen-Ruhekissen für den Hund. So viel Hierarchie muss sein. Weil die Schlafzimmertür immer offen steht, hat er über lange Zeit versucht, Gewohnheitsrecht zu etablieren, und ist einfach hineingeklettert. Manchmal ist er im Minutentakt wieder herauskommandiert worden, beim vierten und fünften Mal mitsamt dem Bettzeug von der Matratze gezogen worden, weil er freiwillig nicht weichen wollte – immer quittiert mit klarem »Nein!« und einem Fingerzeig auf sein Schlafzimmer-Hundekissen auf dem Fußboden. Er scheint es längst verstanden zu haben – und es doch von Zeit zu Zeit wieder auszuprobieren. Was er übrigens fast immer verstanden hat: Das obere Drittel des Bettes gehört ausschließlich mir. Auf dem Kopfkissen hat er nichts zu suchen. Nie gehabt. Das respektiert er.

Neulich hat er wieder versucht, es sich doch auch vormittags auf dem Bett gemütlich zu machen. Richtig nett wollte er es haben und hat sogar seinen eklig verklebten Kauknochen mitgebracht. Beide sind rausgeflogen. Postwendend.

Manchmal höre ich, wenn ich Richtung Bad gehe und dabei auf die Schlafzimmertür zulaufe, ein dumpfes »Plopp«: das Geräusch eines Sprunges runter vom Bett, einen schnellen Schritt aufs Hundekissen zu und ein Hinplumpsen, als hätte das Hundetier niemals woanders gelegen. Wenn ich ihn dann streng anschaue, aber nichts sage, steht in seinem Gesichtsausdruck das allerunschuldigste »Wiesooo? Was soll los sein?« geschrieben. Mit anderen Worten: Er weiß es ganz genau.

Wenig Respekt vor Weberei

Neulich sind wir ernsthaft in Streit geraten. Hoover hat verbal eine gewaltige Abreibung bekommen. Und sogar laut bin ich geworden. Stolz bin ich darauf ganz und gar nicht. Aber ich wusste keinen anderen Weg und glaube, es musste sein. All das begann so: Hoover ist früher aufgestanden als ich, hat schon um kurz nach sechs statt gegen acht auf Action umschalten wollen.

Ihn mal eben in den Garten zu lassen und gleich anschließend »Komm, noch schlafen« zu flüstern, hat anders als sonst nicht den gewünschten Erfolg gehabt. Aus Trotz und, mehr noch, aus Müdigkeit habe ich mich wieder hingelegt und ihn mit seiner Kollektion aus Bällen, Tauen und Hartgummi-Kauspielzeug im Wohnzimmer herumflippen lassen. Als ich dann ein, zwei Stunden später doch aufgestanden bin, war das Desaster unübersehbar: nicht im Wohnzimmer, das geradezu wohlsortiert wirkte und gänzlich unzerstört war – aber eine Tür weiter im Gästezimmer. Dort war ein dickes Loch in den Webteppich mit den langen, flauschig weichen Flusen gerissen.

Überall flogen die Fasern herum, und kaum dass ich so in den Raum starrte und bald auch »Was-ist-das-denn?« sagte, schlich ein nur noch halbhoher Hund um mich herum, als wollte er antworten: »Weiß auch nicht, muss einfach so passiert sein. Vielleicht der Wind! Oder irgendein Tier. Bestimmt von außerhalb! Oder der Teppich hat die Fusseln einfach so abgeworfen wie ich das Welpenfell!«

Mir reicht die Erklärung nicht. Ich habe ganz konkrete Vorstellungen, wer das gewesen sein muss. Und wann. Und als hätte sich alles mit den beiden Feststellungen erledigt, dass der Teppich schlimm aussieht und es wohl selber gewesen sein muss, quetscht sich ein eben noch halbhoher Hund an mir vorbei ins Zimmer, wirft sich auf den Teppich: und zupft weiter! Vor Zeugen!

Jetzt bekommt er den Anpfiff, den ich mir kurz vorher verkniffen hatte, weil ich schließlich niemanden auf frischer Tat ertappt hatte. Er hört sich das an, starrt mich sogar an, als wollte er so etwas wie Armdrücken mit den Augen ausprobieren und testen, wer dem Blick des anderen länger standhält. Endlich schaut er zu Boden. Standpauke abgeschlossen – und abgeprallt. Denn schon wieder zupft er weiter! Jetzt gibt es den Riesen-Anpfiff. Laut – obwohl man das nicht soll, aber wer kann schon immer die Beherrschung wahren. Streng. Hart im Ton. Und konsequent. Hoover wird des Zimmers verwiesen, sieht, wie ich mit dem rechten Zeigefinger vor seiner Nase herumfuchtele und sage: »Mach das nieeeee wieder!«

Damit er merkt, wie ernst es mir ist, darf er diesen Morgen nicht mit ins Badezimmer. Ich knalle die Tür hinter mir zu und denke: Wie gut, dass ich ihn unmittelbar erwischt habe. Wie gut, dass er jetzt zweifelsfrei weiß, dass der Teppich tabu ist. Und wo der Hammer hängt! Er scharrt noch mal an der Badezimmertür. Ich bleibe konsequent, rufe harsch »Nein!«, dann »Dableiben!«, danach »Gleich!«. Und komme keine drei, vier Minuten später wieder heraus: um Hoover in aller Entspanntheit teppichrupfen zu sehen. Er liegt mitten drauf. Ist umgeben von einem Berg einst mühsam eingewebter Flu-

sen, die er in der kurzen Zeit herausgerissen und im Zimmer verteilt hat.
Was jetzt geschieht, ist eher Abreibung als Anpfiff. Er bekommt den Ärger seines Lebens, muss sich in den Flur vors Gästezimmer legen, darf sich nicht von der Stelle rühren, obwohl als Nächstes der normalerweise freudig erwartete Morgenspaziergang ansteht. Nach ein, zwei Minuten folgt er mir trotzdem in die Küche, wird zurückkommandiert, muss wieder im Flur warten, bis er schließlich nach wiederum ein paar Minuten gerufen wird. Er tut zerknirscht – um auf dem Spaziergang wie ein Bekloppter an der Rollleine zu zerren. Trotz mehrfacher Ermahnung und obwohl er genau wissen muss, dass das anders eingeübt und so ganz und gar nicht erwünscht ist. Was das alles soll? Ich fürchte, mein Hund ist in die Pubertät gekommen, kaum dass er zwanzig Kilo wiegt und knapp sechs Monate alt geworden ist. Ich glaube, dass wir gerade um die Vorherrschaft ringen und ich jetzt unbedingt die Oberhand behalten muss, wenn ich es später leicht(er) haben will und unsere Hierarchie gefestigt sein soll – auch in seinem Interesse.
Ein Zufall kommt mir da zu Hilfe. Denn nun zerrt er so hinter einem anderen Hund her, dass er mir die Rollleine aus der Hand reißt, und während ich noch »Halt!« und »Hierher!« brülle, prallt das Gehäuse ein paarmal auf dem Waldboden auf, rappelt hinter dem nunmehr erschreckten Hoover her und wickelt sich seltsam geordnet auf, während es sich seinem Halsband nähert und schließlich gegen seine Flanke schlägt. Er legt sich auf den Waldboden und ergibt sich der Leine. Sein Blick sagt: »Herrchen muss wirklich mächtig sein. Er hat noch Einfluss, wenn ich mich längst losgerissen habe. Er hat die Leine auf mich gehetzt und mich damit zur Strecke gebracht. Vielleicht sollte ich doch

erkennen, dass es kein wirklich schlechter Deal ist, in diesem Haushalt Vollpension zu genießen und im Gegenzug artig mit Rang zwei in der Hierarchie zufrieden zu sein.«
Auf den folgenden Metern versuchen wir unser Verhältnis wiederherzustellen. Ich lobe ihn fürs unerwartete Bei-Fuß-Gehen. Er schlabbert mir kurz über die Hand, macht einen Bocksprung – und versucht gleich darauf, ein Stück streng verbotener Pferdescheiße vom Waldweg zu fressen. »Pfui!« und »Nein!« höre ich mich rufen. Ich bin sicher, es ist auch Hoover nicht entgangen. Der macht mittlerweile einen Sprung zur Seite, als wollte er folgsam sein, dann einen Bocksprung. Und noch einen Satz zurück zum Pferdehaufen, in den er nun noch mal kräftig hineinbeißt. Ich brülle. Öffne seine Schnauze, schüttele die Scheiße heraus. Und für den Rest des Spaziergangs wird strafexerziert. Sitzplatzhaltkommsitz. Platzsitzkommsitz. Dableibenjetztkommsitz. Haltsitzplatz.
Zu Hause läuft er als Erstes ins Gästezimmer, dreht sich kurz um und ich glaube in seinem Blick diesen Satz zu lesen: »Dafür reiß ich dir jetzt den Teppich auf! Der kriegt es jetzt ab!« Haltsitzplatz! Haltsitzplatz! Neinundraus! Die Gästezimmertür bleibt bis auf Weiteres zu – obwohl ich geschlossene Türen hasse. Sie behindern den Lichteinfall. Doch jetzt geht es nicht anders.
Im Laufe des Vormittags versöhnen wir uns wieder und sind beide erleichtert darüber. In den Tagen danach bleiben die ausgerissenen Teppichfasern als Mahnmal zum Türmchen geschichtet auf dem Gästezimmerfußboden liegen. Ab und zu ist die Tür wieder geöffnet. Die ersten paar Tage überschreitet Hoover die Schwelle sicherheitshalber nicht, dann sprintet er hinein, drückt die Nase einmal in den Fusselhaufen, macht einen Bocksprung, rennt ins Wohnzimmer, setzt

sich dort hin und schaut so frech er kann: Der Junge kann es nicht lassen. Von wegen »Ich will brav sein«. Dieses Exemplar hat es faustdick hinter den pechschwarzen Ohren.

Das Loch im Pulli

Ich werde ihm die Kosten vom Taschengeld abziehen. Nicht die für den Teppich, da habe ich an so etwas noch nicht gedacht. Aber langsam muss ich ihn finanziell mit in die Pflicht nehmen. Denn nun hat er den Ärmel meines Lieblingspullis zerrissen – keiner, den man im nächstbesten Laden neu kaufen kann, sondern einer, der aus Spanien stammt, auf einer Reise erstanden wurde und mit Erinnerungen aufgeladen ist. Ein ganz besonderer Pulli sozusagen. Hoover differenziert da nicht weiter.

Er hat es sich angewöhnt, morgens wie ein Bekloppter durch den Garten zu preschen und eine Choreografie aus schnellsten Drehungen und Wendungen, aus Hakenschlagen und Bocksprüngen aufzuführen. Nur Salti fehlen bislang. Führt der selbst gewählte und durch nichts im Voraus absehbare Parcours in meine Nähe, gehört ein Bocksprung mit Drehung, aber ohne Berührung unmittelbar vor meinem Körper zu den Höhepunkten der Inszenierung. Und weil man immer mal etwas Neues ausprobieren soll, entschließt er sich nun, seine Zähne während des Bocksprungs noch im Steigen in meinen weiten Pulliärmel einzuklinken. Stoff und Arm gehen mit in die Höhe und beim Absturz vergisst Hoover, die Zähne wieder auszuklinken. Mit einem lauten Rrrratsch-Geräusch kommt der Hund wieder auf dem Rasen an – immer noch fest verbissen in den Lieblingspulli.

Natürlich wird wieder geschimpft und tatsächlich kommen derlei Auftritte seitdem vollständig ohne den Baustein »Einklinken und Klamotten zerstören« aus. Hat er deshalb jetzt weniger Spaß dabei? Es sieht ganz und gar nicht danach aus. Vielleicht hat die Drohung geholfen: »Das ziehe ich Dir vom Taschengeld ab!«, habe ich gesagt und Hoover hat betreten geguckt. Er bekommt gar keines – aber das war ihm wohl in jenem Moment gar nicht präsent. Zwei Euro fünfzig hat die Reparatur in »Heidi's Nähstube« gekostet, mit fünfzig Euro hätte ein neuer Pullover zu Buche geschlagen – plus Reisekosten nach Spanien. Dass er geflickt ist, bleibt leider unübersehbar. Vermutlich wird er nun umgewidmet und zum Lieblingspulli für die Gartenarbeit deklariert. Oder fürs Toben mit dem Hund.

Das Stöckchen klemmt

Plötzlich bewegt Hoover das Köpfchen so seltsam, malmt dabei mit dem Kiefer ins Leere: Ist er verletzt? Hat er sich gestoßen? Nichts zu sehen. Erleidet er gerade einen epileptischen Anfall? Hoffentlich nicht! Was hat er gerade eben getan, wo ist er gewesen, was kann geschehen sein? Am besten ganz systematisch vorgehen!

Also: Er war im Garten, ist direkt von dort zu mir gekommen, bewegt seitdem den Kopf so seltsam in diesen kurzen kreisenden Bewegungen, mit diesem gewissen Zucken. Er hat Stöckchen gekaut – genau genommen einen vom Sturm heruntergeschlagenen ganzen Birkenast mit lauter dünnen Verzweigungen. Und dieser Ast liegt draußen auf dem Rasen. Nicht schon wieder ein Stock tief im Hals! Nicht wieder einer, den ich aus den Abgründen seines Rachens herausfischen muss, ehe Schlimmeres geschieht! So etwas hatten wir neulich schon mal und dabei ist zum Glück alles gut gegangen – bis auf den Zahnabdruck auf meiner Hand vielleicht, aber das war bloßer Reflex, nichts, wofür man Hoover einen Vorwurf machen könnte oder weswegen man in ausschimpfen müsste. Irgendwo ganz hinten am Zungenansatz hatte ich mit zwei Fingern ein dünnes Stöckchen erwischt und wieder herausziehen können. Es war bereits zu tief, als dass er es noch hätte kauen oder gar herauswürgen können. Mit zwei Fingern gelang es mir, es herauszufischen. Zwischen Zeige- und Mittelfinger zog ich es wieder hervor und war so froh, dass alles gut gegangen war.

Nicht schon wieder! Nicht nach halb sieben, wenn alle Tierärzte der Umgebung schon im Feierabend sind! Ich fingere, fummele, hangele, sperre ihm mit der anderen Hand das Maul auf und versuche, selbst reflexhaftes Zubeißen abzupuffern. Nichts zu tasten, nichts zu greifen, nichts zu finden! Und er macht weiter diese seltsamen, fast apathischen Bewegungen.

Und dann habe ich es doch: Nicht tief im Rachen steckt ein Zweig, sondern er klemmt geradezu maßgefertigt am Gaumen weit hinten zwischen der rechten und der linken Zahnreihe im Oberkiefer – unerreichbar für die Zunge. Ein Handgriff und die Sache ist geklärt. Ohne Tierarzt. Und wichtiger noch: ohne Gefahr. Was für ein Glück, dass doch meistens alles gut geht.

Milchzahn-Trophy

Es sieht aus wie ein Stück Elfenbein, was da auf dem roten Läufer im Wohnzimmer liegt, fast blinkt. Vorsichtig nehme ich es in die Hand, um es dann gleich wegzuschleudern, »Iih, ein Zahn!« zu rufen und es schließlich suchen zu müssen und noch mal aufzusammeln. Von wem soll der sein? Wie soll der hier hingekommen sein? Das sind meine ersten Gedanken. Bis mir einfällt: von Hoover natürlich!

Hoover fängt an, die Welt zu entdecken: auf Tour an der Ostsee

Der erste Milchzahn hat sich verabschiedet, hat Platz gemacht für das, was da an Hauern aus der Tiefe emporwachsen will. Beim Großen damals, Hoovers Vorgänger, hatte ich keinen einzigen Zahn gefunden. Die alten waren wie von Geisterhand verschwunden, die neuen plötzlich da.
Und noch etwas muss ich denken: Wie unfassbar schnell doch die Zeit vergeht! Ist der Kleine nicht eben erst eingezogen? Haben wir uns nicht gerade erst kennengelernt, sind seit Kurzem ein Rudel? Und jetzt wirft er schon die Milchzähne ab, schleudert seine Kindheit auf den Teppich. Fast werde ich ein bisschen schwermütig. Dabei habe ich mir am Anfang gewünscht, er möge bitte möglichst schnell erwachsen werden, damit alles so ist wie in den Jahren, als der Große noch lebte und wir so glücklich bei allen Spielereien, allen Kunststückchen waren. Als es diese tolle Schnittmenge gab, dieses blinde Verstehen, dieses Verständigen mit Blicken. Und plötzlich finde ich traurig, dass Hoovers Welpentage gezählt sein müssen, er offiziell schon als »Junghund«, ein irgendwie doofes Wort, gilt. Das Tapsige, dieses durch und durch Zufällige in so vielen Handlungen, dieses ahnungslos Spontane, dieses Staunen über Neues, aber auch dieses behutsame Heranführen an die Welt ist schon wieder fast zu Ende. Und dann sage ich mir dies: Was für ein Glück, dass es immer wieder aufblitzen wird. Es kann gar nicht ganz verschwinden, denn Flat Coated Retriever bleiben ihr ganzes Leben lang Clowns, bleiben verspielt und ungeheuer neugierig – zusätzlich zu allem, was sie unterwegs gelernt haben und anwenden.
In den folgenden zwei, knapp drei Wochen stoße ich immer wieder auf Zähnchen auf dem Fußboden. Eines fische ich Hoover mit den Fingern aus dem Maul, weil ich denke, er lutscht wieder einen der gefährlich kleinen Steine, mit de-

nen der Terrassenrand abgeschüttet ist. Es muss gerade ausgefallen und auf die Zunge geplumpst sein, und er selber schien sich noch gar nicht schlüssig zu sein, was er da gerade auf dem langen Lecker fühlte.
Den letzten der beiden spitzen Reißzähne muss ich ihm ziehen – nicht ganz und gar und aus der Tiefe. Der Zahn hängt deutlich sichtbar auf Halbmast, ist im 90-Grad-Winkel nach innen gekippt und offenbar nur noch an so etwas wie dem berühmten seidenen Faden befestigt. Dabei scheint er, der gemeinsam mit seinem Gegenüber mal ganz vorne in der Schnute stationiert war, schon von anderen neuen Zähnen seltsam überholt worden zu sein. Plötzlich gibt es zwei Zentimeter weiter vorne welche. Als ob die Nachfolgezähne nicht an derselben Stelle aus dem Grund wachsen, sondern die Schnauze länger geworden sein muss und die Neuzugänge nun weiter vorne sprießen. Wie dem auch sei. Umwickelt von einem dünnen Tuch und mit einem kleinen Ruck verschwindet der letzte Welpenzahn und es blutet nicht mal nach.

Hochinfektiös und einfach verweht

Gerade zum Tierarzt geht man ja eigentlich, um Probleme beheben zu lassen, und nicht, um sich ohne Not neue zu holen. Manchmal kann man sich nur wundern. Und muss sich Sorgen machen, weil andere zu gleichgültig sind. Wir haben eigentlich nur wegen eines neuen Zeckenschutzmittels vor der fremden Großstadt-Tierarztpraxis gehalten – und um Hoover einmal zu wiegen, damit die Dosis passt.
Weil dort das Telefon klingelt und auch noch jemand vor uns am Tresen steht, müssen wir warten. Hoover vertreibt sich die Zeit damit, dem ebenfalls wartenden Schäferhund

das Maul zu polieren. Leider habe ich keine guten Erfahrungen mit Schäferhunden gemacht. Die paar unfreundlichen, die es geben mag, hat es irgendwie alle in meine Gegend verschlagen. Diesen hier kenne ich noch nicht, bin misstrauisch, aber weil Untergebenheitsgesten wie die Schnutenschlabberei gerade bei aggressiven Vierbeinern nicht schaden können, lasse ich Hoover gewähren, statt größtmöglichen Abstand zu wahren. Der Schäferhund lässt ebenfalls gewähren, ist seltsam desinteressiert, fast apathisch.
Nach einer gefühlten Ewigkeit dreht dessen Herrchen sich zu uns dreien um – zu Hoover, zu mir, zu seinem Hund, der ohne Leine in der Ecke sitzt – und spricht diese Worte: »Lieber nicht, der ist hochinfektiös. Wiedersehen«, ruft er noch, leint eilig seinen Hund an und geht.
In Gedanken sehe ich Hoover auf der Stelle tot umfallen, nachdem ihm nun mit Sicherheit alle lebensgefährlichen Infektionskrankheiten auf einmal an der Zunge kleben. »Was für ein Trottel!«, fluche ich innerlich über das Schäferhundherrchen. »Hätte er nicht eher etwas sagen können!« Und wenn es denn alles so gefährlich ist, hätte ich mir auch gewünscht, die beiden Helferinnen hinter dem Tresen hätten heute schon ein paar Liter Kaffee intus gehabt und wären etwas aufgeweckter. »Muss ich mir jetzt Sorgen machen?«, frage ich? »Ist das was Ernstes, was der Schäferhund da Hochinfektiöses hat? Könnte Hoover sich jetzt angesteckt haben?« Eine der beiden guckt kurz auf: »Ach, das verweht«, meint sie. Ach so. Na hoffentlich. Und noch etwas denke ich: Etwas weniger Gleichgültigkeit stünde ihr bei aller Professionalität gut zu Gesicht.
Wahrscheinlich ist es nicht anders als beim Menschenarzt: Für einen selber ist das, was einen hintreibt, stets gerade das schlimmste und, ganz nebenbei, auch das aufmerksam-

pflichtigste Großereignis, das man sich denken kann – und sei es nur die Bitte um ein neues Rezept für ein vertrautes Präparat. Meist ahnt man gar nicht, mit welchen dramatischeren Heimsuchungen sich Arzt oder Helferin in Gedanken gerade befassen müssen – auch nicht, wie selten sich selbst zu Grippezeiten ein alles in allem Gesunder im Wartezimmer ansteckt.
Am Ende ist übrigens wirklich alles verweht, wenn man so will. Hoover hat sich beim Schäferhund nicht angesteckt – oder sich rein gar nichts anmerken lassen.

Abreibung von Chewbacca

Um es kurz zu sagen: Chewie kann ihn offenbar nicht riechen – im übertragenen Sinne. Und gleich zum Trost: Sie kann nur sehr wenige riechen. So gut Hoover mit seiner Verspieltheit, seiner freundlichen Arglosigkeit und seinen lieb gemeinten Anschlabber-Attacken bei den meisten Hunden wie Menschen ankommt, so sehr fällt genau das anderen auf die Nerven. Jener Chewbacca zum Beispiel. Eigentlich heißt sie nur Chewie, das ist die Kurzform von Chewbacca, der Spitzname, den Harrison Ford im ersten »Krieg der Sterne«-Film Ende der 1970er-Jahre als Anrede für seinen haarigen Kopiloten mit der Zottelmähne vorm Gesicht verwendet hat. Und weil diese selbst erst anderthalb Jahre alte Tibet-Terrier-Lady einen ähnlichen Gesichtsausdruck hat und durch einen vergleichbaren Flokati vor den Augen hindurchschauen muss, hat sie diesen Namen bekommen.
Hoover ist wie immer gleich hingelaufen, tapst, springt, versucht, ihr ums Maul zu schlabbern – doch noch ehe es so richtig losgeht, macht Chewie das Geräusch eines Profi-Mixers im Pürier-Modus. So was von deutlich sagt sie Hoover

die Meinung und treibt ihn zwölf Meter vor sich her, dass er ganz fassungslos ist. Erst schaut er mich an, dann Chewies nettes Frauchen, und sein Augenausdruck sagt mit gewisser Empörung: »Was ist das denn für ein Köter? Sieht so süß aus und dann so zickig!« Und gleich darauf: »Die hat mich ja gar nicht lieb.« Und eine Sekunde später noch etwas wehmütiger: »Aber warum das denn?«

Während wir uns noch ratlos angucken, wirft Chewie für einen kurzen Moment mit einer ärgerlichen Kopfbewegung den Flokati versuchsweise zur Seite, was aus naheliegenden Gründen zu rein gar nichts führt, und geht unmittelbar wieder in den Pürier-Betrieb über. Das Ziel offenbar: Hoover, der immer noch fassungslos herumsteht, mindestens weitere zehn Meter zurückzutreiben.

Frauchen hat sich inzwischen auch zu Wort gemeldet. »So ist sie halt«, sagt sie. »Chewie mag keine Welpen.«

Ich frage: »Mag sie andere? Größere? Ältere?«

»Nich so«, antwortet Frauchen, um dann kurz mit ihrem Mixgerät mit dem niedlichen Gesicht zu sprechen: »Chewie, jetzt ist aber auch mal gut!«

Es gibt vier Wesen, die Chewie sehr schätzt. Hoover zählt nicht dazu. Konkret sind es: Frauchen, Herrchen, der eine Sohn von Frauchen und Herrchen und der andere Sohn von Frauchen und Herrchen. Die Boxer-Hündin ihrer Nachbarn respektiert sie, weil die in ihren Augen schon immer da gewesen ist und man sich von klein auf kennt. Die Kaninchen von nebenan hält sie für eine besonders große Verrücktkeit der Natur und straft sie durch den Zaun hindurch mit gewisser Verachtung. Alles andere wird weggemixt.

Warum Chewie so reduziert in Sachen Freundeskreis ist? Wahrscheinlich liegt es an den Genen. Die Vorfahren im Himalaya haben in grauer Vorzeit mangels entsprechender

Besiedelung auch nicht andauernd andere Hunde und andere Menschen getroffen. Da ist man erst mal vorsichtig. Da lässt man Zufallsbegegnungen erst mal wissen, dass einem dieser Berg gehöre und alles drum herum im Übrigen gleich mit. Und dass man sich vom Flokati nur nicht täuschen lassen solle, was den gewissen Biss angeht, der dahinterstecken könnte. Freundschaft schließen kann man ja immer noch – jedenfalls wenn es denn sein muss. Bei der zweiten, eher bei der dritten oder vierten Begegnung vielleicht. Am besten aber auf einem ganz anderen Berg. »Sie tut nur so«, sagt Frauchen noch. »Sie beißt nicht wirklich.« Gut zu wissen, denn wirklich böse Zeitgenossen gibt es auch.

Einen davon treffen wir kurz darauf. Ich nenne ihn »den ersten Blödmann«. Weil es der erste Hund ist, der wirklich böse ist. Einer, der die Waldluft in größter Gier zu fressen scheint. So sehr hapst und schnappt er Richtung Hoover, während sein ansonsten grußformelfreies und lächelbefreites Herrchen ihn an kurzer Leine vorbeizerrt. Ein kapitales Exemplar, irgendetwas zwischen Rhodesian Ridgeback und Schäferhund. Ganz plötzlich tauchten die beiden auf dem Waldweg auf, kamen von irgendwoher zwischen den Büschen, aus irgendeiner Trampelpfad-Route. Wir drücken uns lieber anderthalb Meter tief ins Gestrüpp, damit die beiden ohne Reißzahn-Berührung an uns vorbeikommen. Wieder guckt Hoover mich anschließend irritiert an: »Aber wieso mochte der mich nicht?«, fragt der Hundeblick. »Wollte der etwa wirklich nicht spielen?« Ich versuche es mit Telepathie: »Nein, Hoover, der wollte wirklich nicht. Chewie zog nur eine Show ab, dieser hätte dich gebissen.« Hoffen wir, dass er einige Dörfer weiter weg wohnt und nur durch Zufall mal hier unterwegs war. Und noch etwas denke ich: Wahrscheinlich ist der von der Natur individuell programmierte Welpenschutz abgelaufen, diese Lebensphase, in der andere Hunde den Kleinen noch mit gewisser Langmut begegnen. Schade eigentlich.

Salpeter

Außer der Sache mit dem Webteppich hat es bisher keinen ernsthaften Zwischenfall zulasten meines Mobiliars gegeben. Hoover duldet allerlei Raumausstattung neben sich, ohne unbedingt etwas zerstören zu müssen. Als ob der Deal insgeheim lautet: Er lässt meine Sachen heil, ich vergreife mich nicht an seinen.

Das klappt hervorragend – bis er einen gewissen Reiz an Salpeter entdeckt. Vor Jahren hatte es hier mal einen Wasserschaden gegeben, und ein paar Zentimeter oberhalb der Fußleiste gibt es im Flur noch lange nach der Trocknung einen vielleicht fünf, sechs Zentimeter langen Wulst unter der ansonsten glatt gespachtelten und weiß getünchten Putzwand. Dieser seltsame Knubbel muss eines langweiligen Nachmittags Hoovers Interesse geweckt haben – während meiner Abwesenheit, natürlich. Und beim Nachhausekommen sehe ich sofort, was geschehen sein muss: Hoover hat den Flur als Bergwerk und sich selber als hochflexibles Schürfgerät begriffen. Die Salpeterwurst ist abgetragen, die Wand auf etwas weniger als Handtellergröße von Putz und Farbe befreit, und fast alle Brocken und Krümel, die einst an anderer Position zum Gesamtkunstwerk Flur gehörten, verteilen sich jetzt auf dem Fußboden.

Hoover ist in keiner Weise schuldbewusst. Und den »Was ist das denn?«-Satz scheint er diesmal wörtlich zu nehmen und entsprechend beantworten zu wollen: Gerne läuft er zum Tatort, leckt erst mit der Zunge über die Wand, stupst dann

ein paarmal mit der Nase auf die frische Bauwerk-Wunde, um schließlich mit der rechten Vorderpfote daran zu scharren. »Nein ist das!«, kommentiere ich. Und mit noch strengerem Tonfall gleich ein zweites und zur Sicherheit auch noch ein drittes Mal.
Er scheint das Verbot sehr eng auszulegen und entsprechend nur auf diese eine Stelle zu beziehen. Verständnisvoll sucht er sich eine andere Stelle an der Wand, die er nun ableckt, aber offenbar nicht ganz so lecker findet. Auch die erkläre ich für tabu. Und die nächste. Und sogar die übernächste. Jetzt hat er es verstanden.
Was ich diesmal glaube, in seinem Augenausdruck lesen zu können? »Ah, die Wände im Flur gehören Herrchen. Die darf er ausschließlich selber ablecken, zerkratzen und abtragen.« Wie auch immer Hoovers Erkenntnis im Detail aussehen mag: Meine Wand lässt er fortan in Ruhe.

Menschen sind nicht stubenrein

Diesmal will er unbedingt zuschauen, als wollte er ein für alle Mal herausfinden, ob sich sein schlimmer Verdacht bestätigt: Er hat sich durch den schmalen Spalt zwischen Klotür und Rahmen hindurchgezwängt, beobachtet mich nun aus weniger als einem halben Meter Distanz auf dem Porzellan-Thron, unter dem sich die auf Tastendruck sprudelnde Quelle befindet, die ihn als Welpen schon so fasziniert hat und aus der man partout nicht trinken darf. Nicht mal wenn der Deckel demonstrativ hochstehen sollte.
Ich habe den Eindruck, Hoover schaut mir direkt ins Gesicht, beobachtet meine gerade irgendwie angestrengte Mimik. Er starrt mich reglos weiter an. Und es scheint mir, als bewegten sich die Nasenflügel leicht. Mir ist, als sei ich Teil

in Hoovers Experimentaufbau. Als ginge es ihm gar nicht speziell um mich, sondern um den Erkenntnisgewinn für die Wissenschaft insgesamt. Als es leise »plopp« und »platsch« macht, zucken die Ohren ein bisschen. Und als ich nach dem Papier greife, noch mal und dann noch mal, wird er unruhig. In der Sekunde des Hosehochziehens, in dem kurzen Moment vorm Drücken der Spültaste, schiebt er resolut seine Nase dazwischen, blickt in die Toilettenschüssel, schnüffelt zugleich – und schon reißt die sprudelnde Quelle für immer davon, was immer er dort auf die Schnelle wahrgenommen haben mag.

Jetzt macht er ein paar Schritte zurück, ist zappelig, springt erst an mir hoch und scheint mich dann zum Trost abzuschlabbern. So, als wollte er sagen: »Ist nicht so schlimm, nicht traurig sein, ich schimpf auch nicht. Das wird schon noch.« Was für eine Erkenntnis: Sein Mensch ist nicht stubenrein! Und er versucht nicht mal, es bis in den Garten oder besser noch bis außerhalb des Grundstücks mühsam zurückzuhalten. »Das«, scheint Hoover zu denken, »kenne ich selber noch aus der Welpenzeit. Aber ganz plötzlich hast du es verstanden, mit einem Mal bist du dann doch stubenrein. Kopf hoch!« Wenn er sich da nicht täuscht.

Ein Strumpf fehlt

Wenn es gerade um die Verdauung im weitesten Sinne geht, passt auch die Geschichte von der aussortierten Socke, die zum Zeitvertreibs-Spielzeug konvertiert ist: schnell zwei, drei Leckerli hinein, drei, vier Knoten machen und ans Hundetier übergeben.

Mit Begeisterung gibt Hoover sich jedes Mal der Aufgabe hin, den Strumpf wieder aufzuknoten, um an die gut verpackte Beute zu gelangen. Hätte er einen Daumen und würde damit greifen können, nähme er wahrscheinlich sogar Werkzeug zu Hilfe. So hantiert er mit den Pfoten, zupft mit den Zähnen und schafft es tatsächlich, die Knoten wieder aufzupulen. Als ob die Gier nach Futter die Geschicklichkeit fördert.

Einmal nur ist die Aufgabe wohl zu schwierig, einmal nur müssen die Knoten zu stramm ausgefallen sein. Er kaut und knabbert und pult und hantiert. So ausführlich, dass ich irgendwann vergesse, ihn schon länger nicht gesehen zu haben – zuletzt, als er mit der Knoten-Socke im Wohnzimmer verschwand. Vor über einer Stunde.

Und jetzt? Er schläft auf dem Sofa. Keine Ahnung, wie lange schon. Die Socke liegt auf dem Fußboden hinterm Sessel – und ist nur noch halb so groß wie vorher. Die Knoten sind weg, die Beute ist verschwunden, nur der Part für die vordersten paar Zentimeter Fuß ist noch da. Der Anteil, der einst zur Bedeckung von Hacken, Ferse und einem Stück Wade vorgesehen war, hat sich in Luft aufgelöst. Ich schaue unter Sessel und Sofa, hinter den Kissen, im Hundekorb, schließlich in den anderen Zimmern: vorerst keine Spur.

Einen Dreivierteltag später fällt mir beim üblichen Kontroll-Rundgang durch den Garten mit Schaufel in der Hand neben dem termingerecht gefallenen Standard-Hundehaufen auch eine seltsam dunkle, lange Wurst unterm Kirschbaum auf. Beim Berühren mit der Schaufel stelle ich eine seltsame Konsistenz fest. Sie ist nicht zu zerstechen, nicht zu zerteilen, gibt nach. Ein Wurm? Irgendetwas Gefährliches? Und dann schwant mir: Der Strumpf ist wieder da, mit ein bisschen Kot ummantelt, in sich ein paarmal verdreht, ähnlich wie ein Tau. Aber ohne Knoten. Die hat der Darm aufgemacht – oder lange vorher der Hund mit Pfoten und Zähnen.

Diesmal fehlt er. Sonst kann es ihm nicht schnell genug gehen. Manchmal fühle ich mich sogar gedrängt, endlich zu Bett gehen zu sollen, damit der Hund schlafen kann. Denn schließlich gilt diese klare Regel: Hoover darf zwar in mein Bett - aber nur, wenn ich auch drin bin. Und grundsätzlich erst nach mir. Wenn er merkt, es könnte bald so weit sein, sitzt er neben dem Bett Schlange, um nur keine Sekunde dort zu verpassen. Er liebt es, dort zu sein.
Diesen Abend hat er kurz geschaut, dabei eindeutig erfassen müssen, dass ich im Begriff bin, hineinzusteigen und das Licht auszuknipsen - und ist wieder gegangen. Ich höre noch, wie er aufs Sofa im Wohnzimmer springt und sich dort in die beste denkbare Schlafposition manövriert. Irgendwann nachts wache ich auf - und vermisse den so schön weichen, warmen Hund, diesen sanften Druck gegen meine Beine, diese ganz leisen, friedlichen Atemgeräusche vom Fußende. Ich schleiche ins Wohnzimmer: Da liegt er auf dem Sofa, auf maximale Hundelänge ausgestreckt. Und fühlt sich wohl! Ohne Nähe zu Papa!
Erst bin ich ein bisschen empört, dann stolz. Neulich war er noch ein nähebedürftiges Hunde-Baby, ein Kuschel-Welpe, einer, der Geborgenheit in der Fremde suchte. Nun ist daraus im Handumdrehen ein Retriever-Teenie geworden, in Riesenschritten ist er auf dem Weg zum Erwachsenwerden. Und wie ist das mit Teenies? Die schlafen nicht mehr bei Papa im Bett. Weil das uncool ist. Und weil all die anderen draußen womöglich lästern könnten, wenn sie Wind davon bekämen. Heinz und Chewie zum Beispiel, oder Emmy und Fili oder sogar Reila. Dann lieber ab ins Wohnzimmer.

Ich bin wieder schlafen gegangen. Habe noch »mein neuer Großer!« gedacht und muss sofort wieder eingenickt sein. Morgens um halb acht ist alles wie immer: diese gewisse Wärme an den Beinen. Da reckt und streckt sich ein Flat-Teenager. Irgendwann am frühen Morgen muss er doch wieder zugestiegen sein. Wie schön. Und ich habe es nicht mal gemerkt.

Noch Kind bleiben – und ins Auto gehoben werden

Auch ein Teenie möchte noch mal wieder Baby sein. Das ist bei Hunden nicht anders als bei Menschen. Irgendwann wollen sie alle wieder auf den Arm. Auch dann, wenn Mama oder Papa sie längst nicht mehr richtig heben können, allenfalls noch wie einen nassen Sack durch die Gegend hebeln. Hoover hat diese Anwandlungen immer dann, wenn es darum geht, durch die geöffnete Seitentür auf die Rückbank des Autos zu steigen. Als Baby wurde er hineingehoben, anfangs sogar in den dort seinerzeit angeschnallten Flechtkorb hineingesetzt. Später konnte er sich auf der U-förmigen Schutzabhängung der Rückbank frei bewegen. Und nach und nach sammelte sich hier immer mehr Spielzeug an, das er im Maul mitbrachte und unbedingt in den Wagen schleppen wollte.

Als er etwas größer wurde, stellte er sich beim Einsteigen immerhin aufrecht in die Türfüllung, patschte die Vorderpfoten auf die Sitzfläche und war doch noch zu schwach, um sich selber aus dieser Position hineinzustemmen, war zu klein, um sich kräftig genug abzutreten oder auch nur mit einem der Hinterbeine den Schritt auf die Türschwelle zu machen. Ich habe ihm dann unter den Po gefasst und nachgeschoben. Anfangs fand er es lustig, auch dann die Vorder-

pfoten nicht zu bewegen und erst in der Luft zu hängen, dann angeschoben zu werden und irgendwie auf den Sitz zu platschen. Er hatte sichtbar Freude daran.
Inzwischen kann er seit Wochen selber hineinspringen, kennt das Kommando »Mach hopp«, auch das etwas weniger entspannte »Los jetzt!«, wenn er sich nicht regt, zusätzlich das noch pampigere »Rein da!«, wenn aus freien Stücken immer noch nichts geschieht. Meistens klettert er nun, statt zu springen, stellt sich hochkant auf wie früher, macht dann einen Schritt wie beim Treppensteigen und ist drin. Manchmal aber will er nicht, dreht dann den Kopf zur Seite, und plötzlich sagen seine Augen so etwas wie »Papa! Hilf! Bitte!«. Wenn nichts geschieht, wartet er einen Moment und kann dann doch alles alleine.
Am liebsten aber ist ihm, wenn alles wieder wie in Kindertagen ist: Hand unter den Po und hepp! Ist er drin, ruckelt er sich zurecht, setzt sich neben die gegenüberliegende Tür – und scheint zu strahlen. War das schön! Wie damals!

Das Kommando aus dem Fernseher

An unterschiedlichste Stimmen, die ihm nicht nur etwas zu sagen haben, sondern auch etwas von ihm wollen, hat Hoover sich längst gewöhnt: an Kinder, die zu Besuch sind und »Sitz!« von ihm verlangen zum Beispiel. Er tut es, obwohl er sie als maximal gleichrangig ansieht – und er sich jedes Mal herausnimmt, kaum dass er sitzt, wieder hochzuschnellen und sie im unerwartetsten Moment ins Gesicht zu küssen und am liebsten gleich noch gründlich abzuschlabbern. Meistens lachen dann alle und Hoover freut sich so wie die anderen – einschließlich des verdutzten Kommando-Kids.

Längst weiß er, dass zu tun ist, was Herrchen sagt. Und dass Herrchen manchmal von anderen vertreten wird, deren Anweisungen genauso zu befolgen sind. Ins Repertoire gehören »Hierher!«, »Komm!«, »Halt«, »Sitz!«, »Bleib!« und manches mehr.

Er weiß auch, dass der Ton die Musik macht und ein Befehl im süßlich hohem Fistel-Tonfall genauso ernst zu nehmen ist, wie wenn jemand »Dutschi-dutschi« sagen würde. Nämlich gar nicht.

Deshalb gilt: Das Kommando muss klar und bestimmt sein. Die Stimme darf dann, wenn es wirklich wichtig ist, keinen Zweifel daran erlauben, dass es absolut ernst gemeint ist.

Und wenn das Drehbuch eines Fernsehkrimis so etwas vorsieht, steht Hoover bei der Ausstrahlung stramm – jedenfalls neulich: Er hat schon geschlafen, ist gerade aufgewacht, schaut etwas irritiert in die Runde und setzt an, sich auf dem Sofa neu zu sortieren, als eine Männerstimme aus dem Fernseher »Komm jetzt her« ruft und damit eigentlich die Gattin meint, die sich in einer Ehekrise dem Gespräch stellen und für irgendetwas rechtfertigen soll. Und weil der unbekannte Herr hinter der Mattscheibe sehr in Rage ist, schreit er ein noch ärgerlicheres »Komm jetzt sofort, sofort hierher!« hinterher.

Schon beim ersten Mal steht Hoover stramm auf dem Sofa. Beim zweiten Mal baut er sich vorm Fernseher auf. Und als ich mit harmlos-freundlicher Stimme von anderswo im Raum »Ich war's nicht« sage, schaut er sich sichtbar irritiert um – und schließlich wieder Richtung Fernseher, wo die unbekannte Männerstimme weiter vor sich hin krakeelt. Und mit einem Mal löst sich Hoovers Anspannung. Eher kommt er angetanzt als angelaufen, wedelt vergnügt, springt an mir hoch – und schaut sich noch mal verwundert um, als die

TV-Stimme noch lauter »Setzt dich hierhin!« schreit. Irgendwie gut erzogen, mein Mitbewohner.

Die Sache mit der Wespe

Eigentlich kann ich keiner Fliege etwas zuleide tun, und eine Mücke muss sehr lange nerven, ehe ich sie dann doch erschlage und mich gleich darauf dafür schäme. Aber vor Wespen habe ich gewisse Angst – nachdem ich vor Jahren einmal von einer sehr schmerzhaft ausgerechnet in die Kuppe des Zeigefingers gestochen wurde. Und nachdem der Große mal im Wald auf eine getreten war und zwischen die Ballen gestochen wurde. Es war so schmerzhaft, dass er sich unter eine Tanne ringelte und ich ihn mir schließlich über die Schultern und um den Nacken wuchten und so bis zum Auto schleppen musste.

Deshalb bin ich noch immer schnell aufgescheucht, wenn ich von Wespen in hektischen Flugmanövern umkreist werde. Die ruhigeren Exemplare versuche ich mit einem Becher und einem Stück dicker Pappe als Deckelersatz an der Fensterscheibe oder der Wand zu fangen und wieder hinauszubefördern. Bei den hektischen dagegen gibt es nach Möglichkeit kurzen Prozess – zumal Hoover sich mit durchaus erstaunlicher Erfolgsquote angewöhnt hat, nach Insekten zu schnappen oder entschieden mit der Pfote draufzuhauen, wenn sie gerade auf dem Fußboden zwischengelandet sein sollten.

Und weil er gerade mit im Raum ist und die Flugbahn der Hektik-Wespe bereits mit Blicken ganz genau nachzeichnet, entscheide ich mich zum Sofortzugriff: ein Sprung, ein Schlag mit der zusammengerollten Zeitung noch im Flug, ein zweiter ganz gezielt nach dem Absturz der Wespe, dann

Beseitigung per Taschentuch und sofortige Tatortreinigung. Selten hat es so reibungslos geklappt wie diesen Vormittag. Trotzdem kann ich nicht verhehlen, ein schlechtes Gewissen zu haben. Vielleicht wäre sie lieb gewesen, wollte gar nichts tun, nur »Hallo« sagen. Vielleicht hätte ihr Stich gar nicht so wehgetan, womöglich hätte ich ihn verdient. Zu spät. Die Schuldgefühle sind da.

Und plötzlich sehe ich: Da ist mir ein schwarzer Hund in nur noch halber Höhe gefolgt, fast hinterhergeschlichen. Als sich unsere Blicke treffen, wirft er sich hin, rutscht dabei zur Hälfte unter den Schreibtisch, liegt jetzt auf dem Rücken, hat die Hinterbeine aufgeklappt, die Vorderpfoten fast vor sein süßes Gesicht gehalten: all das, als wollte er sagen: »Tu mir nichts, tu mir nichts, schlag mich nicht!« All das, als wäre ich sowieso brutal und verhaue ihn regelmäßig.

Dabei fällt mir dreierlei ein: Hoover hat mich noch nie dabei erlebt, wie ich derart eilig ein Insekt erschlage. Er hat noch nie eine zusammengerollte Zeitung gesehen. Und abgesehen von einem Klaps auf den Po auf einem Spaziergang ist er noch nie geschlagen worden. Trotzdem hat er jetzt das volle Opferprogramm drauf.

Mir ist das irgendwie unangenehm. Hätte jemand alles gesehen, was sich nach dem erfolgreichen Zugriff auf die Wespe abgespielt hat, müsste er glauben, ich hätte dem armen Hund etwas angetan. Und täte das regelmäßig. Dabei ist der nur Zeuge. Aber das muss ihn enorm erschreckt haben. Was mag er sich denken? »Mein Herrchen, ein elender Gewaltherrscher!«, »Papa ist eine unberechenbare Schläger-Type!« Oder einfach nur »Schnell in Deckung und sicherheitshalber besonders lieb sein«. Hoffentlich nur Letzteres. Jedenfalls tätschele und tröste ich Hoover sofort. Und er ist total erleichtert. Uff.

Diesmal liegen wir zusammen auf dem Sofa. Und diesmal war er zuerst da, und ich fand den Anblick des schlafenden Hundes so schön, so friedlich, dass ich mich einfach danebengelegt habe. Und weil der Platz es nicht anders zulässt, liegt meine Stirn nun an seinem Hinterkopf. Er grunzt einmal kurz und wohlig, dreht sich nicht um, sortiert sich nicht neu. Ihm ist die Nähe so recht wie mir. Und sofort schläft er wieder tief und fest.

Erst nehme ich mit meiner Stirn wahr, dass sein Kopf sanft zu vibrieren scheint, dann immer deutlicher. Ganz vorsichtig hebe ich meinen, schaue aus zwanzig Zentimeter Höhe auf sein Gesicht, sehe, dass die Augen geschlossen sind und die Lefzen fast rhythmisch zucken: Hoover träumt. Nicht irgendwas. Er träumt von seiner Mutti. Sie heißt übrigens Tequila. Er nuckelt im Schlaf. Und ganz offensichtlich sind das für ihn entspannte Momente größter Geborgenheit.

Vielleicht hat sich mein Kopf an seinem für ihn in dieser Entspanntheit so ähnlich angefühlt wie damals in Dänemark in der Welpenkiste, als alle elf Geschwister sich nebeneinanderquetschten, so eng es nur ging. Als einige schliefen und andere nach den Zitzen der Mutter gehangelt und zu trinken begonnen haben, ehe sie wieder satt waren und Platz für Bruder oder Schwester machten.

Es rührt mich, dass das alte Zuhause, dass die Gemeinschaft seiner ursprünglichen Familie im Unterbewusstsein fortlebt. Und dass er auf diese Weise seiner Mutter so nah sein kann, die er wahrscheinlich auf dieser Welt nie mehr wieder sehen wird. Es berührt mich, weil ich dies weiß: Träume von der eigenen Mutter sind die schönsten Träume. Sie sind die innigste Verbindung, vor allem, wenn man mit dem Wiedersehen bis ins Jenseits warten muss. Was für ein Glück, wenigstens von ihr zu träumen, als wäre sie ganz selbstverständlich da. Vielleicht ist sie es in diesen Momenten.

Anleinen und umgucken

Leinenzwang ist das eine. Doch ein paar Wege gibt es, wo Hoover ganz offiziell und sogar ganz ohne Gefahr frei laufen kann. Allenfalls ein Traktor fährt dort mal – und der hat die angenehme Eigenschaft, dass er nicht plötzlich aus dem Nichts auftaucht, sondern man ihn lange im Voraus kommen hört und den eigenen ungestümen Riesen-Welpen rechtzeitig rufen kann. Das klappt erstaunlich gut.
Hoover freut sich loszupreschen und legt bei jedem Pfeifton eine Vollbremsung hin, um sich umzuschauen und bei erneutem Pfiff, auf Zuruf oder Handzeichen zurückgeprescht zu kommen – erst, weil es dann ein Leckerli zur Belohnung gab, inzwischen, weil es ein Lob gibt, und ganz nebenbei auch, weil all die Rennerei Spaß macht und wir schließlich zu zweit spazieren gehen. Dazu gehört auch, sich miteinander zu beschäftigen – zum Beispiel so.
Hoover jedenfalls freut sich an der Aufmerksamkeit, an der Gemeinsamkeit, an der Interaktion. Das schafft Verbundenheit. Oder unterstreicht sie. Das ist es, weswegen er sich freut, wenn ich zu Hause zum Garderobenständer gehe und die Spaziergehjacke anziehe. Oder nach seiner Leine auf dem Küchentisch greife. Oder nur die Schublade aufziehe, in der der Autoschlüssel liegt. Alles steht für unmittelbar bevorstehende Aktivität. »Hoffentlich mit mir!«, denkt Hoover – und steht bereit.
Genauso funktioniert das unterwegs. Mal sprinten wir ein Stück, mal verstecke ich mich und rufe ihn, mal muss er sich

einfach hinsetzen, bekommt als Stopp-Zeichen den Handteller mit nach oben gereckten Fingern gezeigt und »Dableiben!« gesagt. Erst sind es nur zwei, drei Meter, die ich mich entferne, später fünfzehn oder zwanzig. Und immer drehe ich mich irgendwann um, lasse die noch immer nach hinten in dieser Geste verharrende Hand plötzlich sinken und rufe »Jetzt komm!« – und lobe ihn dafür, dass er erst so lange gewartet hat und dann so schnell gekommen ist. Wieder ist er begeistert – ohne dass wirklich etwas Großes geschehen wäre. Für ihn ist dieses Lernspiel, diese Beschäftigung bereits etwas Tolles.
Neuerdings schaut er sich immer hektisch in alle Richtungen um, wenn ich ihn wieder anleine: Er sucht nach dem Grund dafür, hat selber bemerkt, dass etwas sein muss, wenn er anders als an den gewohnten Stellen wie Feldweggabelung oder Bahnübergang an die Leine genommen wird. Als ich es das erste Mal mitbekomme, bin ich noch nicht sicher, ob ich mich mit meiner Beobachtung nicht täusche. Beim zweiten und dritten Mal ist alles klar. Hoover schaut in alle Richtungen, schnüffelt in die Luft, horcht. Er will wissen, was los ist.

Dreifach belegt

Schon bei Hoovers Vorgänger habe ich mir angewöhnt, die wichtigsten Kommandos mehrfach zu belegen: Ein bestimmter Pfiff heißt »Aufpassen, guck mal!«, ein anderer heißt »Komm her!«. Die Worte gibt es alternativ dazu – diese und noch ein paar andere, und seltsamerweise versteht er sie sogar, wenn das Kommando ähnlich klingt. Auf »Sitz!« reagiert er ebenso wie auf »Hinsetzen!« oder »Setz dich!«, während er umgekehrt mit dem Wörtchen »Aus!« nichts anfangen kann, weil wir immer mit »Nein!« geübt haben. Es kommt in Hoovers Wortschatz entsprechend nicht vor. Immer soll genauso der jeweilige Pfiff genügen, sollte für Worte mal keine Zeit sein.

Leichter ist es, wenn zusätzlich zum Pfeifen und dem gesprochenen Befehl auch noch die passende Geste existiert – und sie zumindest anfangs in Kombination eingesetzt werden: die entgegengestreckte Handfläche als Signal für »Halt!« und »Warte!« zum Beispiel, der Zeigefinger für »Achtung!«, eine Winkbewegung für »Jetzt komm!«. Das hat sich bewährt, denn wenn er zum Beispiel bei Sturm am Strand zu weit vorgelaufen sein sollte, sich endlich umdreht und weder den Ruf noch den Pfiff hören kann, signalisiert ihm das Handzeichen, was zu tun ist. Und auch die gewisse Denksport-Komponente dabei scheint ihm Spaß zu machen, dieses geistige Gefordertwerden. Manchmal scheint er zu lächeln, wenn er wieder etwas Neues gelernt und angewendet hat. Manchmal quittiert er die frische Erkenntnis mit einem Bocksprung – Hoovers Geste dafür, dass ihm gerade etwas ganz besonders Spaß macht.

Warte, guck mal & Co. – Worte, die wir nie geübt haben

Manchmal bin ich erstaunt, was Hoover versteht. Nicht nur einmal, sondern regelmäßig. Er reagiert auf Worte, die wir nie geübt haben, auf in ähnlichen Situationen wiederkehrende Begriffe, deren Bedeutung er sich in seinem kleinen schwarzen Hundekopf erschlossen haben muss. Und das häufig, ohne dass mir bis dahin bewusst gewesen ist, diese Worte immer wieder verwendet zu haben.

Das Wörtchen »Gleich« gefällt ihm zwar nicht sonderlich, weil ihm immer lieber ist, wenn etwas, worauf er bereits wartet, sofort geschieht – die Raubtierfütterung zum Beispiel.

Oder der Startschuss zum Spaziergang. Trotzdem weiß er, was es bedeutet. Oder »Jetzt nicht« und »Du musst jetzt allein spielen«, wenn ich gerade auf all seine Avancen nicht einsteigen kann oder mag. Menschen, die am Haus vorbeigehen, sind »Leute«. Und wenn Hoover von Leuten hört, fällt ihm ein, dass er dann womöglich sein Zuhause bewachen müsste. Sosehr er sich jedes Mal über Besuch freut, so sehr fühlt er sich nämlich auch bemüßigt zu bellen, wenn jene Leute – irgendwelche wildfremden Passanten – auf dem Fußweg an der Straße vorbeispazieren und nie vorhatten, uns zu besuchen. Ich muss wohl auf sein Gebell mit »Sind da Leute?« reagiert und so den wichtigsten Begriff aus dieser Frageformel verankert haben. »Futter«, »Ausgehen« und »Wollen wir los?« versteht er ebenfalls.
Und besonders schmunzeln muss ich, als mir klar wird, dass er auch »Guck mal« versteht und dabei nicht etwa auf die Hand mit dem Leckerli oder die Jackentasche mit der Belohnungsreserve schaut, sondern mir höchst interessiert direkt ins Gesicht blickt.
Kurios ist auch, dass er, wenn er ohne Leine unterwegs ist, an Weggabelungen stehen bleibt und mich mit Blicken zu fragen scheint, wo wir langgehen wollen. Es reicht, dass ich mit der Hand oder mit einem Kopfnicken in die vorgesehene Richtung deute, um ihn in den richtigen Weg einbiegen zu lassen.
Und ab und zu wird mir in solchen Situationen klar, wie außergewöhnlich all das ist: Wir kennen uns erst vier oder fünf Monate. Die anderen etwas mehr als zwei Monate seines Lebens verbrachte Hoover ohne mich. Und in diesen vier Monaten ist er nicht nur viele Kilos schwerer geworden. Er hat auch sehr viel gelernt, sich in kleinen Schritten die große Welt um sich herum erschlossen und zeigt enorme Freude

daran, täglich Neues zu entdecken und Neues zu verstehen. Und wir beide haben uns in dieser so kurzen Zeit nicht nur gut eingespielt, sondern richtig gut verstehen gelernt. Nun sind wir ganz sicher ein Rudel.

Alles aufsammeln

So gerne ich ihn das Obst aus dem Garten ernten lasse, so will ich dann doch nicht, dass er in bester Staubsaugertradition alles in sich aufnimmt, was sonst noch so in der Landschaft herumliegt. Hoover saugt auch über den Waldweg, setzt aus eigener Körperkraft auf so etwas wie Großreinemachen im Forst und packt in größter Sammelwut ein, was immer die Natur dort bereitgelegt hat.

Dass er dicke, kurze Holzstücke apportiert, ist mir recht. Das macht ihm Freude, ist artgerecht und soll so sein. Am liebsten ist mir, es ist altes, morsches Holz von einem Laubbaum und zerbröselt mit der Zeit zu feinen Spänen im Maul oder lässt sich schon mit den Fingern zerdrücken. Dann kann nichts passieren. Hoover aber schaut auf die Form, auf die gewisse Praktikabilität des Abtransportes oder einfach darauf, dass es sich möglichst um Holz handelt. Welche Sorte, ist ihm egal.

Und so schleppt und kaut er auch Tannenholz, das enorm hart ist, manchmal splittert und leider nicht unter Kompression zu Flocken zerfällt. Immer versucht er, im Gehen und ohne sein Stöckchen loszulassen, dessen Rinde abzukauen oder abzuwickeln und aufzufressen. Oft droht ihm das Holzstück dabei herunterzufallen, und weil er das nicht möchte, schnappt er nach, packt und dreht und wendet es im Fallen, bis er es wieder sicher gegriffen hat. Das Dumme dabei ist, dass er es bald nicht mehr quer zu Kopf und Körper trägt, sondern um neunzig Grad gedreht an der Schmalseite anfasst: ein falscher Schritt, ein verunglückter Bocksprung, und er rammt sich das Stöckchen aus heiterem Himmel in Rachen oder Hals – ein Stückchen Hartholz, das nicht nachgibt und nicht einfach wegbröselt.

Ich wäre da sehr viel sorgloser, wenn ich nicht damals diese Tierarztfreundin gehabt hätte. Sie hatte mal einen Hund auf dem OP-Tisch und musste um sein Leben kämpfen, mit dem genau das beim Stöckchenspielen geschehen war. Und auch die Züchterin meines Großen hatte mal selber mit ansehen müssen, wie einem Hund das spitze, harte Stück Holz den Hals lebensgefährlich verletzt hatte. Beide warnten so eindringlich, dass Stöckchenwerfen bei mir seitdem komplett abgeschafft ist. Zum Glück gibt es reihenweise ungefährlichere Dinge, die man zur Freude des Hundes in die Gegend schleudern kann. Und jetzt Hoover mit seiner unermüdlichen Aufsammlerei! Mit seinem Temperament und all den Bocksprüngen. Und mit all den Stöckchen im Maul, die er ständig anders anpackt und noch im Laufen zu häuten versucht!

Es mag sein, dass ich mit meiner Vorsicht übertreibe – aber nur ein wenig. Dauernd bin ich auf der Hut und muss enorm aufpassen, was er gerade anstellt – und wie er es tut.

Anfangs habe ich ihm die falschen Stöckchen reihenweise weggenommen und immer »Nein, das nicht!« gesagt, um gleich darauf in einen ganz anderen Ton zu verfallen und ihn wieder zu motivieren: »Komm, wir suchen ein anderes Stöckchen!« Bis endlich ein freundlicher, morscher Ast am Weg aufgetaucht ist.

Inzwischen scanne ich mit Blicken nach Möglichkeit sogar immer einen Meter vor den Hundepfoten, was er womöglich aufsammeln könnte, und sage nur noch wie eine Robo-

*Was dieser Blick sagen soll: Ich habe meinen Plüsch-Igel operiert.
War es eigentlich richtig, das gesamte Füllmaterial mühsam herauszurupfen
und gleichmäßig überall zu verteilen?*

terstimme auf Knopfdruck »Nein!«, wenn es wieder eines der falschen Stöckchen ist. Mittlerweile sind wir eingespielt. Er klinkt es aus, lässt es wieder auf den Boden fallen – und schaut selber nach dem nächsten.

Wenn gerade kein Stöckchen zur Hand ist – oder müsste es zur Pfote heißen? –, geht seiner Meinung nach auch alles andere: Tannenzapfen in allen Größen zum Beispiel, einzeln oder noch zu mehreren am Ast. Neulich hat er im Gestrüpp am Weg ein zugeknotetes kleines schwarzes Plastiktütchen gefunden und stolz geschleppt. So ganz recht war mir das auch wieder nicht. Es war ein gefülltes Kottütchen irgendeines anderen Hundes. Dessen Vorbesitzer muss etwas missverstanden haben: Im Wald muss man nun wirklich keinen Hundekot mit dem Beutel aufnehmen. Hier ist es die Natur, die alles sehr schnell selber regelt. Und wenn man denn unbedingt Plastik drum herumwickeln möchte, dann doch am besten, um es zum nächsten Mülleimer zu tragen, nicht um es gut in Kunststoff verschnürt in die Wildnis zu schleudern. Ohne wäre besser. Für den Wald. Und überhaupt. Nur hätte Hoover dann diesmal nichts zu schleppen gehabt.

Brombeerpirsch

Zwei Tage lang habe ich mich gefragt, warum Hoover plötzlich unmittelbar zu Beginn jedes neuen Spaziergangs erst zu meinen Mülltonnen läuft und mit der Nase im winzigen Beet daneben herumstochern musste. Allzu viel Beachtung habe ich diesem Umstand nicht geschenkt – es irgendwie registriert, es quasi mitgezählt, aber doch nicht weiter ergründet. Am dritten Tag hat er plötzlich eilig etwas aufgesogen, ganz kurz aufgeschaut und schnell noch nach weiterer Beute am Boden gesucht. Dann endlich schaue auch ich: und bin ratlos. Was mag er gefressen haben? Etwas Gefährliches? Oder einfach nur etwas, das nicht legal ist? Was kann dort überhaupt im Beet herumliegen? Ich kann nichts finden, klappe ihm sogar die Schnauze auf, schaue ins Maul. Einen dunklen Fleck hat er auf der Zunge, eine Tönung ins Violette hinein – aber auch die ist nicht weiter bedenklich. Ansonsten: nichts zu sehen, kein Steinchen aufgesogen, kein Rest einer pieksigen Walnussschale aus dem Vorjahr, auch kein halb vermoderter Rest eines Silvesterknallers wie neulich hinter der Hecke. Auch die Primeln haben noch all ihre Blätter, die längst verblühten Tulpen tanken in der Herbstsonne letzte Energie für den Winter und leiten sie direkt in die Zwiebel weiter, ehe die Blätter unter den ersten Frösten kündigen werden. Auch dort ist nichts weggepflückt. Und auch das Unkraut ist noch da. Leider.

Abgerissen hat Hoover nichts. Er muss etwas aufgesammelt und vertilgt haben, das dort unten herumlag. Fürs Erste resigniere ich – und starte den Spaziergang, um gleich bei der Rückkehr denselben Vorgang zu beobachten. Wieder rennt er in die Ecke, frisst schnell etwas, pirscht nach Nachschub an immer derselben Stelle. Und endlich dämmert es mir: mein Obsthund! Mein Kirschenfresser, Pflaumenvertilger, Apfelbeseitiger! Er hat seine Passion für Brombeeren entdeckt, die oberhalb der Tonnen und leicht zur Seite versetzt über dem winzigen Beet an einem Rankgitter gedeihen und so prächtig tragen wie seit Jahren nicht mehr. Erst einen Schwung habe ich geerntet, dann abgewartet. Und manche Brombeere wird sich in der Zwischenzeit entschieden haben, einfach schon mal herunterzufallen: Hoover ist der Umstand offenbar nicht entgangen. Ich mache die Probe aufs Exempel, pflücke eine dicke, reife Beere und reiche sie direkt an das schwarzbefellte Exemplar durch, das laut

Handbuch ein Fleischfresser sein sollte: Ebenso zart wie zufrieden zupft er mir mit spitzen Zähnen die dunkle Beere zwischen den Fingern weg und verspeist sie mit sichtlichem Genuss. Zur Kontrolle schaue ich ihm wieder kurz ins Maul. Da ist ein neuer violetter Fleck auf der Zunge – mit besten Grüßen von der Brombeere. Und als wenig später so ein Fleck auf seinem Tintenfisch prangt, weiß ich genau, von wo der abgefärbt sein muss.

Proportionen

Manchmal sah es in den vergangenen Monaten so aus, als überholte Hoover sich selber. Als liefen die Hinterbeine am Körper vorbei, ehe der wieder hinterhergeschnellt kam und alles wieder einen Moment lang stimmte, bis sich die seltsame Szene wiederholte. Mal war der Kopf im Vergleich zum Rumpf winzig, mal die Schnauze viel zu lang für den Kopf. Ungelenk und disproportional war er in mancher Phase des Wachstums. Und jetzt passt plötzlich alles. Jetzt stimmen die Maße.

Kaum zweieinhalb große Futtersäcke später ist aus dem tapsigen Welpen auf dem Umweg über den schlaksigen Junghund ein bald sieben Monate alter eleganter Flat Coated Retriever geworden. Wenn ich Hündin wäre, würde ich mich nach ihm umdrehen. Ein richtig schicker junger Herr. Sagt Papa. Mit so etwas wie Elternstolz. Natürlich.

Nacktschnecken

Ich habe noch nie einen Hund gesehen, der Nacktschnecken als Lebewesen wahrnimmt: für sie bremst, bewusst nicht drauftritt, sogar daran schnuppert, um doch jedes Mal wieder festzustellen, dass sie für ihn nicht weiter interessant sind. Bis auf Hoover. Er ist der Erste, der da anders ist. Robbt sich so ein ekliges, schleimiges Vieh über das Holz der Terrasse, nimmt er das wahr, geht hin und schnuppert interessiert daran – auch auf den Platten des Weges zur Haustür, sogar im Wald. Nicht bei jeder zwar, aber doch immer wieder. Bisher habe ich Tiere beobachtet, für die Nacktschnecken schlicht nicht existierten, unsichtbar waren, nicht rochen. Ich bin froh, dass Hoover sie nicht weiter interessant findet. Und womöglich apportiert. Das hat er als Kleiner zur Genüge mit kleinen Gehäuseschnecken gemacht, sie im Maul herumklötern lassen und von einem Platz zum anderen geschleppt. Immer war ich in Sorge, er könnte sie zerbeißen, verschlucken, sich mit den Trümmern der Schale innere Schnittwunden zufügen. Es ist nie etwas geschehen. Jedenfalls habe ich nie etwas bemerkt – dafür aber Dutzende Schneckchen aus seinem Maul geschüttelt. Bis sie ganz plötzlich nicht mehr interessant waren und er keine davon mehr aufgesammelt hat. Ich bin froh, dass Nacktschnecken nie diese zwischenzeitliche Popularität bei ihm erlangt haben. Und hoffe sehr, dass das nicht noch kommen wird.

Bei Fuß

Er weiß das. Ganz genau sogar. Er kennt die zwei Worte. Aber sie sind ihm nicht recht. Sie hemmen ihn in seinem Tatendrang, sie verlangsamen die Erkundung dieser spannenden Welt, bremsen das Aufsaugen all der Gerüche ab. Sie schränken ihn beim Sport ein, beim Rennen und Springen. Wahrscheinlich hasst er sie. Sie lauten »bei« und »Fuß«, in der energischeren Version mit einem vorgeschalteten »Hier« und einem nachgereichten »Jetzt aber«.

Viel lieber gibt er das Tempo vor, will schneller sein als die Rollleine. Und als der Mensch, der am hintersten Ende daran hängt. Konsequent bin ich jedes Mal stehen geblieben, wenn die Leine stramm war – und dann zwei, drei Schritte zurückgegangen. Das soll Hunde angeblich wahnsinnig langweilen: Noch schlimmer, als für ihren Geschmack zu langsam zu gehen, ist demnach nur, stehen zu bleiben oder rückwärts zu gehen. Nach vier, fünf derartigen Zeitlupe-Modulen auf unseren Spaziergängen binnen nur weniger Minuten klappt es tatsächlich besser. Die Rollleine bringt es auf fünf Meter Länge. Hoover bewegt sich jetzt zielsicher bei 4,92 Metern, damit ich bloß nicht wieder stehen bleibe. 4,98 Meter ist ihm deshalb zu riskant. Und 4,80 wäre zu öde.
Das geht einige Momente lang gut und dann wiederholt sich das lästige Spiel – weil die Leine schon wieder straff gespannt ist und er sich auch noch abtritt wie ein Kutschpferd bei Bergauffahrt, um mehr Wucht in seinen Zug zu legen. Jedes Mal sage ich in zusehends genervterem Ton »Hierheeer!« und »Bei Fuß!«, mache erst wieder einen Schritt voran, wenn er direkt neben mir ist, und keinen weiteren, wenn er nicht mehr neben mir sein sollte. Es gibt Tage, da kommen wir deshalb nur sehr langsam voran, und weil mich das mindestens so langweilt wie ihn, bin ich nach gewisser Zeit nicht mehr sehr konsequent.
Inzwischen scheint mir, er macht von meinem jeweiligen Genervtheitsgrad abhängig, wie folgsam er ist, wenn es um das geht, was Züchter mit dem hässlichen Wort »Leinenführigkeit« meinen. Könnte ein Donnerwetter drohen, klappt plötzlich alles ziemlich gut. Merkt er, dass er damit durchkommt, den Bogen zu überspannen, wird weitergezerrt.
Als er neulich ohne Leine unterwegs war und ich »Hierher« und »Bei Fuß« rief und nicht glaubte, diese Begriffe hät-

te er verinnerlicht, tapste er brav neben mir her, bis ich ihn lobte. Und als er wieder bei Fuß gehen sollte, war der Begriff »Jetzt« das wohl verstandene Startzeichen, wieder loszulaufen.

Er hat es drauf. Nur will er nicht immer.

Inzwischen weiß ich: Wenn er direkt neben mir laufen soll, darf ich nicht abgelenkt sein, muss alle fünfzehn Meter meine Anordnung bekräftigen. Meistens reicht sogar ein einzelnes lang gezogenes scharfes S wie am Ende des Wortes Fuß, mehr ein Geräusch als ein Kommando, um die Anordnung zu bekräftigen. Mit Erfolg. Weil er längst genau weiß, worum es geht.

Ich fürchte mich ein bisschen davor, endlich auch die längst überfälligen Stadtspaziergänge zu machen: in einer Fußgängerzone, mitten unter vielen Menschen, von denen Hoover am liebsten jeden einzelnen herzlich begrüßen möchte. Auf gepflasterten Fußwegen, zwischen parkenden Autos, Radwegen und Hauseingängen. Das kennt er alles noch nicht, weil es bislang immer so herrlich bequem ist, direkt zu einem Feldweg oder zum Wald zu fahren. Aus demselben Grund ist ihm die kurze rote Leine kaum vertraut. Von fünf Meter Spielraum auf einen Meter und weniger zu reduzieren – das wird noch eine Herausforderung. Für uns beide.

Der verschollene Ball

Endlich bin ich dabei, mal wieder gründlich unter Betten, Sesseln und dem Sofa zu saugen, liege dabei sogar auf dem Fußboden, halte den Schnorchel des Gerätes weit unter die Möbel – und entdecke dabei unterm Sofa einen lange verschollenen grün-weißen Ball, der seine größte Popularität in Hoovers früher Kindheit genossen hat und dann plötzlich

unauffindbar war: Und hier ist er wieder. Unbeschadet, wohlbehalten.
Ich trollere ihn vor seine Pfoten. Und es ist, als ob er genau weiß, dass dieser seit Längerem in der Kollektion gefehlt hat. Er freut sich riesig über genau diesen Ball – mehr als über jeden anderen. Und von nun an ist der eine Zeit lang das populärste Spielzeug überhaupt. Sogar ins Auto will er ihn mitnehmen. Das ist die größte Ehre für jedes seiner Besitztümer. Einmal sollte unbedingt die Decke aus dem Korb mit, einmal unbedingt der Plüsch-Igel, dem er mittlerweile in gründlicher Feinarbeit das wattige Innenleben sauber herausmontiert hat. Und nun der Ball. Soll er ihn mitnehmen dürfen.
Ich freue mich mit ihm über diese wiederentdeckte Liebe – und erinnere mich an ein ähnliches Ereignis mit Hoovers Vorgänger. Der besaß zwölf verschiedene lebensgroße Plüsch-Enten, die er am liebsten mochte. Einmal am Tag, immer zu ungefähr derselben Zeit am Nachmittag, saß er vor der geschlossenen Tür des Vorratsraumes, in dem sich auf einem vielleicht fünfzig Zentimeter hohen Bord die Kiste mit all den Enten befand. Durch die Warterei und den Hypnose-Blick auf die Tür wollte er mir seinen Wunsch signalisieren, ich möge sie endlich öffnen, damit er sich eine Ente aussuchen, sie apportieren und im Garten damit spielen könnte. Wenn ich nicht bald genug reagierte, stellte er sich selber auf die Hinterbeine, drückte mit den Vorderpfoten den Türdrücker herunter und hatte es sogar drauf, eine kleine Bewegung nach rückwärts zu machen, damit die sich nach außen öffnende Tür wirklich aufging. War das getan, nahm er wieder Vierbeinerhaltung ein, schob die Tür mit der Nase weiter auf, ging in die Kammer, sprang an dem Bord und der Kiste hoch und wühlte in der Entenauswahl. Es sah wirklich so aus, als ob er sich für jeden Tag die spezifische Lieblings-Ente

aussuchte. Die ganz oben vom Vortag sollte es häufig nicht sein – lieber mal eine andere. Hatte er sich entschieden, rannte er glücklich damit in den Garten. Einmal habe ich ihm beim Aussuchen helfen wollen und dabei entdeckt, dass vor längerer Zeit eine Ente hinter die Kiste gerutscht sein musste. Ich fingerte sie hervor und gab sie ihm. Er war überglücklich. Es schien ihm völlig klar, dass genau diese Ente länger nicht mit im Spiel gewesen war. Er freute sich, als wäre ein lange vermisstes Familienmitglied wieder aufgetaucht. Gar kein Zweifel! Und auch in den nächsten Tagen war immer wieder diese Ente diejenige der Wahl. So groß war die Wiedersehensfreude. Und ähnlich auffällig hat Hoover jetzt auf seinen Ball reagiert.

Der Schnapphund sagt 'tschuldigung

Diesen Morgen ist ihm danach, eine vergessen geglaubte Unsitte aufleben zu lassen und Zeugs aus dem Garten ins Schlafzimmer zu schleppen. Gerade erst habe ich die Terrassentür einen Spalt weit geöffnet, damit Hoover seinen ersten Pisch des neuen Tages machen kann, während ich unmittelbar wieder ins Bett zurückkehre. Erst steht er dann plötzlich mit einem ausgerupften Büschel Gras neben der Matratze, das nun irgendwo im Rasen fehlen wird. Ich stehe auf, klappe ihm mit der linken Hand die Schnute auf, sage »Nein« und »Hergeben«, klinke das Büschel aus, deponiere es fürs Erste auf dem Terrassentisch, um möglichst schnell wieder im Bett verschwinden zu können. Wenig später höre ich es knistern und knacken und sehe, wie mein enorm aktiver Retriever einen ersatzweise herbeiarrangierten Ast auf dem hellen Schlafzimmerteppichboden zerlegt. Also: wieder aufstehen. Wieder »Nein!« sagen, wieder »Hergeben!« kommandieren. Und wieder schmeiße ich das drinnen nicht erlaubte Fundstück vorerst wegen des angenehm kurzen Weges nach draußen auf den Gartentisch. Wenig später steht Hoover mit einem riesigen herbstlich verfärbten Weinblatt neben meinem Bett.

Es hängt an allen Seiten aus dem Maul, ist ziemlich ausgetrocknet und bröselt bereits in das Wasserglas auf dem Nachttisch. Diesmal muss ich nicht mal aufstehen, nur den rechten Arm ausstrecken. Wieder sage ich »Nein!« und »Hergeben« und ziehe an dem Blatt in der Hoffnung, mehr noch in der Überzeugung sogar, das Maul werde sich öffnen. Tatsächlich bewegt sich das morsche Blatt zwei, drei Zentimeter in meine Richtung, nachdem ich mit zwei Fingern daran ziehe. Und plötzlich schnellt der Kopf des gefährlichen Tiers hinterher, weil irgendeine Gehirnwindung durchgegeben hat: »Alles meins! Beute sichern!«

Die Zähne fassen nach, erwischen im Nachschnappen meine Fingerspitzen. »Auh!«, rufe ich und dann gleich empört noch so etwas wie »Oarhh!«. Im selben Sekundenbruchteil schnelle ich noch waagerecht aus dem Bett, verpasse Hoover eine Backpfeife gegen die Schnute, fange an zu schimpfen und greife nach dem Blatt, das er entgeistert fallen lässt. Er geht in Deckung, in die Knie und scheint zu begreifen, was ich gerade gedacht habe – und dass ich allen Grund hätte, es tatsächlich so zu sehen: »Mein Tier hat nach mir geschnappt!«

Er versucht sofort, mich abzuschlabbern, hört gar nicht damit auf, steht mit den Vorderbeinen auf der Matratze, um besser an mein Ohr zu gelangen. »Oh, ’tschuldigung, echt, ’tschuldigung, das wollte ich doch nicht!« scheint das zu heißen. In heller Aufregung! Es tut ihm ganz offensichtlich sichtbar leid. Wir versöhnen uns sofort, und ich bin absolut sicher: Nie wollte er nach mir schnappen – nur das Blatt festhalten. Und er hat sofort kapiert, dass dieses Nachfassen absolut zu Recht missverstanden werden konnte. Und dass man das deshalb nicht tun sollte. Und weil er ein guter Kerl ist, muss er die Sache sofort geraderücken.

Hirschverkleidung

Hunde können sehr albern sein – kleine Hunde ganz besonders. Hoover schleppt sowieso gerne jedes irgendwie transportable Stöckchen, das am Weg liegt, mit sich herum. Richtig vergnügt ist er, wenn er dabei Neuland betritt und zum Beispiel erstmals einen Riesenast mitzerrt. Oder ein Minibäumchen zu apportieren versucht, obwohl es festgewachsen ist. Ihm scheint völlig klar zu sein, dass eingewachsene Bäume sich nicht so einfach apportieren lassen wollen. Er weiß, dass es nicht klappen wird – und scheint sich doch an der Reaktion der Zuschauer zu erfreuen, an Herrchens Rufen oder am bloßen Gesichtsausdruck. Und vor Glück macht er dann einen Bocksprung mit allen vieren zugleich, ehe er weiterrennt – ohne Riesenast und ohne Bäumchen.

Dass verästelte Stöckchen mit Laub schwer transportabel sein dürften, obwohl der letzte Sturm sie extra auf dem Weg bereitgelegt hat, scheint ihm ebenfalls bewusst zu sein. Er versucht es trotzdem, stürzt sich mit dem Köpfchen zielsicher in die Mitte des Baum-Trümmers, packt zu, läuft los – und sieht plötzlich aus wie ein alberner kleiner Hirsch in Schwarz.

Links und rechts knapp hinter den Ohren scheint das Geweih aus dem Kopf zu kommen, wenn auch der echte Hirsch kein Laub am Gehörn hat. Meistens jedenfalls. Ich muss lachen. Hoover freut sich, reagiert mit Bocksprüngen auf derlei Zuspruch. »Hast du dich als Hirsch verkleidet?«, frage ich. Sein Bocksprung soll wohl »Jawoll!« bedeuten. Er ist glücklich – und greift künftig oft zum Hirschkostüm.

Kärcher

Hoover macht seinem Staubsaugernamen längst alle Ehre, saugt hier auf, schnauft dort hinein. Er schnüffelt sich eifrig an Spuren entlang – und seien es die eigenen im Garten von der Rasenrunde vor zwei Stunden. Und er macht dabei dieses Jagdhundgeräusch, das ungefähr wie pfff-pifff-pfff in stetem, kurzem Wechsel klingt: einatmen, ausatmen, in der Nase bearbeiten, auswerten. Ob er dabei die Bilder von Hasen vor sich sieht? Stilisiert, gezeichnet, wie bei alten Memory-Spielkarten? Oder von Nachbars Katze, vom letzten Hundebesucher oder von Herrchen, wenn sein Hirn die Gerüche ausgewertet und zugeordnet hat? Er wird es nicht verraten.
Und noch eine Beobachtung mache ich: Hoover, inzwischen fast sieben Monate alt, hebt noch immer nicht das Bein, wenn er pinkeln muss. Stattdessen steht er relativ breitbeinig und geht ein bisschen in die Knie. Er pischt noch wie eine Hündin. Er portioniert auch nicht wie ein Rüde, der markieren will, sondern er lässt alles unter sich laufen. Alles, was er gerade in der Blase hat. Manchmal mit gewaltigem Druck. Er presst es im Eiltempo heraus, um nur schnell weiterlaufen, weiterschnüffeln und vor allem weiterspielen zu können. Und wo es feucht wird, wächst nichts mehr. Der Rasen hat an den derart am häufigsten begossenen Stellen aufgegeben und beschlossen, hellbraun anzulaufen. Ich hätte den Kleinen auch »Kärcher« nennen können. Allerdings lässt sich das schlechter rufen, gar nicht liebevoll oder zärtlich aussprechen. »Hoover« ist die bessere Wahl.

Er muss sie sich gerade eben vom Gartentisch genommen haben. Oder sie muss sich von alleine in Luft aufgelöst haben. Eben jedenfalls lag die letzte frisch gepflückte kleine Gartentomate neben der letzten kleinen selbst gezogenen Paprika noch dort. Beide mussten dort keine Minute verharren – nur den Moment, den ich brauchte, um zwei Töpfe gleich nebenan ins Gewächshaus zu wuchten. Gleich danach hätte ich beide in die Küche gebracht. Jetzt bleibt mir nur noch die Paprika. Irritiert schaue ich erst auf den Tisch, dann auf den Terrassenboden, ob dort die Tomate liegt, die ich genussvoll und mit Andacht gewissermaßen als Saisonhöhepunkt zum Sommerabschied verspeisen wollte.
Ich schaue Hoover fragend an – und er blickt seltsam irritiert und irgendwie ein kleines bisschen verlegen zurück. »Wieso?« mit mindestens fünf »o«s sagt sein Blick. Und außerdem noch: »Was hab ausgerechnet ich damit zu tun?« Und dann fällt mir auf, dass er anders läuft. Irgendwie betont gelassen, gewollt unverdächtig. Er legt sich auf den Rasen, schaut mich an.
Ich bin irgendwie amüsiert darüber, dass ich ihn, diesen begeisterten Fruchtfresser, in Verdacht gehabt habe, mehr über den Verbleib der Tomate zu wissen. Schon lache ich über eine solche Paranoia und bin kurz davor, zu glauben, es hätte dieses knallrote, reife, bestimmt zuckersüße und sowieso aromatische verschollene Früchtchen nie gegeben. Und deshalb beuge ich mich zu Hoover herunter, streichele ihm über den Kopf und sage nur noch im Spaß: »Oder hast du meine Tomate genommen?«
Er schaut mich an. Mit großen Augen. Und in dem Moment gibt es ein Geräusch, das wie »pffff-pt« klingt, wie ein

leichtes Plopp und ein leiser Plumps. Und da ist meine Tomate wieder. Direkt vor mir aus dem Hundemaul gespuckt und übel angesabbert. Er schaut immer noch völlig unschuldig und ein bisschen so, als warte er jetzt darauf, ausgeschimpft zu werden. Nicht dass ich ihm die Tomate nicht gönnen würde. Der eigentliche Skandal ist, dass er sie vom Tisch genommen haben muss: Das ist strengstens verbotene Selbstbedienung! Mit Tatvorsatz, denn auch jetzt noch weiß er ganz genau, wie illegal das ist!
Ich mag trotzdem nicht schimpfen, weil die ganze Situation lustig ist und er sein Tarnspiel glänzend durchgezogen hat, bis ihm dann doch die gewisse Chuzpe abhandenkam. Ich nehme die glitschige Minitomate zwischen zwei Finger und schaue Hoover streng an. Er schmatzt und schaut zu Boden. Was soll er auch sagen: auf frischer Tat erwischt. Ich halte ihm die Tomate hin und höre mich »Is gut, nimm« sagen. Und ganz zart nimmt er sie mir mit dem Augenausdruck größter Überraschung zwischen den Fingern weg, lässt sie noch mal aus dem Maul trollern, untersucht sie mit der Zunge, um sie schließlich zu fressen. Was sein Gesichtsausdruck dann sagt? Dass sie sehr, sehr lecker sein muss. Ein bisschen beneide ich ihn nun – und gönne sie ihm doch.

Pubertier

Ein Tier in der Pubertät ist ein Pubertier. Hoover ist mittendrin. Ein Riesenpubertier. Immer öfter ringen wir darum, wie weit über die Stränge zu schlagen noch haarscharf legal sein könnte und ob Regeln, die von Anfang an galten, plötzlich nicht einfach ausgehebelt werden könnten. Wir pokern darum, ob ein Kommando überhaupt gilt oder vielleicht nur aus Jux und Dollerei in die Herbstluft gesprochen wurde.

Er steht auf diesem Standpunkt: Die Instanz, die das entscheidet, ist er. Schließlich, das dürfte die Überlegung dahinter sein, hat er in den ersten sieben, acht Monaten seines Lebens genügend erlebt und gelernt, um Situationen selber einschätzen und für sich entscheiden zu können. Nur liegt er da falsch. Es gibt noch immer viel zu lernen und es ist gar nicht schlecht, wenn jemand auf einen aufpasst und ab und zu »Halt!« oder »Hierher!« ruft oder auch mal aus Rücksicht auf die eigene Schulter energisch »Bei Fuß jetzt!« anordnet. Trotzdem kann ich ihn verstehen. Er erinnert mich mit seinem Verhalten an meine eigene Dummheit. Ich habe mit zwanzig unmittelbar nach dem Abitur, das war immerhin nach der Pubertät, geglaubt, ich wüsste so viel wie nie zuvor und könnte deshalb vor dem Hintergrund dieses Wissens spätestens jetzt alles selber entscheiden und würde damit zwangsläufig stets richtig liegen. Ich muss damals sehr stur und eigensinnig gewesen sein. Inzwischen weiß ich: Ich hatte niemals mehr derart breites Fachwissen wie damals. Aber viel schlauer bin ich glücklicherweise heute, obwohl ich inzwischen alles aus dem Chemie- und sehr vieles aus dem Matheunterricht vergessen habe. Auch haben sich meine Französischkenntnisse seitdem in rasendem Tempo rückwärts entwickelt. Ich habe dafür anderes gelernt. Und vor allem: Ich habe an Lebenserfahrung gewonnen. Deshalb fällt manche Entscheidung gänzlich anders aus als vor dem Hintergrund reinen Wissens. Das ist gut so, das geht weiter. Und ich bin gespannt, wohin die Reise noch führt und was ich mit Mitte sechzig womöglich über das Alter von Mitte vierzig im Rückblick sagen werde.
Mit Hoover ist es so ähnlich. Er ist ungeheuer aufmerksam und interessiert, speichert alle möglichen Kleinigkeiten mit ab. Er weiß, dass an einer bestimmten Stelle im Wald norma-

lerweise kein Auto steht, und knurrt den Wagen des Jagdpächters an, der dort heute herumsteht – obwohl der lauffaule Mann im Übrigen auch hätte zu Fuß zu seinem Hochsitz gehen können. Er kennt Abläufe ganz genau, weiß, was als Nächstes folgt. Aber er weiß noch nicht, dass Abläufe sich manchmal ändern oder alles ganz anders kommen kann. Er beobachtet, folgert, kombiniert. Er ist enorm schlau. Beide lernen wir – voneinander, übereinander, miteinander. Aber er hat einen Vorgesetzten. Das ist der mit mehr Lebenserfahrung. Und der bin ich. Er muss es nur noch einsehen.
Ich habe mich von Anfang an darum bemüht, sein Selbstbewusstsein zu fördern. Ich wünsche mir einen folgsamen, aber keinen unterwürfigen Hund. Es kann sein, dass es dann etwas länger dauert und in der Pubertät etwas anstrengender ist, die Hierarchie zu vermitteln. Dieser Preis ist okay. So ein Selbstbewusstsein ist viel wert.

Plüschtier-Operateur und Schwänzchenabbeißer

Den Plüsch-Igel hatte Hoover ja bereits so intensiv operiert, dass er aus dem Rennen genommen werden musste. Neulich hatte er dann mein Handgelenk umfasst, dabei den Pulli zwischen die Zähne genommen, und während ich das alles noch lustig fand, solange er mich nur nicht im Übermut kniff, war der Ärmel schon durchgemergelt. Er hat nicht gebissen, schon gar nicht gerissen, eher gerieben: zwei Zähne, fest aufeinander, dann Ober- und Unterkiefer immer wieder gegeneinander verschoben. Er hat da eine ganz eigene Technik entwickelt. In kürzester Zeit war ein Loch da – und fortan bin ich vorsichtig.
Weil ihm aber dieses Durchreiben offenbar gerade so viel Spaß macht, musste nun sogar ein brandneues Plüschtier in

weniger als einer Viertelstunde nach Dienstantritt bereits wieder einkassiert werden. Hoover hatte den etwas mehr als faustgroßen hellbraunen niedlichen Plüsch-Hund mit rotweißem Ringelshirt so zwischen die Zähne geklemmt, dass ich dachte, er hielte ihn nur. Tatsächlich mergelte er ihm das Schwänzchen ab.

Plötzlich fiel das Plüschtier zu Boden, während der Stutz noch zwischen Hoovers Zähnen klemmte. Bis zum Herausmontieren der bereits sichtbaren Füllwolle habe ich es nicht kommen lassen – und war trotzdem traurig über die herbe Blessur.

In meiner Naivität habe ich gedacht, das niedliche Spielzeug könnte etwas zum Liebhaben für ihn sein, sein eigenes Hündchen sozusagen, das er behüten und fortan mit sich herumschleppen würde.

Der Große hatte exakt so eines – nur mit blau-weißem statt rot-weißem Ringelshirt. Es hielt mehr als ein halbes Jahrzehnt, es existiert sogar noch, wohnt jetzt in einem Karton, in dem alles Spielzeug von Hoovers Vorgänger seit dessen Tod lagert. Noch immer ist dessen Ende zu nah, als dass ich die Sachen wieder vorholen könnte, weil alles so sehr mit Erinnerungen behaftet ist: mit schönsten Erinnerungen. Sie wachzurufen würde noch zu viel zu viel Trauer führen. Das neue Spielzeug in leicht veränderter Optik war ein erster Schritt. Ich konnte nicht wirklich herausfinden, wie sich der Anblick anfühlen würde. Dafür hat Hoover den Plüsch-Hund zu schnell erledigt.

Und jetzt musste offenbar sogar sein geliebter Tentakles dran glauben. Zwei von den violetten plüschigen Tintenfisch-Armen sind bereits abmontiert: durchgemergelt knapp unterhalb des Körperansatzes. Einer ist verschollen, der andere Tage später gut eingebaut nach einer Reise kreuz und quer durch die Tiefen des Hundes im Häufchen wieder aufgetaucht. Und nun sehe ich dies: Auch die verbliebenen beiden Ärmchen sind halbiert – sauber abgemergelt. Fast wie mit dem Messer geschnitten. Und nun wird auch Tentakles vorerst aus dem Rennen genommen. Nicht ohne Wehmut irgendwie. Auch Hoover scheint ihn sofort zu vermissen.

Bring!

Inzwischen ist wenigstens die Hunde-Frisbeescheibe des Großen wieder im Einsatz. Sie fliegt durch den Garten und wieder rennt ein schwarzer Hund hinterher, hat sichtbar Freude daran, seine Kräfte zu entfalten, Geschicklichkeit zu entwickeln, die Scheibe im Flug zu fangen. Das ist schön. Das ist wie damals. Es ist wie in den letzten neun Jahren.

Er weiß inzwischen, in welchem Schrank sie liegt. Er achtet darauf, ob ich dorthin gehe. Er kennt die Uhrzeit, wann es meistens so weit ist. Und sofort ist er zur Stelle, freut sich, macht Luftsprünge, tritt sich wieder mit allen vieren zugleich vom Boden ab und dreht sich, sozusagen, einmal um die eigene Querachse. Er ändert die Laufrichtung noch im Flug. Schade, dass der Garten nicht größer ist. Ich könnte weiter werfen, die Scheibe über eine größere Distanz fliegen. Und Hoover könnte rennen!

Weil er sehr verfressen ist, klappt es sogar mit dem Kommando »Bring!« auf Anhieb. Ausnahmslos über allen pubertären Eigensinn dieser Tage hinweg. Immer ist er prompt mit der Scheibe zur Stelle: um gelobt zu werden. Und mehr noch, um seine ersehnte Belohnung zu bekommen.

Einführung der Pfeife

Manchmal kommt man auf die guten Dinge erst spät. Und irgendwie ist die Tatsache, ohne jede Vorbereitung plötzlich wieder einen temperamentvollen Welpen im Haus zu haben, etwas, das einen permanent an der Grenze zur Überforderung entlangschrammen lässt. Mich zumindest. Jedenfalls, wenn man dem Kleinen gerecht werden, ihm viel Aufmerksamkeit entgegenbringen, ihn in all seiner Tapsigkeit wahrnehmen möchte. Und wenn man gleichzeitig noch berufstätig ist und nebenbei auch den eigenen Alltag weiter stemmen muss. Mir jedenfalls geht es so. Und mir tut es sehr gut, dass eine Freundin neulich sagte, sie wisse gar nicht, wie ich das alles schaffe. Sie, die selber einen Hund hatte, traue sich das derzeit neben Job und Kind und Haushalt nicht auch noch zu. So gern sie wieder einen Welpen haben würde.

Und so geriet anfangs vor lauter Programm die Hundepfeife in Vergessenheit. Erst jetzt kam sie mir in den Sinn, obwohl sie die ganze Zeit über in dem Krimskrams-Körbchen auf dem Küchentisch lag. Der verpasste Plan besagte: Jedes Mal ein kurzer, lauter Pfiff, wenn Hoover zu fressen bekommt, damit er den Pfeifton immer mit Futter assoziiert und die Pfeife fortan im Freien so etwas wie seine Fernbedienung sein könnte. Ein Ton und er würde angelaufen kommen.

Das Projekt startet nun mit reichlich Verspätung am herbstlich leeren Ostseestrand. Er dreht sich irritiert um, als ich gepfiffen habe. Aber ich muss erst »Komm!« rufen, damit er beidreht und sich das Ding näher anschaut – und sich das Leckerli abholt. In jedem Auge leuchten plötzlich wie bei der Jackpot-Anzeige eines Spielautomaten drei prallvolle Futtersäcke. Und was erst nur vage Hoffnung ist, bewahrhei-

tet sich: Es gibt tatsächlich bei jedem dieser neuen Pfiffe eine Belohnung! Man braucht bloß zu kommen und sie sich abzuholen!
Hoover ist begeistert und setzt sich engagiert für die Beibehaltung dieses neuen Systems ein: Ein Pfiff und er macht kehrt. Sogar bei Vollgas im Sand. Selbst aus dem Wasser, das er inzwischen klasse findet. Ein Pfiff und er ist da! Ein gutes Gefühl.

Treppensteigen

Seine erste Treppe hat Hoover mit zwölf Wochen kennengelernt. Er wurde hoch- und wieder heruntergetragen. Das erste Mal selber ausprobiert hat er sie einen Monat später, obwohl er eigentlich kurz unten warten sollte. Sie auch wieder herunterzusteigen, war die größere Hürde. Er hangelte vom Absatz mit der Pfote zur obersten Stufe, um sich dann doch ängstlich wieder wegzudrehen und aufs bloße Schauen mit genügend Sicherheitsabstand zu beschränken. Das versteht jeder, der sich einmal in Kleinhunde-Perspektive begibt, den Kopf auf einen Treppenabsatz legt und im 45-Grad-Winkel hinunterschaut – und sich dann vorstellt, dass der Höhenunterschied bis unten weniger als zwei Menschengrößen, aber gut und gerne zehn Kleinhund-Höhen ausmacht.
Fortan kreuzen fürs Erste glücklicherweise keine Treppen seinen Weg. Jetzt aber ist es wieder so weit – in einem Altbau mit hohen Decken und entsprechend stufenreichen Treppen. Zwei Absätze gibt es bis in den Flur des ersten Stockes – Zwischenlande-Plattformen zum Verschnaufen. Die erste Stufe kostet noch gutes Zureden und viel Überwindung, die zweite bringt den Rückzug auf den Erdgeschossflur mit sich. Nach sehr viel gutem Zureden nimmt Hoover

einen zweiten Anlauf, kommt bis Stufe vier, wartet, hangelt sich auf die fünfte, macht weiter, erreicht den ersten Absatz – und schaut wenig begeistert auf all das, was da noch kommen soll. Dabei weiß er nicht mal, wofür das alles ist, wen wir dort oben besuchen und ob wir wenigstens über mehrere Tage bleiben werden, damit sich all der Kletteraufwand auch lohnt.
Schließlich fasst er sich ein Hundeherz und macht weiter: in einem Zug bis Absatz zwei. Kurz durchschnaufen. Runterschauen. Beschließen, dass das nach zwei Dritteln des Weges keine gute Idee war. Bleibt nur: hochschauen, weiterklettern! Und plötzlich das: Es ist geschafft! Aus eigener Kraft und mit sehr viel Hunde-Mut im ersten Stock angekommen! Hoover freut sich so sehr, dass er ein heiteres Glückstänzchen aufführt. Was er nicht ahnt: Hinter der Wohnungstür ist ein Hund zu Hause und in einer halben Stunde wollen wir gemeinsam spazieren gehen. Das bedeutet leider: Dann müssen wir denselben Weg wieder hinunter. Und später noch mal wieder herauf für Tee und Kuchen. Und dann spätabends wieder hinunter. Ich beschließe, ihm das erst mal zu verheimlichen.
Er unterdessen beschließt, mich zu überraschen. Denn als wir tatsächlich wieder im Treppenhaus stehen, holt er am Absatz der feudalen Stiege nur einmal kurz Luft und stakst herunter. Im Gehen wird er immer sicherer, kann die Stufen plötzlich einschätzen. Und ein bisschen ist es wie mit Kindern nach der ersten irgendwie angstvoll erwarteten und zugleich erhofften Karussellfahrt. Sie möchten immer wieder. Wenn es nach Hoover ginge, könnten wir von nun an nur noch Treppen steigen. Ich bin schon wieder stolz auf ihn – und er benimmt sich so, als wäre er es auf mich. Und dankbar. Ich werde abgeschlabbert, knie mich zu ihm, er will mein Ohr zärtlich anknabbern.

Ich glaube, das soll heißen: »Herrchen ist der Größte.« Warum? Weil wir Probleme gemeinsam lösen. Weil er sich sicher fühlen kann, wenn ich dabei bin. Weil er die Bande spürt, die wir beide jeden Tag enger knüpfen.
Das hat in dem ersten Hundebuch gestanden, das ich damals zum Einzug des Großen geschenkt bekommen hatte: »Für den Hund ist es das Tollste, wenn Sie mit ihm gemeinsam Probleme lösen, zusammen einen Ball suchen und wiederfinden, gemeinsam über einen schmalen Bach springen, über einen Baumstamm balancieren. Er macht Ihnen Dinge nach, die er sich alleine nicht getraut hätte. Er schaut Ihnen ab, wie es geht. Sie sind für ihn der Problemlöser, der Spaßmacher, der Spiele-Erfinder. Nirgendwo ist es so kurzweilig, so spannend wie bei Herrchen und Frauchen. Mit Ihnen, das merkt er sich, kann er durch dick und dünn gehen.«
Und sei es nur, dass wir gemeinsam das Problem des Treppensteigens lösen. Ein schönes Gefühl. Eine motivierende Erkenntnis.

»Er hat meiner in den Hintern gekniffen!«

Fili ist schon alt, aber noch ganz gut drauf. Sie schläft gerne und betrachtet Spaziergänge anfangs als lästiges Übel, dann unterwegs als schöne Erinnerung an die Jugend und ist plötzlich erstaunlich flott dabei. Trotzdem nervt es sie, von einem Junghund belagert zu werden, der sie umspringt, antippt, anstupst, ständig zum Spielen auffordert und gar kein Ende in seinem Tun kennt. Erst schimpft sie ihn aus und trabt weiter. Dann sagt sie ihm so richtig die Meinung: zickt ihn an, springt ärgerlich auf ihn zu. Auf Hoover! Auf einen, der das lustig findet und glaubt, sie wolle endlich doch mitspielen. Bis sie ihm sinnbildlich eine knallt, ihm in die Lef-

zen zwickt und noch einen Fluch hinterherruft. Auf Französisch wahrscheinlich. Denn aus Frankreich war sie einst im Alter von einem Dreivierteljahr zugereist.
Besonders grob ist sie nicht, wirklich böse auch nicht. Sie fordert lediglich Respekt ein. Er quietscht kurz, macht einen Satz rückwärts – und startet von Neuem mit seinen Spiel-mit-mir-Avancen. Und irgendwann macht sie sogar ein bisschen mit, findet doch noch Gefallen an den Tänzchen und Sprüngen des Jugendlichen in Schwarz. Wenn es ihr zu viel wird, bekommt er eben noch mal eine geknallt. Macht ihm nichts. Findet er lustig.
Irgendwann ist der Überdruck abgelassen und beide spazieren vergnügt nebeneinander her – bis Hoover sich diesmal von hinten anschleicht, Fili herumschnellt und schimpft, während Hoover knapp hinter ihr zwei freche Luftsprünge macht und davonflitzt. »Hast du das gesehen?«, ruft Filis Frauchen plötzlich mit einer seltsamen Mischung aus Empörung und Anerkennung in der Stimme: »Er hat meiner in den Hintern gekniffen!« Hat er. Stimmt. Ging blitzschnell. Und doch irgendwie durchaus liebevoll, fast zärtlich.
Das besagt ungefähr dies: Die Sache mit dem Respekteinfordern ist offenbar fehlgeschlagen. Aber Freunde sind die beiden geworden – die alte Dame und der freche Kerl.

Fein und Nein

Manchmal bekommt man seltsame Ratschläge. In Hundebüchern, Hundeschulen, von Züchtern, von anderen Spaziergängern, einfach von Leuten, die es alle gut meinen. Manchmal sind es sehr gute Anregungen. Seltsam ist dieser Tipp: Man solle seinen Hund nicht mit dem Wörtchen »Fein« loben, es läge vom Klang her zu nah an »Nein« und

würde das arme Tier irritieren. Lieber sollte man eines von den beiden Wörtern dauerhaft variieren: Die Palette reicht von »Gut« über »Brav« bis »Supi« statt »Fein« und von »Aus« über »Pfui« und »No« bis »Böser Hund« für »Nein«.
Was dabei vergessen wird: Lobe wie Kommandos leben davon, dass sie gesprochen und nicht bloß gedacht werden. Und wenn man die zwei kleinen Wörtchen ausspricht, liegen sie meilenweit auseinander. Die Betonung macht den Unterschied – sogar ganz ohne dass man sich dafür sonderlich Mühe geben müsste.
Fein ist leicht und fröhlich, Nein ist klar und hart, fast schroff. Wahrscheinlich gibt es den Hund nicht, der das nicht auseinanderhalten könnte. Bei Hoover sind beide Begriffe im Rennen – ohne das geringste Problem damit.

Pferdekuss

Hoover hat sehr viel Zuneigung zu verteilen, Zärtlichkeit sogar. Deswegen springt er an wildfremden Menschen hoch, um ihnen spontan und möglichst überraschend mit der feuchten Nase einen Hundekuss auf die Wange zu drücken. Nicht jeder hat darauf gewartet – oder es gar erwartet. Und längst nicht alle stehen darauf. Also versuche ich, es möglichst vorausschauend zu verhindern: ihn kurz an der Leine halten, ihn – wenn er gerade ohne Leine herumläuft – rechtzeitig zurückzurufen, bei Fuß gehen zu lassen und ihm in angemessen strengem Tonfall vorsorglich mit einem lang gezogenen »Neeein, niiicht hochspringen. Uuunten bleiben!« den korrekten Kurs vorzugeben und zugleich hörbar jeden anderen dadurch davor zu warnen, was womöglich geschehen könnte. Es klappt ganz gut, wirkliche Skandale hat es noch nicht gegeben. Und wer doch einen Kuss bekommen hat, hat ihn sich irgendwie verdient und es mit Fassung getragen.

Bei allem Bedürfnis, solcherlei Zärtlichkeiten zu verteilen – die Leute mit der unsympathischsten Ausstrahlung hat Hoover von sich aus von derlei Gunstbeweisen ausgeklammert. Es erwischt deshalb meistens Leute, die ihn anlächeln oder ihm gar mit ausgebreiteten Armen entgegenkommen – oder sich zu ihm herunterbeugen.

Und dann gibt es Situationen wie diese, wo er sich als besonders burschikos erweist – in einer Mischung aus Liebesbedürftigkeit, Frechheit und wieder gewissem Draufgängertum. Längst hat er Pferde als übergroße Hufhunde kennen- und akzeptieren gelernt. Aber besonders nah ist er noch keinem gekommen.

Auf unserer Morgenrunde passieren wir jeden Tag zwei verschiedene Weiden. Immer sage ich »Nein« und rufe »Komm«, wenn er an der windschiefen und reparaturbedürftigen Andeutung eines Zaunes entlangläuft und ihm anzusehen ist, dass er jede Sekunde die Pferde zum Spielen auffordern und auf die Weide sprinten will. Das geschah noch immer rechtzeitig – auch, weil ihm gewisser Respekt vor dieser irgendwie noch kaum selbst erforschten Spezies anzusehen ist.

Jedenfalls: An diesem Morgen geht alles ganz schnell. Er spurtet zum Gatter, über das hinweg die drei Junghengste ihre Köpfe Richtung Fahrweg halten. Ich rufe. Er bremst, schaut sich die Pferde genauer an, die furchtlos und ebenso interessiert sind. Er macht noch zwei Schritte. Und einen Satz. Und drückt einem der drei einen Kuss mit seiner Nase ganz genau auf dessen Nüstern. So etwas müsste eigentlich Pferdekuss heißen. Der Hengst ist verdattert und scheint irgendwie auch amüsiert. Er wiehert. Und Hoover spurtet fünfzehn Meter davon, um sich aus sicherer Entfernung umzudrehen, zu schauen, einen vergnügten Bocksprung zu machen – und zu mir zurückgelaufen zu kommen.

Das selbst inszenierte kleine Abenteuer hat ihm ganz offensichtlich Spaß gemacht – und ich muss fortan besonders aufpassen, wenn uns Reiter entgegenkommen. Und etwas lauter also sonst üblich zu ihm sagen: »Neeein, nicht hochspringen. Niiicht wieder das Pferd küssen! Hierbleiben!« Damit auch die Herrschaften hoch oben im Sattel es hören und für alle Fälle vorgewarnt sind.

Ob Hoover auch Kühe küssen würde? Wie er auf die reagiert? Ich weiß es nicht – obwohl es mich interessieren würde. Bei uns in der Gegend sind keine, die auf die Weide dürften. Wir müssen das irgendwann im Urlaub herausfinden. Anderswo.

Ob er wieder Pferde geküsst hat? Regelmäßig – aber immer nur denselben Junghengst auf dieser Weide in der Nachbarschaft. Die beiden haben ein Ritual daraus gemacht. Sie scheinen sich zu mögen.

Rasenmäher-Tanz oder Wenn der Mut ins Tier fährt

Vorm Rasenmäher hatte Hoover anfangs einen Riesenrespekt. Er wird ihn für ein brüllendes Raubtier gehalten haben, das sich im Laufe der Evolution jeden Eigengeruch nach Lebewesen abgewöhnt hat. Für eines, das zwar nicht schnell, aber doch beweglich ist, hinter einem herkommt, sich zu einem hindrehen kann, manchmal schweigt, als pirsche es sich an, um dann ganz plötzlich wieder zu diesem ohrenbetäubenden Gebrüll anzusetzen und kleine Hunde damit in die Flucht zu jagen.

Dabei hatte ich versucht, die beiden einander ganz behutsam kennenlernen zu lassen, mich danebengesetzt, den Ra-

senmäher gestreichelt, sogar Hunde-Leckerli nach Hunde-Leckerli auf den noch kalten Motorblock gelegt. Diese Herantrau-Prämien hat Hoover sich jeweils geangelt – um Sekundenbruchteile später davonzuflitzen und wieder in mindestens fünf Meter Abstand zu verharren.
Was ich auch unternahm – die beiden wurden keine Freude. Und spätestens wenn ich den Motor anwarf, verschwand Hoover im Haus und war nicht mehr zum Herauskommen zu überreden, ehe nicht das seltsame Gerät wieder im Gartenschuppen verstaut war.
Inzwischen ist aus dem Welpen, der seine Welt entdeckt, ein selbstbewusster und neugieriger Jungrüde geworden – und deshalb wendet sich das Blatt für den Rasenmäher langsam. Hoover scheint ihm zeigen zu wollen, wer hier nun der Herr im Haus ist. Nach Herrchen jedenfalls. Das Gebrüll des seltsamen Wesens ohne Eigengeruch und allenfalls mit diesem spritigen Gestank reicht nicht mehr aus, um Hoovers Fluchtimpuls auszulösen.
Es ist, als ob ganz plötzlich der Mut wie ein Blitz ins Tier fährt: Hoover kommt angetanzt, mit Bocksprüngen, Drehungen, Wendungen. Er tritt sich mit allen vieren zugleich vom Boden ab, dreht sich in der Luft um 180 Grad von Ost nach West und von Nord nach Süd, wird für den Mäher – denkt Hoover wahrscheinlich – ein immer schwerer kalkulierbarer Angreifer. Und irgendwann steht er direkt vor dem Gerät, beißt ganz kurz in das Gestänge, haut mit der linken Vorderpfote aufs Gestell und ist schon einen Bocksprung später fünf Meter weiter weg, um sich für die nächste Attacke zu sammeln, wieder einen Sprung zu machen, noch einen gezielten Pfotenhieb zu setzen.
Zwischendurch bellt er, rennt im Irrsinnstempo durch den Garten, schlägt Haken, fliegt kurzfristig aus der Kurve, ist

wieder da. Es ist nicht nur Mut, was da ins Tier gefahren sein muss. Es ist der blanke Übermut. Und so etwas wie zügelloses Glücksgefühl über die eigene Tapferkeit. Der Rasenmäher wird nie mehr ein Problem sein. Und wahrscheinlich wird auch löwengebrüllartiger Krach den großen Hoover nie mehr ängstigen. Er weiß inzwischen, dass Bocksprünge und wilde Tänze noch jeden Dämon, jeden vermeintlichen Gegner bezwingen helfen können.
Ab und zu muss ich von nun an den Rasenmäher beschützen und Hoover verscheuchen. In Wirklichkeit beschütze ich ihn vor seinem eigenen Übermut – und vor der Ahnungslosigkeit davor, wie gefährlich so eine Maschine ist. Denn inzwischen springt er beim Mähen direkt vors Gerät und versucht, es von vorne zu attackieren. Jedes Mal muss ich eine Vollbremsung hinlegen und es ausschalten, weil die Hundefüße dem Metallgehäuse und damit dem dahinter rotierenden Messer bedenklich nahe kommen. Ich habe dabei diesen Eindruck: Mein Hund hält das für unfaire Parteinahme – und ahnt nicht, dass ich dabei auf seiner Seite stehe. Seinen Spaß hat er trotzdem.

Ohne Leine in Perfektion

Die Einführung der Pfeife hat Wunder gewirkt, die der Belohnungen für Folgsamkeit sowieso – und die Tatsache, ihn immer spätestens bei mehr als etwa zwanzig Meter Distanz oder vor unübersichtlichen Kurven zu rufen, ebenfalls. Inzwischen kann er die erlaubte Entfernung selber einschätzen, hält freiwillig an, wenn dieser Wert ungefähr erreicht ist, dreht sich um, schaut mich an, wartet auf ein Signal, auf »Is gut« für weiterlaufen, »Halt!« oder »Warte!« für stehen bleiben, »Komm« oder »Zurück!« für die Kehrtwende –

alternativ auf einen Pfiff oder eine Geste mit der rechten Hand.

Ich bin froh darüber, wie zuverlässig das klappt, und so vorlaut er mir manchmal auf der Nase herumtanzt, so sehr scheint er dann doch akzeptiert zu haben, dass ich sein Chef bin – und dass sich umso mehr von der spannenden Welt gemeinsam entdecken lässt, wenn man sich gut benimmt und gelobt werden kann.

Zugleich versucht er, auf den angestammten Spazierwegen die Grenzen von Tag zu Tag nach seinem Geschmack halbmeterweise weiter zu verschieben.

Er weiß genau, dass er vor und in den unübersichtlichen Kurven der Feldwege bei Fuß gehen soll und erst wieder rennen darf, wenn die Lage klar ist und ich »Jetzt ist gut« sage. Das geschieht immer an denselben Stellen – immer dann, wenn ich den Weg überblicke und sehen kann, dass kein Traktor naht und kein unbekannter anderer Hund uns entgegenkommt. Hoover aber pokert. Er testet aus, wie es ist, wenn man anderthalb Sekunden vor der Freigabe losflitzt. Und wenn ich »Ach, egal« denke und ihn gewähren lasse, kann ich sicher sein, dass er sich die Stelle genau merkt und am nächsten Morgen wieder nicht das Kommando abwartet – und den Loslaufpunkt wieder anderthalb Sekunden oder ein paar Meter zu seinen vermeintlichen Gunsten verschiebt.

Also einigen wir uns auf diese Lösung: Es gibt keinen Zentimeter Spurt-Toleranz, solange die Freigabe nicht erfolgt ist. Und damit das klappt, muss er jetzt in den jeweiligen Kurven bei Fuß gehen – und bekommt die volle Aufmerksamkeit. Ich merke genau, wann er zuckt – und er weiß genau, dass ich es bemerke. Und dass ich konsequent bleibe, obwohl das manchmal anstrengend ist. Trotzdem muss ich schmunzeln. Weil es uns beide weiterbringt, enger aneinan-

derbindet, die Hierarchien betont – und nach ein paar Tagen nicht mehr nötig ist. Er weiß jetzt, dass das, was ich sage, auch zu gelten hat. Und auch das, was ich nicht sage.
Und ganz nebenbei: Pfeife und Leckerli sind sogar toller als Rehe oder kapitale Hasen, denen wir gelegentlich begegnen. Die Pfeife wird zur Fernbedienung. Ein Ton und Hoover legt eine Vollbremsung hin – und wendet. Um sich im Galopp Belohnung und Lob abzuholen.
Ob das auch mal nicht klappt? Ja. Leider. Noch. Dann, wenn er ein paar Tage lang nicht richtig getobt hat und uns ein anderer Hund entgegenkommt, der von Weitem irgendwie so aussieht, als könnte er spielen wollen. Weil es diese Unwägbarkeiten gibt und weil Hoovers Geduld, bei Fuß zu gehen, limitiert ist – und meine auch –, werde ich ihn niemals auf Spaziergängen entlang von wirklichen Straßen von der Leine losmachen: zu gefährlich, nichts für das Temperament eines Flat-Coated-Retrievers, nicht kompatibel mit spontanen Tanzeinlagen und Bocksprüngen, die eines gewissen Radius bedürfen und nicht am Rinnstein enden, wenn die Albernheit in ihn hineinfährt.

Jetlag nach der Zeitumstellung

Hoover ist neben der Spur. Weil alles eine Stunde später geschehen soll als auf seiner inneren Hunde-Uhr verzeichnet. Morgenrunde jetzt erst um halb zehn? Und schlimmer noch: Das bedeutet, dass die anschließende Raubtierfütterung sich ebenfalls um diese Stunde verschiebt! Und dass der Nachmittagsspaziergang erst um sechs ist und, wiederum schlimmer noch, die Abendfütterung auch eine Stunde später!
Er drängelt, zerrt, buhlt um Aufmerksamkeit. Er hetzt und versucht offensichtlich, seinen Terminkalender durchzuset-

zen. »Was ist nur«, fragen diese Hundeaugen, »plötzlich mit Herrchen los? Warum kommt der nicht in Schwung?« Die Antwort ist simpel: weil der versucht, sich an die neue Uhrzeit anzupassen – daran, dass nun wieder Winterzeit gilt, wir mitten in der Nacht eine Stunde spendiert bekommen haben, die zwar den schönen Effekt hat, dass es morgens nun sechzig Minuten früher hell ist. Und die, abermals schlimmer noch, den Nebeneffekt hat, dass es abends noch eine Stunde eher stockdunkel ist. Ich hasse Winterzeit.

Meinem Rhythmus käme es viel mehr entgegen, wenn wir bei der Sommerzeit blieben. Hoover habe ich dabei offenbar auf meiner Seite – und muss trotzdem darüber hinwegsehen und schauen, dass wir uns der neuen Zeit anpassen.

Wir beschließen einen Kompromiss: Wir nähern uns, was die täglichen Hunde-Großereignisse angeht, in 20-Minuten-Schritten über drei Tage verteilt der neuen Leitlinie für alle Termine an – um die innere Hunde-Uhr immer ein kleines bisschen weiter Richtung neuer Echtzeit zu verstellen.

Am Abend der Zeitumstellung kommt Besuch – völlig pünktlich. Das Türklingeln schreckt Hoover aus dem Schlaf, der so spät mit niemandem mehr gerechnet hätte und nicht ganz so schwungvoll ist wie sonst. Statt ständig mit Spielsachen zu schleudern oder die Schale mit den Pistazien in der Tischmitte anzuhimmeln und zu testen, ob die kleinen Dinger mit der harten Schale allein mit Gedankenkraft zum Herbeifliegen zu bringen sind, hat er sich diesmal gleich in eine Sofaecke zurückgezogen und schläft. »Sonst ist dein Hund geselliger«, sagt die Freundin. »Hat der Jetlag?« Ja. Genau das ist es.

Die heilige Birne

Der große Sturm hat auch unseren Garten hinterm Haus neu sortiert – zum Glück, ohne größere Schäden anzurichten. Einen Apfel habe ich gefunden: groß und gelb und ganz eindeutig von einer Sorte, die nicht vom eigenen Baum stammt. Der Wind muss ihn gebracht haben. Und viel schlimmer: Die Birne ist weg! Die letzte von den nur drei, die der Birnbaum dieses Jahr hervorgebracht hat! Meine Kult-Birne, deren Verspeisung ich aufwändig inszenieren wollte! Ich hatte mich darauf gefreut und bin traurig, dass das Früchtchen fort ist. Im Gras und auf den umliegenden Beeten kann ich sie nicht entdecken.

Das muss daran liegen, dass jemand anders schneller war: jemand, der in einem schwarzen Fell wohnt und gerade mit stolzgeschwellter Brust und selbstbewusst waagerechter Rute nach drinnen geeilt ist.

Ich eile hinterher. Hoover dreht sich um, schaut mich mit irgendwie etwas vollerem Gesicht gänzlich unschuldig an. Von der geheiligten Birne ist nichts zu sehen. Dennoch frage ich diesmal nicht wie bei der Tomatennummer vorsichtig an, ob er womöglich das gesuchte Stück Obst an sich genommen haben könnte. Stattdessen halte ich meine geöffnete Hand fünf Zentimeter unter sein Maul und sage »Her damit!«, obwohl ich keineswegs sicher bin, dass er die Birne hat und es ihm dafür gelungen sein muss, sie komplett im Maul verschwinden zu lassen. Nichts geschieht. Und er schaut mich aus allerunschuldigsten Hoover-Augen an.

Ich lege nach und sage »Los jetzt!« und schließe und öffne die Hand zwei-, dreimal unter seiner Schnute – und schon gleitet mir mit leichtem Plopp-Geräusch eine sabberverschmierte und ansonsten gänzlich unversehrte Birne in die

Hand. Ich muss grinsen. Und bekomme sofort einen Hundekuss.
Die Frucht habe ich gründlich abgewaschen, abgewischt, abgesucht, nachgetupft, dann geschält – und mit Hoover geteilt. Gehört sich einfach so.

Partystimmung

Heute ist es nicht nur Hoover, der mich küssen und abschlabbern könnte. Heute möchte ich das am liebsten mit ihm tun. Denn seit Wochen plagt mich nerviger Reizhusten bis hin zu trockenem Röcheln. Mal mitten in der Nacht, meistens morgens vor und abends nach dem Essen. Der Hausarzt hat mich zum Lungenarzt geschickt. Der hat Röntgenbilder gemacht, abgehorcht, noch mehr Röntgenbilder gemacht, so weit nichts feststellen können – und dann die Lebensumstände näher erfragt. Nach Veränderungen hat er sich erkundigt, nach neuer Wandfarbe in der Küche, neuem Teppichboden im Schlafzimmer, sogar nach neuer Bettwäsche, einem neuen Auto, nach Einschnitten im Leben, die den Körper mit etwas konfrontiert haben könnten, was vorher nicht da war. Und dann kam die Frage nach dem Haustier. Und einer entsprechenden Allergie, die den hartnäckigen Reizhusten, der sich immerhin schon seit drei Monaten hält, auslösen könnte: gegen Hundehaare, gegen Hundespeichel, gegen Hunde überhaupt. Gegen Hoover!
Ich weise schon die theoretische Gefahr weit von mir, erzähle davon, dass ich mein Leben lang mit Hunden in Berührung war. Dass ich bis Mai fast neun Jahre lang einen tollen Flat Coated Retriever hatte. Und dass kurz nach dessen Tod ein neuer toller Flat Coated Retriever eingezogen ist und ich mir überhaupt nicht vorstellen kann und mag, dass mein

Körper irgendetwas dagegen haben könnte. Dass Hoover ins Bett darf, verschweige ich. Auch, dass er sehr kuschelfreudig und anschlabberbegeistert ist.

»Jeder Hund ist anders«, sagt der Arzt – und macht einen Allergietest: 24 winzige Schnitte in den linken Unterarm, 24 winzige Tupfer verschiedener farbloser Substanzen. Und einen 25. Schnitt, einen 25. Tupfer mit einer klaren Flüssigkeit nicht weit vom Handgelenk. Das ist der entscheidende. Wenn derjenige binnen 15 Minuten dick würde, wäre eine Hundeallergie im Spiel. Es ist eine sehr lange Viertelstunde, in der ich ununterbrochen auf Punkt 25 starre. Dass der sich offenbar Zeit lässt, erleichtert mich nicht. Und im Kopf laufen bereits alle Planspiele ab, was im Falle einer ärztlich befundeten Hoover-Allergie zu tun wäre. Das Ergebnis steht schnell fest: zudröhnen. Mit Anti-Allergika. Mit Hustenlösern, Meersalz-Spray, notfalls auch Cortison. Mit allem, was helfen könnte, halbwegs Sinn macht und unser Rudel nicht zerreißt. Abschaffen, was für ein schlimmes Wort, kommt nicht infrage. Ausgeschlossen, Hoover ins Exil zu verjagen, in der Zeitung zu inserieren und dort einen Dreizeiler vom »Krankheitsbedingt in gute Hände abzugebenden lieben Hund« zu schalten! Ich merke, wie ich mich hineinsteigere, aufs Handgelenk starre. Punkt 25 lässt sich weiter Zeit.

Modifizieren ließe sich manches. Vielleicht. Hoover könnte in kleinen Schritten von einem Bettverbot überzeugt werden, mittelfristig womöglich kein Visum für Schlafzimmer mehr bekommen. Oder mit einem Anschlabber-Bann belegt werden. Wenn er einverstanden ist. Und während ich noch wirr nachdenke, wischt mir die Helferin die Markierungen von Arm und Handgelenk – nicht ohne vorher den einzigen Punkt zu vermessen, der dick und rot geworden ist und richtig juckt.

Es ist nicht die 25. Was für ein Glück! Der Arzt schließlich lüftet das Geheimnis: Die Stelle, die dick wurde, musste dick werden. Es war sozusagen der Kontrollpunkt. Wäre er nicht dick, taugte der ganze Test nichts.
Das Ergebnis brachte keine Erklärung für den Husten, der sich übrigens zwei, drei Wochen später entschloss, so plötzlich wieder zu verschwinden, wie er über ein Vierteljahr zuvor aufgetaucht war. Aber es besagt eindeutig: keine gängige Allergie, nichts gegen irgendwas. Und vor allem keine gegen Hunde. Was für eine Erleichterung!
Hoover weiß nicht, warum ich so erleichtert nach Hause komme, gar nicht aufhören kann mit Streicheln, Kuscheln, Spielen, endlich mal nicht den üblichen Spruch aufsage, wonach ich jetzt nicht könne, es nun aber gut sei, brav, fein, Platz, und ich noch arbeiten müsse – sondern plötzlich alle Zeit der Welt für ihn habe. Sogar einen Extra-Kauknochen bekommt er diesen Abend noch als Belohnung. Dafür, dass er netterweise nicht allergen ist.
Und weil es so ein besonderer Tag ist, bekommt sogar Tentakles kurz Freigang aus seiner Schutzhaft. Immerhin gibt es ihn noch: als mit violettem Plüsch überzogenen und gut zwölf Zentimeter hohen Kautschukkern mit aufgestickten Augen und den stummeligen Resten von einst einer ganzen Menge Tentakeln. Hoover begrüßt ihn euphorisch, feiert ihn geradezu wie ein lange vermisstes Familienmitglied. Dennoch, der Besuch findet unter Aufsicht statt – damit am Ende des Tages nicht noch weniger von Tentakles übrig ist. Und damit der Rest wieder sicher verstaut werden und bei anderer Gelegenheit erneut ein Wiedersehensfest gefeiert werden kann.

Das Missgeschick mit dem Karton

Es hat sich längst als unser Zeichen eingebürgert, dass Hoover eine kleine Pappverpackung, eine leere Pralinenschachtel zum Beispiel, mit zwei, drei Brocken Trockenfutter darin bekommt, wenn ich das Haus verlasse und er alleine dort bleiben muss. Er freut sich über den Spaß des, freundlich gesagt, Auspackens, das in Wirklichkeit ein Zerfetzen ist. Er ist gierig auf das Futter – und akzeptiert gänzlich unbekümmert, dass ich gehe und er bleibt. Ich horte inzwischen leere Pappschachteln, um bevorratet und auch für womöglich mal häufigere hundefreie Abendverabredungen gewappnet zu sein.
Im Laufe der Zeit geht Hoover nun davon aus, dass jede irgendwie geartete Umverpackung über kurz oder lang für ihn gedacht sein muss. Aus dieser Überzeugung heraus hilft er beim Auspacken jedes Kartons völlig unabhängig von der Größe, den der Postbote heranschafft und gegen Unterschrift an der Haustür herausrückt.
Nur diskret deutet er durch Benagung der Ecken an, dass wir mit dem Auspacken beginnen sollten, wenn ich mal nicht sofort zur Sache gehe und in seinen Augen kostbare Zeit zum Beispiel am Telefon oder dem Computer vertrödele. Sich im Alleingang grob über den Karton hermachen, ohne dass es den entsprechenden offiziellen Startschuss gegeben hätte – das würde er nicht tun.
Also öffnen wir jede Sendung gemeinsam – zu zwei Dritteln bin ich zuständig, zu ungefähr einem ist er es. Und bei großen Kartons ist es besonders spannend, die Deckel hochzuklappen und zu schauen und zu erschnüffeln, was wohl darin sein mag. Vielleicht, scheint er zu denken, ist ja mal etwas dabei, was man apportieren und zur näheren Begut-

Mit fünf Monaten: Die Beine scheinen zwischendurch viel zu lang für den Körper zu sein. Bald aber passt wieder alles zusammen. Hoover wächst in Rekordgeschwindigkeit.

achtung in den eigenen Korb verschleppen könnte. Am Ende darf ich entscheiden, wie intensiv Hoover mitwirken soll – und ob er etwas vom Inhalt bekommt.
Meistens ist es nur das leere Paket, das er an einen Ort seiner Wahl verschleppen darf, an einer Lasche packt, mit Freude hin und her schleudert, als müsste er jeden Karton vor jeder weiteren Verwendung erst totschütteln. Manchmal hält er sich über eine Stunde lang voller Engagement damit auf. Ich frage deshalb schon immer »Willst du damit arbeiten?«, bevor ich einen Karton freigebe. Er macht zu dem Zeitpunkt bereits begeisterte Bocksprünge. Und leistet anschließend ganze Arbeit.
Neulich kommt es offenbar im Eifer des Gefechts zu einem dekorativen Missgeschick. Jedenfalls marschiert Hoover plötzlich mit einem stattlichen Karton um den Kopf ins Büro. Wirklich zu stören scheint es ihn nicht, aber gänzlich zu erfreuen auch nicht. Er muss eine Ecke herausgebissen und -gerissen und dann den Kopf durch die nicht sonderlich weite Öffnung gesteckt haben – und bekommt ihn nun nicht mehr aus eigener Kraft heraus. Sein Blick sagt so etwas wie »Papa, hilf!«. Tue ich gerne – und gestehe allerdings, dass ich mir nicht verkneifen kann, zuvor noch schnell den Fotoapparat zu holen und ein Beweisbild zu schießen.
Gleich danach entferne ich Hoover operativ aus dem Pappkarton. Er bedankt sich sofort mit kurzem Abschlabberer und zärtlichem Kniff ins Ohr – um gleich darauf den doch irgendwie vorlauten Karton energisch zu maßregeln. Der wird besonders heftig hin und her geschleudert – um schließlich in noch mehr Teile als sonst üblich zerlegt und überall im Garten verteilt zu werden.

Alles retrieven, was herumliegt

Es geht ihm nicht unbedingt darum, den Wald aufzuräumen, denn eine übergeordnete Ordnung ist auch nach seinem Wirken nicht zu erkennen. Vielmehr liegt ihm daran, die gewisse Willkür, in der alles herumliegt, was Bäume im Laufe der Zeit so von sich werfen, unbedingt beizubehalten. Nur anders als vor seinem Durchmarsch.

Wichtiger scheint ihm zu sein, den Wald möglichst aufzufressen. Alles, was er greift – und er greift irgendwie alles –, zerlegt er mit den Zähnen im Gehen, und was immer dann nicht links und rechts überhängt und einfach abfällt, wird klein gebissen, aufgekaut, heruntergeschluckt. Weit mehr, als mir lieb ist. Zweige sind dabei, Zapfen – obwohl noch immer streng verboten –, Gräser, Arrangements aus zusammengeklebtem Laub, Pferdeäpfel. Er hat jeden Tag aufs Neue offensichtlich riesigen Spaß an der selbst gestellten Aufgabe, baut Bocksprünge und Drehungen ein. Angesichts der Fülle dessen, was er aufsammelt, resigniere ich beizeiten und lasse es einfach geschehen.

Aber einmal muss etwas wieder heraus: Er hat irgendetwas Rotes aus Plastik aufgesammelt, blitzschnell zerknackt und ziemlich sicher etwas in der Sorge eilig heruntergeschluckt, es könnte ihm wieder weggenommen werden. Bevor das womöglich scharfkantige Plastik ihm innere Blutungen beschert, muss etwas unternommen werden – am besten mit einem grundsoliden Hausmittel: Hoover bekommt zu Hause eine Portion Sauerkraut serviert. Das Zeug wird von Hunden nur schlecht verdaut, gelangt in wiedererkennbarer Struktur aus dem Magen in den Darm, wickelt sich dort um jeden denkbaren Fremdkörper, um schließlich ungefähr so wieder ausgeschieden zu werden.

Der hübsche Trick funktioniert nur, wenn Hoover das Zeug mit dem unangenehm säuerlichen Geruch fern von sonstigen Hundefutter-Aromen auch wirklich frisst. Dafür muss es zunächst in ein Salatsieb verfrachtet und unterm Wasserhahn gründlich warm abgespült werden, um anschließend mit reichlich Leberwurst vermengt zu werden.
Ob es funktioniert hat? Und wie! Wenn es nach Hoover ginge, gäbe es fortan nur noch Sauerkraut mit Leberwurst. Ob das Plastik wieder herauskam? Oh ja! Gut sichtbar, knallrot. Und von Sauerkraut umwickelt.

Der Orkan, der noch mehr Stöckchen bringt

Sie sagen es auch sonst zwei-, dreimal in jedem Winterhalbjahr im Verkehrsfunk durch. Sie mögen damit sogar richtig liegen, und gut meinen sie es ohnehin. Diesmal sind sie noch viel deutlicher: Im Radio raten sie dringend davon ab, das Haus zu verlassen. Ein Jahrhundertsturm tobe und es könnte noch anderthalb Tage lang so weitergehen. Die Fehmarnsundbrücke, wichtigste Straßenverbindung auf dem Weg zwischen Norddeutschland und Kopenhagen, ist komplett gesperrt, der Betrieb auf dem Hamburger Flughafen ruht, die Eisenbahn in Schleswig-Holstein hat ebenso wie die S-Bahn in Hamburg vorübergehend den Betrieb eingestellt. Überall im Land sind Bäume entwurzelt. Am Ende werden es Tausende sein.
Am Anfang aber klangen all diese Nachrichten noch nach boulevardesker Übertreibung. Und so gerne ich im Haus geblieben wäre, so sehr pocht Hoover auf seinen ohnehin bereits immer wieder hinausgezögerten Nachmittagsspaziergang. Immer wieder fordert er mich zum Losgehen auf, stapft selber zur Haustür, tippt mit der Nase meine Spazier-

gehjacke an der Garderobe an, lässt mich nicht mehr in Ruhe arbeiten. Er muss mal. Ganz klar. Und anders als die Leute aus dem Radio es sich vorgestellt haben, muss er dafür dann doch regelmäßig ins Freie – Sturm hin, Jahrhundertorkan her. Irgendwie müssen wir es schaffen.

In den Wald zu gehen, wäre tatsächlich viel zu gefährlich. Deshalb verschwinden wir heute auf kürzestem Weg zwischen den Feldern, laufen über einen Fahrweg, der weitab aller Häuser verläuft und von fast keinem Baum gesäumt ist. Nur höhere Sträucher gibt es hier, Gestrüpp und Büsche mit eher dünnen Ästen – das, was man im Norden einen »Knick« nennt, einen Windbruch zwischen den Feldern. Das hat den Nachteil, dass durchaus auch hier etwas umfallen und abbrechen kann – und den Vorteil, dass es nicht aus größerer Höhe geschieht und keine wirklich dicken Äste dabei sind. Stöckchen wirbelt der Orkan auch hier durch die Gegend. Hoover ist begeistert: nicht nur, dass der Sturm ihm das begehrte Apportier-Spielzeug gut zerteilt als Dutzendware entgegentreibt und er sich kaum entscheiden kann, nach welchem Stöckchen er greift. Auch dass der Wind ihm die pelzige Kutte scheinbar einmal von innen nach außen krempelt und wieder zurück, macht ihm Spaß. Was für ein Ereignis! Er ist total beglückt und baut jede Menge Extra-Bocksprünge in seinen Lauf ein. Und ich bin schließlich froh, als wir wieder heil zu Hause angekommen sind. Die ganze Tragweite des Unwetters wird ohnehin erst am nächsten Tag klar. Zweifellos, das war kein normaler Sturm.

Am folgenden Nachmittag trauen wir uns wieder auf unsere angestammte Waldrunde und sehen, wie der Wind hier gewütet hat: Riesige Bäume, über zwanzig Meter hoch, sind entwurzelt, liegen quer über den Wegen, haben sich mit anderen verhakt, mehrere auf einmal mit umgerissen. Dafür hat Hoover nicht so recht einen Blick – aber weiterhin für das plötzliche Überangebot an Stöckchen, die er neuerdings sogar aus den Baumkronen herausbrechen kann. Dann, wenn der Wind die Birken und Kiefern bereits vollständig in die Waagerechte befördert hat.

Unzulässige Kaustreifen-Verrechnung

Wahrscheinlich hat der Oberste Gerichtshof der Hundewelt längst in einem für alle Zeit gültigen Grundsatzurteil so entschieden: »Ein vorzeitiger Snack zur falschen Zeit kann kein Ersatz für den Snack zur rechten Zeit sein. Vielmehr ist davon auszugehen, dass die zeitlich aus der Reihe fallende Gabe zusätzlich gereicht wird. Das Leckerli oder der Kauknochen zur üblichen, gewohnten Zeit ist deshalb unabhängig davon vollständig fällig. Der jeweilige Hund hat einen zweifelsfreien Anspruch darauf.«
Vermutlich hat Hoover davon gehört. Er guckt jedenfalls derart empört, als wollte er auf das Urteil verweisen. Denn meistens bekommt er gegen Mittag, es muss ohne wirkliche Absicht immer so um ein Uhr herum sein, einen Kaustreifen, um den langen Weg zwischen den beiden Mahlzeiten am Morgen und am Abend ein kleines bisschen angenehmer zu gestalten. Diesmal hat er ihn um Viertel nach zwölf bekommen – um eine Dreiviertelstunde später für den üblichen 13-Uhr-Snack anzustehen. Ich brauche einen kleinen Moment, um zu verstehen, was er mir mit Blicken, mit der hautnahen Verfolgung vom Schreibtisch in die Küche, dann ins Wohnzimmer und wieder zurück sagen will. Erst hat er den Augenausdruck gewisser freudiger Erwartung. Dann wird der Blick fordernder, schließlich streng und um halb zwei dann vorwurfsvoll – bis ich endlich begreife: dass sei-

ner Ansicht nach der mittägliche Snack fehlt. Dass er mich daran erinnern will. Dass ich den endlich herausrücken, dass ich mich nicht so haben soll. Und dass ja wohl spätestens seit dem allgemein bekannten Grundsatzurteil des Obersten Hundegerichtshofs klar ist, dass ich vorzeitig so viele Kaustreifen und Belohnungen spendieren und verteilen kann, wie ich nur will – aber dass das eben nicht die Pflicht zur Aushändigung der regulären Tageszugabe aushebelt. Eigentlich hat er recht. Jedenfalls ist die Argumentation völlig nachvollziehbar.

Trotzdem sage ich erst zum Schein empört, dann halb irritiert: »Nein, hast du doch schon gehabt.«

Jetzt springt er an mir hoch, versucht mir einen Hundekuss aufs Ohr zu drücken und läuft unmittelbar danach zur Tür der Vorratskammer und schaut erwartungsfroh: als wollte er »Ach was« oder »Stimmt doch gar nicht« sagen. Oder: »Is egal, rück schon raus!«

Hätte ich den Extra-Kaustreifen um kurz nach zwölf nicht spendiert und wäre mir erst um zwei eingefallen, dass ich den Mittags-Snack vergessen hätte, wäre er froh und dankbar gewesen, dass es mir einfiele, und hätte niemals um vierzehn Uhr zwei davon verlangt.

Den Aspekt hat der Oberste Hundegerichtshof seinerzeit im Urteil gar nicht kommentiert, wahrscheinlich um keine Präzedenz zu schaffen: dass die nachträgliche Darreichung eines Snacks nämlich nur die erwartete Fütterung zu verschobener Zeit ersetzt, aber keinen Zusatzanspruch begründet.

Ob Hoover an dem Tag die doppelte Portion Kaustreifen bekommen hat? Hat er. Weil ich diesem Blick aus den braunen Hundeaugen einfach nicht widerstehen kann. Und weil ich es niedlich finde, wie eindringlich er mich darauf aufmerksam macht, dass da noch was fällig gewesen sein muss.

Falsche Tränen im Fernsehen

Hoover ist ein aufmerksamer Fernsehzuschauer – am liebsten vom Sofa aus, im Liegen, mit dem Kopf auf der Armlehne. Am meisten interessieren ihn Tiersendungen, und läuft ein Hund durchs Bild, springt er sofort auf, stupst mit der Nase gegen die Mattscheibe, schnüffelt und schaut schließlich erst links und rechts und dann hinter dem Gerät nach, sobald der Hund von vorne nicht mehr sichtbar ist. Irgendwo muss der sich ja versteckt halten. Noch spannender findet er es, wenn Vögel mit im Spiel sind. Gänse- oder Entengeschnatter katapultiert ihn selbst aus dem tiefsten Schlaf und in Rekordgeschwindigkeit steht er dort, wo die Geräusche herkommen: unmittelbar vorm Fernseher. Und wieder versucht er, mit der Nase eine Bestätigung für all das aufzunehmen, was Ohren und Augen da an Eindrücken zusammengetragen haben.

Wird die Musik in Spielfilmen dramatisch und deutet Spannung an, dreht er den Kopf und schaut mich fragend an, als wollte er wissen, ob uns womöglich eine Gefahr droht, auf die wir uns besser vorbereiten sollten. Sage ich die bewährten drei Worte »Is alles gut«, legt er den Kopf wieder hin und quittiert die gesprochene Entwarnung mit der daraus abzuleitenden Gelassenheit.

Heulen Schauspieler plötzlich los, ist ihm das egal. Er zeigt keinerlei Reaktion – so, als gäbe es keinen Unterschied zur Sprache. Fließen im Fernsehen aber echte Tränen, ist das sofort anders. Denn als neulich eine Dokumentation über die ersten Monate nach Ende des Zweiten Weltkriegs läuft, zeigen die Schwarzweißaufnahmen mit Originalton Heimkehrer, die vor den Trümmern ihrer Häuser stehen und vor Hilflosigkeit und Entsetzen zu weinen beginnen. Hoover springt

sofort auf, steht direkt vorm Fernseher, will trösten und versucht, sich einen Reim auf die Situation zu machen – und darauf, dass er die traurigen Personen genauso wenig erreichen kann wie die ganzen Gänse, Enten und Hunde, die sich irgendwie in diesem Kasten zu verstecken scheinen, nach nichts riechen und trotzdem in der Lage sind, sich zu bewegen und völlig authentische Geräusche zu machen. Solange es keine Schauspieler sind.
Streiten sich unterdessen Leute im Fernsehen, ist ihm das unangenehm. Er steht auf und geht auf den Flur oder in die Küche, sobald sich die Stimmung zwischen den Menschen in der Rappelkiste verschlechtert und jemand laut wird. Sogar, wenn es nur Schauspieler sind.

Tierlieder

Es ist mir ein bisschen peinlich, das zuzugeben. Aber manchmal singen wir zusammen. Aus Übermut, aus Lebensfreude. Einfach, weil der Tag gerade so schön ist. Es sind immer Tierlieder, und genau genommen singe eigentlich nur ich und Hoover tanzt. Obwohl ich keinen Ton richtig treffe und mir nur die Refrains merken kann. Trotzdem springt er voller Begeisterung immer wieder an mir hoch und hat eindeutig erfasst, dass das Singen ein Signal für gute Laune sein muss. Da freut er sich mit.
Vielleicht aber liegt es auch einfach an den Texten unserer Lieder, denn ich habe mir zum Ziel gesetzt, nur Songs zu singen, in denen es um Tiere, am besten sogar um Hunde geht. Weil aber mein Repertoire auch an Refrain-Erinnerungen sehr klein ist, muss ich gewisse Variationen an den Texten vornehmen. Wir singen dann »Mein Hund, der hat drei Ecken«, den Fahrradfahrer-Hit »Ja, mir san mit 'nem Rudel

da« oder den Festzelt-Klassiker »Tier her, Tier her oder ich fall um«.
Manchmal sind die Vorlagen noch simpler – oder das, was daraus wird, ist es: »Alle meine Hündchen, Schwänzchen in die Höh.« Weil Hoover eine kleine Plüsch-Ente zu seinem Hab und Gut zählt, wird aus einem anderen Klassiker in Abwandlung an gleich zwei Stellen »Hund, du hast die Ent' gestohlen, gib sie wieder he-he-her«. Wieder andere Kreationen vergesse ich, kaum dass sie mir eingefallen und einmal intoniert waren. Manchmal ist es kein wirklicher Verlust.

Auf dem Weg zum richtigen Wachhund

Inzwischen hat Hoover den Stimmbruch hinter sich – und bellt mit kräftigem, sonorem Bass. Selbstbewusst klingt das, furchtlos, entschlossen. Und für alle, die nicht wissen, was für ein freundlicher, verspielter Kerl von noch nicht mal einem Jahr hinter diesem Sound steckt, klingt es wahrscheinlich sogar furchteinflößend.
Und aufmerksam ist er: Hält ein Auto vor unserem Grundstück, wufft er ein-, zweimal dumpf, als wollte er mir durchgeben, dass er da etwas gesehen hat, das kommentiert werden muss. Steigt jemand aus, bellt er energisch – auch wenn derjenige ganz woanders hingeht. Steuert derjenige aber unsere Gartenpforte an, bellt er inzwischen umso lauter und in kürzerer Folge. Unbedingt freundlich klingt das nicht. Ich hätte – selbst als Hundebesitzer – durchaus Respekt, mich einer Haustür zu nähern, durch die solche Geräusche hindurchdringen.
Was die Leute vor der Tür nicht sehen: Er ist ganz aufgeregt. Vor Freude! Er wedelt – und scheint zu hoffen, dass alles wie immer ist. Dass wir entweder Besuch bekommen, über den

er sich freuen kann. Oder dass ein ebenfalls freundlicher Bote etwas abgibt und wieder verschwindet. Jemand Feindseliges hat noch nie an unserer Tür geklingelt – außer vielleicht der nervige Drückerkolonnen-Vasall, der unbedingt auf der Schwelle einen neuen Telefonvertrag verkaufen wollte. Hoover war damals noch ein Mini-Welpe und wird sich daran nicht erinnern.

Dennoch, der Sound seiner Stimme wird erst freundlicher, wenn ich den Klingler nett begrüße, und bitte ich ihn – oder viel lieber noch: sie – herein, dann ist er euphorisch und startet sein gar nicht so erwünschtes Hochspring-und-Abschlabber-Feuerwerk. Jedem, der willkommen ist, muss er sofort mitteilen, dass er ihn auf der Stelle lieb hat. Nicht alle sind begeistert davon. Sie sehen, was ich gar nicht in dem Maße wahrgenommen habe: Aus Klein Hoover ist ein großer schwarzer Hund geworden. Einer mit großen weißen Zähnen, mit Kraft, mit dicken Patschpfoten und sogar mit Krallen. Wer so einen nicht aus der Nähe kennt, kann da doch mal was falsch verstehen.

Ehe Hoover bellt, scheint er die Situation in seinem Kopf mit bekannten Bildern abzugleichen. Ziehen übermäßig dicke, ungewöhnlich große oder sonst irgendwie unförmige Passanten vorbei, bellt er umso energischer. Verändern die Leute ihre Form, indem sie sich mit Plastiktüten behängen, mit Kinderwagen vorbeiwollen oder gar Kisten schleppen, ist Sonderalarm nötig. Das sind Bilder, die neu für ihn sind. Es sind Situationen, die erst noch ein paarmal geschehen müssen, damit er sie als gefahrlos abhakt, als nicht mehr der Rede wert.

Ähnlich reagiert er auf Geräusche, die fremd sind. Als ein Zug auf den Gleisen durch den Wald scharf bremst und quietscht, schaut er mich fragend an. Wieder ist es das bewährte »Is alles gut«, das die Situation für ihn einordnet. Aber als neulich Schüsse im Wald zu hören waren, bellte er laut und energisch drauflos – als ob er wüsste, dass so etwas nicht dahingehört. Als ob er ahnte, dass jemand Tiere totschießt. Und als ob er deshalb Hirsch und Hase warnen wollte.

Ist das derselbe Hund, der, als er vor bald einem Dreivierteljahr kaum ein paar Tage bei mir gewohnt hatte, panikartig unter den Schreibtisch floh und vorher wie eine Flipperkugel durch den Raum schoss, weil gerade in der Nähe ein ausgewachsener Hund gebellt hatte? Der Kleine, der sich so vorsichtig und doch zugleich neugierig in seine neue Welt hineingetastet hat und dessen Psyche doch so zerbrechlich schien? Er ist es. Er ist ein Hundejugendlicher geworden, fast ein Erwachsener schon. Und ich bin froh, dass ich ihm dabei helfen konnte, gut in seine Welt hineinzufinden. Schließlich ist es auch meine. Und schließlich sind wir ja ein Rudel.

Der Sturz auf der Terrasse

Manchmal regnet es in Norddeutschland. Eigentlich sogar noch öfter, als man denkt. Im Grunde dauernd. Und nach ein paar Regentagen haben sich die Bohlen meiner Holzterrasse angewöhnt, rutschig zu sein wie eine Eisbahn, ganz unabhängig von der Jahreszeit. Ich bin das gewohnt. Und so flott ich bei jedem Wetter über Steinplatten und Rasen im Garten laufe, so sehr balanciere ich an Regentagen wie auf rohen Eiern über die Terrasse. Hoover sieht das, kennt das und ihm selber geht es nicht anders. Er ist nur deshalb etwas stabiler auf den Beinen, weil er grundsätzlich auf allen vieren läuft. Doch selbst in der Haltung hat es ihn hier schon aus der Kurve getragen, weil der Untergrund einfach zu glitschig war. Auf der Seite liegend ist er damals anderthalb Meter über die Terrasse gerutscht. Es war absehbar, dass es eines feuchten Tages im Spätherbst auch mich erwischen musste. Trotz aller Vorsicht.

Ich bin so dermaßen hingekracht und auf dem Rücken gelandet, dass ich erst mal liegen bleiben und gedanklich sortieren muss, ob noch alles am richtigen Platz ist und sich Arme, Beine und der Hals normal bewegen lassen. Es muss lustig ausgesehen haben, wie im Slapstick-Film. Um so etwas vor der Kamera mit einer derartigen Flugkurve und so einer Brachial-Landung hinzubekommen, braucht man gute Stunt-Leute und muss den Dreh ein Dutzend Mal wiederholen, bis ein passabler Sturz dabei ist. Hier aber lief keine Kamera und nur einer war Zeuge: Hoover.

Er bleibt exakt so lange wie ich fassungslos und in dem Moment, als ich wieder anfange, mich zu sortieren, regt auch er sich, kommt ganz vorsichtig näher und schaut mich mit einem Augenausdruck an, als ob er für einen Moment befürchtet, die Schuld für das Missgeschick zu bekommen und jede Sekunde ausgeschimpft zu werden. »Alles gut«, sage ich mit matter Stimme. Er scheint erleichtert und will mir offenbar helfen, mich trösten und motivieren zugleich. Mit größtem Einsatz schlabbert er mein Gesicht ab. Gründlichst. Heftigst. Und enorm fürsorglich. Ganz offensichtlich: Hoover hat ebenso einen Schreck bekommen wie ich selber. So schnell ging das alles, so heftig war es, so unerwartet. Und so dramatisch muss es ausgesehen habe.

Ist sein größter Liebesbeweis normalerweise, ganz zart, mit erstaunlichem feinmotorischen Geschick am Menschenohr zu knabbern, sieht er diesmal offenbar größeren Handlungsbedarf. Er packt mich am Ohr und man merkt ihm an, dass er mir möglichst nicht wehtun will. Er versucht mich quasi umzusortieren: mir zugleich Gutes zu tun, mich zu trösten, seine Zuneigung zu zeigen – und offenbar will er mich, ganz Retriever, aus dem Gefahrengebiet bergen und am Ohr von der rutschigen Terrasse bugsieren. Ich bedanke mich aufrichtig – und signalisiere, dass ich glaube, es auch allein zu schaffen. Ich richte mich auf, drücke den Rücken durch, bin froh, dass auch das funktioniert – und schlurfe etwas schwergängig nach drinnen Richtung Sofa, um mich dort wieder lang zu machen. Hoover legt sich daneben – und wirkt zutiefst erleichtert.

Unterm Tisch

In Hundebüchern steht, dass die Vierbeiner Kinder meist als gleichrangig wahrnehmen. Vermutlich gilt das umso mehr für Welpen und Junghunde. Hoover jedenfalls freut sich über Kinder immer ganz besonders. Er scheint sie als Spielkameraden wahrzunehmen.

Zugleich weiß er, wann er sich zu benehmen hat. Dann nämlich, wenn er eine klare Anweisung bekommen hat. Im Restaurant zum Beispiel – ein Ort, der Neuland für ihn ist. Brav soll er sich unter den Tisch legen, für die anderen Gäste unsichtbar sein und möglichst auch nicht die Pfoten unterm Tisch herausstrecken, damit ihm nur keine arglose oder unaufmerksame Kellnerin aus Versehen drauftritt. Die Übung ist gewöhnungsbedürftig. Ein paarmal muss ich es ihm sagen, genauso oft muss ich ihn zurückschieben. Dann gibt er perfekt Ruhe und wartet auf dem Boden unter dem Tisch ab, was wohl als Nächstes geschehen wird und wie lange er dort verharren soll.

Aus einer anderen Ecke des Restaurants kreischen Kinder. Sie haben offenbar ihren Spaß, wollen nicht auf ihren

Stühlen sitzen und spielen schließlich in der Ecke neben ihrem Tisch auf dem Boden – haarscharf unsichtbar für Hoover auf seiner Position. Aber gut hörbar. Beim ersten Kindskreischer setzt er sich auf, um sich auf mein lang gezogenes »Nein, Platz!« wieder hinzulegen. Den Kindern aber wird ihr Spiel langweilig und sie entschließen sich, von nun an durchs Restaurant zu toben. Die Eltern haben offenbar nichts dagegen einzuwenden und am liebsten würde Hoover wahrscheinlich mitspielen. Er streckt mittlerweile den Kopf unter der Tischdecke hervor – noch immer im Liegen. Vorsorglich ordne ich »Nein, du musst hierbleiben« an. Leider. Und als die Kinder, in seiner Wahrnehmung offenbar so etwas wie arg ungehorsame Welpen, weiter toben und kreischen, bellt er plötzlich zwei-, dreimal sehr energisch unter seinem Tisch hervor. Das sollte wahrscheinlich dies heißen: »Könnt ihr nicht aufhören? Ihr handelt euch noch Ärger ein. Wir dürfen hier nicht rumtoben. So gern ich auch dabei wäre.«
Können Kinder, bis sie drei, vier Jahre alt werden, die Sprache der Hunde verstehen, ehe sie alles von einem Tag auf den anderen vergessen? Gut möglich. Diese jedenfalls nehmen sich Hoovers durchaus freundschaftliche Ermahnung auf Augenhöhe offenbar zu Herzen und sitzen plötzlich und für den Rest des Abends am Tisch der Eltern – nicht viel leiser zwar als zuvor, aber doch an Ort und Stelle.

Der Grashalmrupfer

Manchmal ist eine gewisse Tarnung gut. Und ist sie besonders geschickt gewählt, kann man damit sogar seine Umwelt verunsichern, manchmal sogar seinem Herrchen einen Moment lang ein schlechtes Gewissen bereiten: wenn man

Hund ist. Und wenn man sein verbotenes Tun geschickt kaschiert, indem man allzu offensichtlich legale Handlungen mit ähnlichen Bewegungsabläufen durchführt. Es sieht ganz so aus, als hätte Hoover sich dieses Konzept clever zu eigen gemacht.

Gerade habe ich ihn gerüffelt, weil er wieder mal irgendetwas am Weg eilig geschnappt und heruntergeschluckt hat: nicht ungefährlich und zutiefst illegal. Er tat schuldbewusst. Und unmittelbar danach schnappt er schon wieder nach etwas am Boden. »Hej!«, rufe ich so kurz, so knapp und so energisch es geht. Und damit er nichts Schlimmes verschlingt, springe ich auf ihn zu, klappe mit beiden Händen das Maul auf – und sehe nur ein paar besonders breite Grashalme, die noch zur Hälfte heraushängen. Die rupft und verschlingt er gerne mal. Und sie sind völlig legal. »Brav«, sage ich kleinlaut. Und »Ist alles gut«. Ich klopfe ihn, streichele über den Kopf und versuche mich so für den falschen Verdacht zu entschuldigen – um fast in derselben Sekunde zu sehen, wie er ein Stück Brot verschlingt, das nur einen Meter weiter liegt. Das wiederum ist zutiefst illegal. Ich schüttele ihm den Happen wieder aus dem Maul, untersuche das Brot auf spitze oder scharfe Gegenstände und auf offensichtliches Gift. Man weiß ja nie. Er wird noch mal ermahnt, dann darf er wieder laufen.

Dreimal stürzt er sich nun noch in kurzen Abständen unter exakter Nachahmung der verbotenen Bewegung Richtung Waldboden, jedes Mal greift er etwas, das er zerkaut. Jedes Mal schaue ich nach, immer ist es Gras. Und jedes Mal macht er einen vergnügten Bocksprung, wenn ich wieder »Hej!« rufe und nachschauen komme. Er hat seine verbotene Handlung offenbar in ein lustiges Spiel konvertiert und veräppelt mich.

Kurzfristig habe ich wegen meiner Mahnerei ein schlechtes Gewissen, während er seine Tarnung optimiert und aus Bocksprüngen im Wechsel mit Grasausreißen eine gymnastische Übung macht – bis wieder Brot am Wegesrand liegt. Ich sehe es diesmal rechtzeitig und bin erstmals schneller. Trotz Bocksprung und Tarnung gelingt es mir, den Zugriff zu verhindern. Ich gucke ihn mit meinem besten Ha!-Durchschaut!-Blick an und Hoover scheint zu grinsen.
Eine Weggabelung weiter wissen wir, warum diesen Morgen so viel Nahrhaftes im Gras und im Laub liegt: Da spaziert eine Kindergartengruppe und mancher Nachwuchs scheint satter zu sein, als Mami zu Hause gedacht hat. Oder hat keine Lust aufs mitgegebene Brötchen. Hoover ist das sehr recht.

Knurren interessiert nicht

Hoover hält Knurren für eine andere Art des Sprechens. Es ist für ihn so normal, als ob sich Menschen unterhalten. Er scheint nicht zu ahnen, was es unter Hunden bedeutet: dass es dem anderen langt. Dass man zurückweichen möge. Dass es gleich Ärger geben werde und dass man jetzt zum letzten Mal warne. Aber er? Bleibt. Schlabbert. Tanzt. Stupst. Schubst. Er fordert unablässig zum Spielen auf und erklärt allen, wie ungeheuer lieb er sie habe – auch wenn mancher von denen ihn lieber vom Hals hätte und genau das mit seinem Knurren nur zu deutlich bekundet.
Manche sind da nicht sehr langmütig. Pico ist so einer. Ein vier Jahre alter Labrador, besonders kräftig, irgendwie bullig sogar. Seine Lieblingsbeschäftigung ist es, mit Frauchen auf Nordic-Walking-Tour zu gehen. Alles andere außer Walken und Fressen interessiert ihn nicht. »Spielen«, sagt sein Frauchen, »findet er blöd. Und junge Hunde nerven ihn.«

In der Sekunde sagt Pico es auch schon selber. Mit den Zähnen. Erst hat er geknurrt, nun kommen Geräusche aus seiner Kehle, die nach einer Mischung aus Schimpfen und Brüllen klingen. Während er noch derartige Töne macht, springt er auch schon auf Hoover zu und schnappt haarscharf vor dessen Nase in die Luft. Der Kleine weicht zurück, um gleich darauf vergnügt wieder vorzuspringen. Auch das sieht er als großes Spiel.

Ich hoffe unterdessen, dass ihn dieser völlige Mangel an Aggression, dieser absolute Glaube einzig an das Gute, diese enorme Arglosigkeit nicht mal in eine unangenehme Lage bringen. Er scheint auch mit bald einem Jahr nicht zu ahnen, dass es nicht nur Liebe und Freude auf der Welt gibt. Wirkt Hoover mal missmutig? Hat er mal schlechte Laune, einen schlechten Tag womöglich sogar? Bisher nicht. Ich habe ihn noch nie so erlebt. In dieser Hinsicht ist er ein echtes Vorbild.

Und so begeistert er Pico zu begrüßen versucht, so sehr freut er sich, Paula kennenzulernen – eine inzwischen neunjährige Hündin, die einen Retriever und einen Border Collie in ihrer unmittelbaren Verwandtschaft gehabt haben dürfte und die furchtbar gerne die dicksten Äste durch den Wald schleppt und eines nicht mag: wenn man versucht, ihr die wegzunehmen.

Hoover begrüßt sie mit einem Bocksprungtanz. Dabei umspringt er Paula in vielen kurzen, schnellen Sätzen. Er tritt sich mit allen vieren vom Boden ab und dreht sich dabei wieder ständig von Nord nach Süd, als ob er noch im Flug in maximaler Höhe über dem Grund die Laufrichtung ändert. Er scheint einen Riesenspaß daran zu haben und selber ein wenig verblüfft darüber zu sein, wie gut das klappt. Kurz an- und abgeschlabbert hat er Paula auch schon. Dass sie die

Zähne gefletscht und geknurrt hat, ohne ihm etwas zu tun, scheint ihm schon wieder entgangen zu sein. Und so klinkt er sich plötzlich in das eine Ende von Paulas über einen Meter langen Stock ein, obwohl sie den in der Mitte festhält und keineswegs vorhat, ihn herzugeben. Hoover aber zieht und läuft los – und ein bisschen hölzern und irgendwie unfreiwillig rennt Paula mit. Dass sie knurrt? Interessiert ihn nicht. Dass ich ihn zu bremsen versuche? Ist gerade auch nicht so wichtig. Und irgendwie scheint es dann auch Paula plötzlich Spaß zu machen.

Wenn die beiden dabei nur auch noch Augen für Paulas Frauchen und für mich hätten. Einer von beiden rammt im Schweinsgalopp den eigenen Körper oder besagten Einmeterstock so unglücklich in die rechte Kniekehle von Paulas Frauchen, dass die zusammenklappt und zur Seite ins Laub fällt. Die Hunde rennen weiter, während ich ihr wieder aufhelfe und mich sicherheitshalber sofort für meinen wilden Hundejugendlichen entschuldige. Sie ist unverletzt geblieben und muss doch ein bisschen humpeln. Der eine Fuß ist unglücklich umgeknickt und angeschwollen. Sie muss zwei Tage mit dem Spazierengehen pausieren, Paulas Ausläufe so lange im Verwandtenkreis fremdvergeben – und ich habe stellvertretend für Hoover ein schlechtes Gewissen.

Ein paar Tage später kennt uns jeder im Wald: »Ach, das ist der, der das Frauchen von Paula …«

»Ja«, bekenne ich dann nur. Und: »Er hat es nicht gewollt.«

Viel mehr sagen die meisten nicht und einer Fremden entfährt trotz der Brutalo-Vorgeschichte dies: »Der ist aber süß.« Da habe ich mich gefreut.

Noch ein paar Tage später lernen wir Barnie kennen: ein Collie-Mix, groß und schlank und freundlich und nur zwei, drei Monate älter als Hoover, ebenso schnell, wendig und verspielt. Keiner knurrt und beide toben wunderbar miteinander. Und mindestens so gut: Niemand stürzt.

Die erste Bürste – gegen eine umgekippte Tanne

Wie zeigt selbst ein so freundliches Tier wie Hoover, dass ihm etwas nicht passt? Dass er Gefahr wittert und eine Mischung aus Vorsicht und gewisser Feindseligkeit signalisieren will? Er »macht eine Bürste«, er stellt die Nackenhaare und jedes irgendwie mit einem Hebelmechanismus versehene Fellsegment entlang des Rückens auf. Das sieht bedrohlich aus, signalisiert Abwehrbereitschaft – und es macht ein Tier ganz nebenbei zwei, drei Zentimeter größer. Und derart mit zumindest vermeintlicher Masse aufzutrumpfen, kann in keinem potenziellen Konflikt schaden. Mancher ist vielleicht sogar abwendbar – gerade mit Kleineren.

Doch hier ist der Gegner eindeutig größer. Er war gestern noch nicht da, vorgestern und all die anderen Tage auch nicht. Er gehört einfach nicht in den in Hoovers Hirn abgelegten Scan dieses Stückes Waldweg: Das da ist neu. Das da ist einfach gekommen. Und das da könnte gefährlich sein. Mindestens bis das Gegenteil erwiesen sein sollte. In so einem Fall muss eine Bürste her. Und selbst der Gang wandelt sich. Nicht nur, dass Hoover nun langsamer geht – er läuft machtvoller, kraftstrotzender, setzt ein Bein in irgendwie choreografierten Schritten ganz bewusst vors andere, richtet die Rute auf.

Noch weiß ich nicht ganz genau, was er hat, warum er das tut. Aber ich muss grinsen. Weil ich wieder bemerke, dass mein verspielter Welpe auf dem Weg über den sorglosen Hundejugendlichen Tag für Tag und immer schneller zu einem aufmerksamen und selbstbewussten Erwachsenen wird.

Und so schleicht er sich mit Bürste an eine umgekippte Tanne an, die halb auf dem Weg liegt. Er knurrt sogar – bis er die Situation erschnüffelt, alles für sich eingeordnet und als gefahrlos zu den Akten gelegt hat. »Alles gut« muss ich diesmal gar nicht sagen. Er sagt es sich selbst, macht einen seiner vergnügten Bocksprünge direkt neben dem umgestürzten Baum – und läuft plötzlich wieder wie immer. Ungebürstet. Sozusagen.

Rennwurm mit Zwischenlandung im Gartenteich

Es sieht aus, als ob von außen urplötzlich ein Energieschub in den Hund fährt. Als ob Hoover an die Steckdose angeschlossen wird und genau darauf gewartet hat. Sogar sein Gesichtsausdruck ändert sich. Überglücklich wirkt er dann, geradezu glückselig, wenn er den Rennwurm bekommt.
Er rennt im Irrsinnstempo, schlägt Haken, baut Sprünge ein, entfaltet alle Kräfte aus dem Stand.
Der Radius jeder Aktion ist davon abhängig, wie viel Platz zur Verfügung steht. Rennwurm funktioniert auch auf kleiner Fläche – und geht umso besser dort, wo viel Platz ist.
Ist es eng, schlägt er umso mehr Haken, läuft Kurven, rennt in 45-Grad-Schräglage und fliegt sogar mal aus der Kurve. Ist richtig Platz, sind die Schritte kraftvoll und raumgreifend. Ein Teppich würde Falten werfen unter seinem Antritt, der Garten aber lässt sich nicht so leicht zusammenschieben. Dort macht es den meisten Spaß, den Rennwurm zu kriegen. Und manchmal muss dabei improvisiert werden – wie neulich bei Freunden, die ein großes Grundstück, eine Mischung aus Garten und Wildwuchs auf dem Lande haben. Hoovers vertrauter Heimatgarten würde aller Rasenfläche zum Trotz mehrfach hineinpassen.

Er rennt voller Glück, springt über Beete, galoppiert durch die Rabatten, erfindet Haarnadelkurven. Und dann stellt sich ihm auf diesem unbekannten Terrain plötzlich ausgerechnet ein Gartenteich in den Weg. Ganz kurz bremst er, als ob er seine Möglichkeiten überschlägt. Um noch vorbeizurennen, ist es wahrscheinlich schon zu spät. Für eine Vollbremsung reicht das verbliebene Stückchen Festland nicht mehr. Also springt er. Aus leicht abgebremstem Lauf. Aber mit voller Kraft. Und landet zwischen ein paar Seerosen und gelb blühenden Wasserlilien mitten in jenem Teich. Das Geräusch ist gewaltig, die Fontäne auch, wie von einer Riesenwelle, die durch den Einschlag von irgendetwas Großem, Schwarzem verursacht worden sein muss.

Hoover unterdessen schwimmt klatschnass an Land, schüttelt sich gewaltig. Und rennt weiter. Weil die Kombi aus Flat Coated Retriever und Wasser nur noch mehr Energie freisetzt. Und riefe ich nicht irgendwann »So, nun komm«, liefe er wahrscheinlich noch immer. Mit einem großen, breiten Strahlen übers ganze Hundegesicht.

»Das viele schöne Geld für die Hundeschule«

Heute kommt Hoovers Beagle-Freundin Emmy, ein dreiviertel Jahr älter als er, zu Besuch. Ausnahmsweise regnet es mal nicht, sodass die beiden Energiebündel ausgiebig im Garten toben können. Nur haben sich inzwischen im wahrsten Sinne die Gewichte verschoben: Ein paar Wochen lang waren sie ungefähr gleich groß, gleich schnell, gleich schwer. Inzwischen hat Hoover Emmy deutlich überholt. Er dürfte inzwischen ungefähr das Doppelte wiegen, obwohl Emmy mitzuhalten versucht, indem sie aufsammelt und auffrisst, was immer sie irgendwo findet. Zugleich ist er inzwischen doppelt so hoch und mit seinen raumgreifenden Schritten zumindest auf offener Fläche entsprechend schneller. Ruckzuck holt er Emmy ein, schubst sie um, meint das sehr kameradschaftlich und möchte weiterhin eigentlich gar nicht siegen, sondern nur unbedarft herumtollen. Sie könnte sich grob wehren oder, anders ausgedrückt, ihre größere Lebenserfahrung auch mal mit den Zähnen zum Ausdruck bringen und dem Jungspund die Hierarchie klarmachen: Tut sie nicht. Emmy bleibt lieb. Nur manchmal langt es ihr und sie flüchtet zu Frauchen.

Pfeife ich nach Hoover, um ihn zu bremsen, lässt er alles stehen und liegen und kommt zu mir. So lässt sich ein bisschen Ordnung in das Tohuwabohu bringen, die Action ab und zu ein bisschen herunterregeln.

Startet aber Emmy unverhofft zur nächsten Gegenoffensive oder läuft irgendwohin, wo sie nichts zu suchen hat, und Frauchen ruft, geschieht wenig oder nichts – obwohl sie die Stammkunden-Clubkarte der Hundeschule hat und seit Monaten dort mindestens einmal die Woche mit Emmy unter Anleitung alles Mögliche übt. Für einen kurzen Moment ist mir Hoovers Folgsamkeit ein ganz kleines bisschen unangenehm, zumal sie weiß, dass Hoover nur einmal in der Hundeschule war – damals unter den Pseudonymen Uwe und Hubert. Und fast auch als Rowenta.

Emmys Frauchen arbeitet als Controllerin und hat deshalb von Haus aus einen Blick dafür, wann sich ein Investment lohnt. Irgendwann an diesem Nachmittag sagt sie plötzlich in wehmütigem Tonfall: »Das viele schöne Geld für die Hundeschule.« Gerade ist Hoover wieder auf Anhieb angelaufen gekommen und macht Sitz, während sich Emmy, als sie gerufen wird, nicht angesprochen fühlt. Wahrscheinlich liegt es an der Rasse. Ganz bestimmt liegt es daran.

Immer unweicher

Nicht nur, dass Hoover wieder Berge von Fell überall im Haus verteilt. Nicht nur, dass ich ihm andauernd Massen von Haaren aus dem Pelz kämme. Er fühlt sich dennoch schon wieder anders an als noch vor ein paar Wochen, ganz anders als am Anfang. Noch mal ein bisschen schroffer, irgendwie unweicher, ein kleines bisschen weniger kuschelig. Als ob er den Welpenpelz in zwei Schritten abgelegt hat und nun als erwachsener Hund vor mir steht.
Ich schaue ihn ein bisschen wehmütig an und er versteht nicht ganz, warum mein Augenausdruck so ist und warum meine Stimme so klingt: Wie schnell das alles ging. In welch rasendem Tempo aus dem Kleinen, der so unverhofft einzog, wieder ein Großer geworden ist. Ein fast ausgewachsener Hund, ein eigener Charakter sowieso, ein Wesen mit Eigenschaften und Eigenarten, mit prägenden Ereignissen, eigener Lebenserfahrung.
Ich klopfe ihn, sage »Fein bist du« und kann plötzlich nicht anders, als ihn zu umarmen. Jetzt wedelt er und wirkt irgendwie unschlüssig, ob er sich mitfreuen oder mich trösten soll. Meine Gefühlslage, mein Ton scheint nicht eindeutig zu sein. Dann sage ich: »Wie schön, dass ihr Hunde vor ein paar Tausend Jahren beschlossen habt, euch uns Menschen anzuschließen. Und wie schön, dass du hier eingezogen bist.« Jetzt kneift er mich ganz zart ins Ohr. »Ich auch« soll das heißen. Hoffentlich.

Schlafengehen

Es gibt Abende, da wird es ihm einfach zu spät. Da reicht es ihm nicht mehr, auf dem Sofa im Wohnzimmer oder womöglich sogar in seinem Korb zu schlafen. Da will er einfach zu Bett gehen. Und da er weiß, dass er dort nur hineindarf, wenn ich schon drin bin, muss er einen Weg finden, mir dies zu signalisieren: dass jetzt wirklich Schlafengehenszeit ist. Dass Hunde jetzt zu Bett müssen. Menschen auch! Und dass ich mich mal beeilen soll.

Die Zeremonie beginnt mit gedimmtem Blick und einem Hundegesichtsausdruck, der zwischen übermüdet und leicht genervt changiert. Geht mir dabei kein Licht auf, schaltet Hoover auf unruhig: rauf aufs Sofa und wieder runter. Auf den Flur, ins Körbchen, zurück aufs Sofa und danach alles von vorne. Zieht auch das nicht, wirft er sich mit Wucht irgendwo hin, als bräche er vor Übermüdung zusammen, und stöhnt dabei irgendwie genervt, aber auch ein bisschen wohlig mit so einem Bettwärme-Sehnsuchts-Unterton.

Wird mir noch immer nichts klar – mal abgesehen davon, dass ich längst schmunzele und kein Auge mehr fürs Fernsehen, keinen Blick mehr fürs Buch habe, sondern nur noch insgeheim Hoover beobachte –, wechselt er ins Schlafzimmer, um sich dort umso krachender auf sein Kissen zu werfen, das auf dem Boden in der Ecke liegt und so gut wie nie benutzt wird.

Führt er all das irgendwann zwischen zehn und elf am Abend auf, nehme ich es durchaus mal als passende Anregung und gehe zu Bett. Steigt das Programm schon um kurz nach acht, weil die innere Hunde-Uhr falsch geht, oder ist der laufende Spielfilm viel zu spannend, reagiere ich gar nicht. Deshalb steigert Hoover die Verdeutlichungs-Show seiner Hundewünsche neuerdings um ein wesentliches Element: Er zerrt seine Decke aus dem Korb im Flur quer durchs Wohn- und bringt sie ins Schlafzimmer – wahrscheinlich, weil er verstanden hat, dass Schlafen zumindest für Menschen immer auch mit Zudecken zu tun hat und dass ich im Bett eine eigene Decke verwende, während er so ein Utensil lediglich in seinem Tagsüber-Korb bereithält. Meistens bin ich spätestens dann überzeugt und finde den Film plötzlich nicht mehr so wichtig. Wir gehen schlafen.

Weil er aber nun schon einige Monate genau hingeschaut hat, findet er es nur richtig und fair, seine eigene Decke endlich auch mit ins Bett nehmen zu dürfen. Ein paarmal hat er es schon probiert. Einen Zipfel davon hat er im Maul, wenn er hineinspringt, dann zerrt er den Rest hinterher und will sich draufpacken. Ich bin dagegen. Ich finde, die Decke riecht. Und sie hat hier nichts zu suchen. Ganz schlüssig argumentiert ist das nicht, denn wahrscheinlich riecht der Hund mehr. Trotzdem darf er, während die Decke draußen zu bleiben hat. Ich schleudere sie wieder weg, quittiere diesen harschen Akt gewisser Herrschsucht mit einem klaren »Nein!« und werde nach mehrfacher Wiederholung des Vorgangs verteilt auf einige Abende inzwischen verstanden.

Hoover unterdessen schläft normalerweise nicht mehr im Arm wie als Welpe, sondern am Fußende. Nicht dass ich sonderlich Wert darauf lege. Das hat er für sich so beschlossen. Die Regel besagt offenbar: »Auch große Hunde gehören ins Bett, aber kuscheln zu kommen ist nur etwas für Kinder.«

Ist er eingeschlafen, hält er sich vermutlich wieder für eines dieser Tierkinder. Denn mit jedem Drehen und Wenden robbt er höher – bis ich ihn wieder fast im Arm liegen habe. Und morgens beim Aufwachen findet er nichts Peinliches mehr dabei. Ich auch nicht – obwohl ich eine gewisse Scheu habe, davon zu erzählen. Und es aufzuschreiben. Sei's drum.

Diesmal kommt er gleich ganz nach oben geklettert, parkt seine Nase unter der Achsel meines leicht abgewinkelten linken Armes, schmiegt sich fest an mich und schläft sofort ein – wie damals, als er mindestens 25 Kilo leichter und deutlich kleiner war. Wie damals als Welpe. Seine eine Vorderpfote liegt in meiner geöffneten linken Hand. Auch das ist wie damals. Mit den Fingerkuppen taste ich über seine Ballen, die noch immer ganz glatt sind, keine Risse aufweisen, nicht abgenutzt sind. »Ganz werksneu«, denke ich, »wie Schuhe frisch aus dem Karton.« Hoover atmet mich derweil tief und gleichmäßig an, um wenig später zu träumen, mit dem Kopf unter der Achsel zu zucken, mit dem Pfötchen in meiner Hand zu laufen, ohne die Augen zu öffnen. Ohne aufzuwachen.

Bald liegt er wieder ganz ruhig da – bis er offenbar von seiner Mutti träumt, von Tequila von den Black Amandas aus Dänemark. Wie das zu erkennen ist? Daran, dass er im Traum wieder Nuckelgeräusche macht. Offenbar ist dies die Welpenzeit-Nostalgie-Nacht.

Und damit auch jeder Baustein stimmt, wird er irgendwann zwischen drei und vier Uhr nachts unruhig, springt aus dem Bett, weckt mich, läuft zur Terrassentür. »Was ist denn?«, frage ich. Und: »Was willst du denn?« Er starrt auf den Vorhang vor der Terrassentür und macht unruhig einen Schritt nach vorne, nachdem ich die lange Gardine aufgezogen habe. Und kaum, dass sich die Tür einen Spaltbreit geöffnet hat, zwängt er sich hinaus, schafft es kaum noch bis knapp hinter die Terrassengrenze – und setzt einen riesigen See auf den Rasen. Ganz wie in der Welpenzeit.

Die Inszenierung, die Träume – das muss so perfekt gepasst haben, dass er für diese Nacht vergessen hat, längst und ohne große Mühe bis zum nächsten Morgen gegen acht durchhalten zu können.

Das große Glück

Und hier kommt noch eine Gute-Nacht-Geschichte im besten Sinn, denn alle Hoover-Stories sind gute Nachtgeschichten. Wir hatten noch keine schlechte Nacht, keine mit Gefahr, großer Sorge oder gar Angst. Wir haben friedliche, gute Nächte.

Eines Nachts also liege ich wach und mache mir genau das bewusst: Was für ein Glück, dass alles so gut ist. Was für ein Glück, dass wir – soweit wir es wissen jedenfalls – beide gesund sind. Wie schön, in der Nacht die Kraft für den neuen Tag tanken zu können – und im besten Fall mit Vorfreude auf das Glück des neuen Tages aufzuwachen, zumindest aber ihm unbefangen entgegentreten zu können. Mir kommt in den Sinn: Was für Zähne Hoover inzwischen hat! Welche Kraft sein Kiefer hat! Was er alles mit mir anrichten könnte, ob ich wach oder eingeschlafen bin! Und dass er eigentlich ein Raubtier ist. Und dass der Mensch das umso gefährlichere Raubtier ist. Ich denke darüber nach, wie sehr er sich in meine Obhut begibt – wie sehr wir einander vertrauen. Er weiß von klein auf, dass ich ihm nur Gutes tue. Und ich weiß, dass er mir nie absichtlich etwas Böses antun würde. Trotzdem muss ich aufpassen, dass mich keiner seiner Pfotenhiebe im Gesicht trifft, mit denen er manchmal etwas ungelenk zum Spielen auffordern will. Er weiß, glaube ich, gar nicht, welche Kraft er inzwischen hat. Und dass er spitze Krallen hat, ist ihm sowieso nicht bewusst. Nun liegt er da, atmet schwer, schläft tief und schmiegt sich an. Er dreht sich ohne aufzuwachen auf den Rücken, hat alle viere

in der Luft, den Kopf zur Seite gedreht und die Zunge hängt raus.
Wie schön sich das anfühlt. Nicht allein das Fell. Mehr noch die Nähe, die Wärme. Wie schön sich Urvertrauen anfühlt, wie sehr dieser tiefe Friede berührt. In diesem Moment erreicht mich das alles. Als ganz großes Glücksgefühl!
Am Morgen wache ich auf der Seite liegend auf und spüre eine Berührung im Rücken und eine auf der Schulter. Aus den Augenwinkeln sehe ich einen Schatten und dann erst begreife ich, dass wir beide auf der Seite liegen, beide in dieselbe Richtung gewandt sind. Und dass mein schwarzer Köter mich im Schlaf umpfotelt, so weit das geht. Er hat mich in den Armen, während er pennt. Ich rühre mich erst mal nicht und freue mich daran, wie herrlich friedlich diese Welt ist. Und dieses Tier.

Der Wiltis – halb Wiesel, halb Iltis

Eigentlich wohnt sie ganz oben auf dem Bücherregal und staubt dort ein. Ihr Pelz ist praktischerweise von Haus aus fast überall dunkelgrau, nur unter dem Bauch und an der Unterseite der kurzen Klappohren ist er pechschwarz. Sie – das ist eine Handpuppe. Ein Plüschtier, in das man von hinten die Hand einführen kann, und spreizt man die Finger, kann man sowohl den Kopf wie die beiden Vorderpfoten recht präzise bedienen und damit zum Beispiel bei leicht geneigtem Köpfchen hinter den Ohren kraulen.
Ob das Tier gefährlich aussieht? Ganz und gar nicht. Eher niedlich. Was es ist? Irgendwas Konkretes? Schwer zu sagen. Hoover habe ich erklärt, dass es ein Wiltis ist – halb Wiesel und halb Iltis. Zur Sicherheit stelle ich es ihm immer wieder komplett vor, wenn es den Weg vom Bücherregal Richtung

Hund nimmt, sich dabei mit beiden Vorderpfoten an der Seite des Regals festhält und langsam auf meiner Hand heruntergleitet. Mit der freien Linken zeige ich dann auf das Tier und sage: »Guck mal, da kommt ja auch der Wiltis, halb Wiesel und halb Iltis.« Oder bevor es sich in Bewegung setzt: »Hoover! Wo ist der Wiltis, halb Wiesel und halb Iltis?«
Es ist bereits so weit, dass er in diesen Momenten zum richtigen Regal rennt und der plüschigen Handpuppe entgegenstarrt, manchmal sogar entgegenspringt. Hoover findet den Wiltis toll und bei der ersten Begegnung der beiden hatte er ihn offenbar sogar einen Moment lang für einen realen Spielgefährten gehalten.
Damals habe ich den linken Arm vor meinem Bauch verschränkt, damit den rechten Arm und dessen Handgelenk getarnt und den Wiltis so Richtung Hoover schauen und sich an den Ohren kratzen lassen. Er schaute, war verblüfft, starrte dann ganz fassungslos, um schließlich in einen Begeisterungssturm auszubrechen. Könnte er sprechen, er hätte ungefähr dies gerufen: »Ein Zweit-Tier, ein Zweit-Tier! Herrchen hat einen Spielgefährten angeschafft! Hurra!«
Was »Spielgefährte« dabei bedeutet, bekam der Wiltis umgehend zu spüren: erst mit der Schnauze im Übermut mehr gestoßen als gestupst zu werden, kleine Kniffe mit den Zähnen erdulden, von der Hand gezogen und apportiert werden zu sollen. Mir blieb keine andere Wahl, als immer wieder lang gezogen »Haaalt!« und »Gaaanz vorsichtig!« zu sagen. Und der Wiltis hatte bald keine andere Wahl mehr, als eilig wieder an der Seite des Bücherregals hochzuklettern und aus sicherem Abstand von seinem Quartier aus den herumhopsenden Hund zu beobachten, der weniger mit ihm spielen als vielmehr ihn besitzen und zu den anderen Spaß-Utensilien in seinen Korb schleppen wollte.

Geändert hat sich daran bis heute nichts. Er ist noch immer völlig begeistert vom Wiltis, er kann sogar den Begriff inzwischen zuordnen und rennt dann zum richtigen Bücherregal. Manchmal sitzt er gleich morgens davor und sagt etwas, das erst wie »Huu« und dann wie »Huff« klingt und entweder den Wiltis oder mich anlocken soll. Und wenn der Wiltis, halb Wiesel und halb Iltis, dann tatsächlich am Regal heruntergerutscht kommt, ist alles wie ganz zu Anfang: Er kann kaum eine Minute bleiben, ehe er sich wieder da oben in Sicherheit bringen muss. Weil Hoover ihn mit all seiner Begeisterung einfach überrollt.

Der Dreifachbringer

Normalerweise apportieren Hunde ein Spielzeug, einen Kauknochen, eine Decke. Hoover hat die seltsame Angewohnheit, immer zwei Dinge zugleich an- oder mit sich herumschleppen zu wollen. Warum? Keine Ahnung. Raffsucht wird es nicht sein, denn alles liegt sowieso verstreut in Haus und Garten herum, ist allzeit verfügbar und wird ihm von niemandem streitig gemacht. Vielleicht ist es Entschlussschwäche. Oder die Sorge, sich urplötzlich eine halbe Sekunde zu langweilen, falls er mal das falsche Spielzeug mit ins Nebenzimmer genommen haben sollte. Wie auch immer.
Jedenfalls hat er ein erstaunliches Geschick darin entwickelt, nacheinander zwei verschiedene Dinge mit dem Maul zu greifen und tatsächlich davonzutragen. Manchmal hat er sein kegelförmiges Kautschuk-Spielzeug wie einen Korken im Maul und seitlich hängt noch ein an ein paar Fasern gegriffener Baumwoll-Zerr-Knoten heraus. Oder zusätzlich zur Decke muss noch ein größeres Reststück vom letzten zerfetzten Pappkarton mit.

Beim ersten Mal habe ich mich darüber amüsiert und das seltsame Gebaren für ein Einmal-Ereignis gehalten. Inzwischen ist es längst und völlig ohne mein Eingreifen, ganz ohne Lob oder Übung die Regel geworden. Es muss seine Eigenart sein.
Und weil alles steigerungsfähig ist, fallen neulich drei Dinge gleichzeitig vor meinen Füßen aus seinem Maul. Warum? Wahrscheinlich, weil man eine Aufforderung zum Spielen überdeutlich formulieren sollte, damit sie vom Menschen verstanden wird. Und weil man als Hund nicht in den Ruf kommen möchte, den Menschen zu bevormunden. Wenn der schon mitmacht, dann soll er sich aussuchen dürfen, mit welchem Spielzeug es gemeinsam zur Sache geht.

Das Hunde-Glücksrad

Vom Großen hat Hoover jede Menge Hunde-Intelligenz-Spielzeug geerbt. Der hat all das geliebt, hatte eine große Kollektion davon – angefangen mit dem bereits erwähnten Hunde-Klavier und weiter über mehr als ein Dutzend anderer Varianten, die immer ein gewisses Geschick mit dem Maul und den Pfoten erfordern – und die eine Denkleistung voraussetzen: die Erkenntnis zum Beispiel, erst einen hölzernen Riegel mit Nase oder Pfote in einer Führungsschiene zur Seite bewegen zu müssen, ehe das damit blockierte ebenfalls hölzerne Hütchen nach oben herauszuziehen und an das darunter verborgene Leckerli zu gelangen ist. Er hat darin eine solche Souveränität entwickelt, dass jedes neue Spiel kaum auf dem Fußboden stand, da hatte er die Aufgabe schon gelöst: ein Blick, eine Überlegung, ein Griff mit den Zähnen oder ein Pfotenhieb, dann sofort weiter zu Schritt zwei.

Ein paar Futtersäcke später: Aus dem kleinen Welpen von einst ist ein stattlicher Junghund geworden.

Einmal hatte ich eine Platte gekauft, auf die vier verschiedene kleine Denkspiele montiert waren, von denen jedes eine andere Problemlösung verlangte, um an die Belohnung zu gelangen. Einmal musste eine Schublade an einem Band aufgezogen, einmal ein Deckel in einer Führungsschiene weggeschoben, ein anderes Mal ein klappbarer Deckel geöffnet und schließlich ein dritter Deckel an einem Knubbel angehoben und zur Seite gelegt werden. Sogar eine Gebrauchsanweisung mit ausführlicher Erklärung lag der Packung damals bei. Weil ich aber Bedienungsanleitungen selbst bei DVD-Playern oder Mobiltelefonen hasse und finde, dass sich das alles einem durchschnittlich intelligenten Menschen auch so erschließen müsse, und sie deshalb aus Trotz und Selbstüberschätzung möglichst gar nicht erst anschaue, habe ich mich auch geweigert, die Gebrauchsanweisung dieses Hundespielzeugs durchzulesen. Ich habe ihm die Platte mit den vier Elementen einfach hingestellt. Und er hat losgelegt. Gemacht. Ausprobiert. War mit sichtbarer Entdeckerfreude am Werk. Und hat alle Aufgaben erstaunlich schnell gelöst.

Als er fertig war, habe ich doch mal in das Faltblatt geschaut. Dort stand, man sollte zunächst drei Spiele von der Platte demontieren und den Hund mit einem beginnen lassen, um ihn nicht zu überfordern. Pah! Flat Coated Retriever konnten mit diesem Hinweis nicht gemeint sein. Ich bin beeindruckt.

Aber es gibt noch andere Spielzeuge für den gescheiten Hund. Beim Hunde-Glücksrad geht es darum, ein genopptes Holzrad in seiner Aufhängung durch Nasenstüber oder Pfotenhiebe von der Schmalseite aus zu drehen, damit ein zuvor durch einen Schlitz dort eingeworfenes Leckerli je nach Schwung einfach herausfällt oder im Bogen herausgeschleudert wird. Hoover mit seinem Schwung ist eher für die Schleudervariante.

Er schaut, er schnüffelt, er tastet zunächst mit der Zunge, ob man das Leckerli nicht auch so wieder aus der Einwurföffnung herausangeln könnte – und merkt dabei, dass sich das Rad drehen kann. Erst ist er verwundert, dann schubst er es leicht an, bemerkt den Effekt, versucht es noch mal – und schon fällt die Belohnung mit leisem Plopp heraus. Und als ob er sofort verstanden hätte, dass die Drehung diesen Effekt verursacht haben muss, bekommt das Rad Prügel: einen Pfotenhieb nach dem anderen. Es dreht sich so schnell, dass ich es mit der Hand anhalten muss, um überhaupt erst mal wieder Beute einwerfen zu können.

Als er endlich wieder randarf, haut Hoover es von der Seite um. Ohne Einfluss auf die Beute. Ich sage »Nein, doch nicht so!« und richte es immer wieder auf – bis er verstanden hat, dass nur das Drehen an der Schmalseite den gewünschten Effekt hat.

Nur, was er nicht ahnt: Im Inneren ist das Rad so gebaut, dass das Futter nur herausfliegt, wenn man in die richtige Richtung dreht. Rotiert es in die Gegenrichtung, hört man das Leckerli drinnen herumrollen. Das steigert zwar Vorfreude und womöglich auch den Hunger, aber es führt zu nichts. Er schubst, haut, schmettert. Lauscht. Sogar ärgerlich zu werden scheint er. Bis es plötzlich da ist. Weil er wieder von der richtigen Seite aus in die korrekte Richtung gedreht hat. Welche das ist, ändert sich. Es hängt davon ab, wie ich das Rad zu Spielbeginn positioniere, sodass er das jedes Mal aufs Neue ausprobieren muss. Was er aber inzwischen zusätzlich herausgefunden hat: dass man all den Schwung gar nicht braucht. Dass die ersehnte Belohnung schon herausfällt, wenn die Leckerli-Öffnung nach unten zeigt. Und dass dafür eine halbe Drehung genügt. Die wiederum erreicht man, wenn man das Rad nur sehr leicht anstupst. Und so sitzt er nun davor und tippt nur noch an. Nicht dumm, so ein Hund. Ganz und gar nicht dumm. Vielleicht sollte ich ihn mal bitten, mir den blöden DVD-Recorder zu erklären.

Ein neuer Wald

Ich bekenne mich schuldig. Wahrscheinlich bin ich träge, eingefahren, zu alt, um mit Freude andauernd Neues zu entdecken. Und ganz sicher denke ich nicht wie ein Hund, obwohl ich mir das eine oder andere Mal durchaus Mühe gegeben habe, genau das zu tun. Jedenfalls: Ich vermute, dass ich Hoover zu wenig Abwechslung beschere.

Für unsere zwei täglichen größeren Spaziergänge wählen wir aus fünf Wäldern aus – oder aus fünf Zufahrten zu einem großen Waldstück. Wie man will. Jedenfalls überschneiden sich zwei oder drei dieser Routen auf ein paar Hundert Meter Länge mitten im Wald, während die anderen ohne Berührung zueinander auskommen. Ich dachte, das würde reichen. Ich dachte, das ist Abwechslung genug für Hundeaugen, die Hundenase und für Hundebeine. Und nun kommen wir von einem Besuch bei Opa zurück und auf der Heimfahrt beschließe ich, mal eben rechts abzubiegen in einen für uns völlig fremden Wald und dort den vorgezogenen Nachmittagsspaziergang abzuhalten.

Hoover ist irritiert. »Wie jetzt?«, scheint er beim Sprung aus dem Auto zu denken, nachdem er sich kurz umgeschaut hat. »Wo sind wir?« Und in der Sekunde macht er auch schon den ersten Glücks-Bocksprung. Geradezu euphorisch rennt er die schmalen Wege entlang, schnauft sich durchs feuchte Winterlaub. »Endlich was Neues für die Nase!«, scheint er zu signalisieren. Ich bekomme ein schlechtes Gewissen und bin zugleich überrascht, dass er derart begeistert auf den neuen Weg reagiert. So glücklich ist er, dass wir immer wieder Haken in irgendwelche Stichwege hinein schlagen, sobald das Auto wieder fast in Sichtweite gerät, um den schönen Spaziergang wieder und wieder um jeweils noch ein kleines Stück zu verlängern. Wir begegnen einem Neu-Dackel, einem Erstmals-Labrador und einem Zufällig-schon-mal-anderswo-getroffenen-Cocker. Jedes Mal ist die Freude groß. Was sein Augenausdruck sagt, als wir dann doch wieder beim Auto ankommen: Ich lese »Danke, Papa!« daraus und nehme mir vor, öfter innovativer zu sein, auch mal aus dem Trott auszubrechen, ihm häufiger Neues zu bieten. Das ist der Plan: Einmal die Woche soll es von nun an einen neuen Weg geben. Das hat nicht nur für ihn Vorteile. Denn manchmal haben andere Hunde auch andere Frauchen an der Leine. Und vielleicht ist ja mal ein besonders nettes dabei. Eine Frau, mit der wir uns auch mal zum Spaziergang verabreden könnten. Die Chance jedenfalls ist größer als auf unseren sonst beliebten Eigenbrötler-Runden, wo wir jeden Baum und jeden Hund und fast jeden Menschen kenne. Hoover soll es recht sein.

Das erste Mal das Bein gehoben – fast. Und dann wirklich

Hat er da gerade das erste Mal das Bein gehoben? Mit fast zehn Monaten? Hat er das wirklich? Etwa mein Kleiner? Und ist er jetzt ein Großer? Mich durchfährt eine Welle von so etwas wie Vaterstolz – ein Gefühl, das Eltern wahrscheinlich ungefähr so empfinden, wenn ihre Kinder eine Eins nach Hause bringen oder wenigstens zum Klassensprecher

gewählt oder zum Kapitän ihrer Jugendfußballmannschaft bestimmt wurden.
Auf einen abgesägten Baumstumpf ist Hoover zum Pinkeln gesprungen, hat dort das rechte Bein gehoben, ein bisschen Flüssigkeit in die Gegend gesprenkelt und ist irgendwie noch währenddessen wieder weitergelaufen, als hätte er auf dem ebenen Baumstumpf das Gleichgewicht verloren. Aber er hat! Das Bein gehoben! Ganz sicher! Ich habe es doch gesehen!
Hundert Meter weiter bin ich mir schon nicht mehr so sicher, denn er muss schon wieder, geht mit beiden Hinterbeinen leicht in die Knie – und pinkelt wieder wie ein Welpe. Und wie eine Hündin. Fast im Sitzen. Ist ja gar nicht schlimm. Soll er. Ganz wie er mag. Und dabei hatte ich doch gerade gedacht. Hm. Wahrscheinlich sah das alles nur so aus, weil er mit sich selber jonglieren und das Gewicht auf der Baumscheibe seltsam austarieren musste. Gerade noch wollte ich die Besitzer all seiner Hundefreunde anrufen und von dem Großereignis aus seinem Leben berichten – und nun verkneife ich es mir fürs Erste. Sicher ist sicher.
Generell gelten Flat-Coated-Rüden in dieser Hinsicht als Spätzünder. Sie bleiben lange Tierkinder und sowieso ihr Leben lang Clowns: immer zu Albernheiten aufgelegt, anscheinend nie wirklich erwachsen und in anderen Situationen dann plötzlich so reif, so überlegt, so instinktsicher. Erst mit einem Jahr und später heben sie kontinuierlich das Bein. Hoovers erster Versuch muss ein Ausrutscher gewesen sein – oder ein erster Versuch. Ein, zwei Wochen später kam es zum zweiten, diesmal ganz eindeutig – zu ebener Erde und aus dem Lauf heraus. Erst hielt er ganz kurz inne, um zu schnüffeln, dann begoss er die Stelle. Mit dem rechten Bein in der Luft! Überhaupt fällt mir auf, dass er immer öfter

nicht mehr alles hergibt, was seine Blase an Flüssigkeit gebunkert hat, sondern sich den Urin offenbar einteilt. Er markiert mehr und mehr, wird vom Welpen zum Rüden. Trotzdem dauert es noch lange, bis er gar nicht mehr zum Pinkeln in die Hocke geht. Lange wechselt er ab – und wählt die Methode, die ihm gerade am besten in den Kram passt. Warum auch nicht!

Der Feuerwerkstest

Es ist nicht so, dass ich Silvesternächten entspannt entgegensehe – nicht mehr, seit Hoovers Vorgänger an Silvester so litt. Er hatte geradezu panische Knallangst, obwohl er ursprünglich schussfest war und die erste Silvesternacht schlafend im Flur mit dem Rücken an der Haustür verbracht hatte und sich auch vom Mitternachtslärm nicht aus der Ruhe bringen ließ. An seinem zweiten Silvester aber musste er miterleben, wie eine abschussbereite Rakete noch in der Flasche, die ihr als Startrampe dienen sollte, krepierte und dort so gleißend hell explodierte. Alle, die das aus der Nähe mitbekommen hatten, sahen noch minutenlang kaum mehr als purpurne Flecken: ein verstörter Gruß der Netzhaut, die das unerwartete immense Lichtereignis gar nicht erfreulich fand. Seinen Augen wird es nicht anders ergangen sein. Seitdem fand er Silvester doof. Gelinde gesagt. Und die damit verbundenen Geräusche – ob von einem Böller oder einer startenden Rakete. Egal, zu welcher Jahreszeit. Unabhängig davon, ob bloß im Radio, im Fernsehen oder real. Nur zu verständlich.

Wie aber würde Hoover reagieren, der an seiner Silvesterpremiere nicht ganz zehn Monate alt ist? Als im Sommer die paar Siegesfeier-Böller der fußballbegeisterten Nachbarn in

den Nachthimmel krachten, hatte er mich irritiert angesehen und nicht gewusst, ob er sich erschrecken oder gänzlich unbeeindruckt bleiben sollte. Fragend hatte er geguckt, und mein übliches Is-alles-gut-schön-weiterschlafen hatte ihm gereicht, um die Situation als unbedenklich abzuhaken.
Doch was nun zu erwarten stand, sollte erfahrungsgemäß deutlich über die paar Freudenböller hinausgehen und deutlich länger anhalten – nahe Einschläge im Garten nicht ausgeschlossen. Ich habe deshalb mit einem Hunde-Hörbuch versucht, ihn darauf vorzubereiten. Was sich Hunde anhören, die eine solche CD beim Tierarzt erstehen oder sich schenken lassen? Nichts als Feuerwerksgeräusche in allen Variationen – all das eine gute halbe Stunde lang. Wie laut? Das ist die Entscheidung von Herrchen oder Frauchen. Im Zweifel so laut, wie es die heimische Stereoanlage hergibt – oder flüsterleise.
Ich habe mit Zimmerlautstärke begonnen. So wie normalerweise beim Musikhören. Wieder schaut Hoover mich sofort sichtlich irritiert an. Er blickt auf die Boxen, schnüffelt in die Luft, ist in Alarmbereitschaft. Wieder sage ich wie im Sommer das gelassenste »Is alles gut«, das ich hinbekomme, wieder beruhigt ihn das sichtlich. Um ihn gänzlich mit der Geräuschkulisse zu harmonisieren, setze ich auf größte Normalität und hole sein Hunde-Klavier und das hölzerne Glücksrad. Genau in der Mitte zwischen beiden Boxen auf dem Wohnzimmerfußboden spielen wir nun damit – und zwischendrin drehe ich lauter. Ihm reicht das, um all die Klänge wiederum als ungefährlich abzulegen – nichts, was geeignet wäre, seinen Alltag durcheinanderzubringen.
An den drei Tagen bis Silvester steigern wir täglich die Dosis, was die Lautstärke angeht. Einmal starte ich die CD unverhofft, während er schläft, und inzwischen lassen wir das

Spielen während des Schein-Feuerwerks aus den Boxen sein und ich koche stattdessen zeitgleich oder sitze am Schreibtisch. »Alles wie immer« soll ihm das signalisieren. Und genauso kommt es an. Selbst Böller und Raketen, die er vom Garten aus oder am Silvesternachmittag auf dem Waldspaziergang hört, bringen ihn nicht aus der Ruhe. Wie aber die Nacht werden wird? Mal schauen.

Die Silvesternacht

Es beginnt, als hätte diesmal keiner Lust zu knallen. In manchen Jahren flogen die Böller schon am Silvestermittag in den Garten und einmal wurde sogar mein Briefkasten an der Hauswand mit einem Feuerwerkskörper aufgesprengt, kaum dass die Sonne untergegangen war. Aber diesmal: Alles ganz ruhig und selbst abends um acht ist diesmal noch kaum eine Granate geflogen. Nur ein paar Heuler muss irgendwer in der Nachbarschaft gezündet haben. Ein furchtbares Geräusch – eines, das durch Mark und Bein geht. Hoover ist kurz aufgesprungen, in den Flur gelaufen, hat ein paarmal energisch gebellt, dann ein Spielzeug geholt und ist wedelnd damit ins Wohnzimmer gelaufen, um kurz darauf ebenfalls hocherfreut unseren Abendessens-Besuch zu begrüßen und vollends abgelenkt zu sein.
Ich hatte gehofft, er würde derart gelassen bleiben. Sehr gehofft sogar! Sicher war ich mir keineswegs. Um halb zwölf habe ich ihm einen leeren Schuhkarton zum Zerfetzen gegeben, immerhin eine seiner Lieblingsbeschäftigungen. Mit dem hat er sich bis halb eins auseinandergesetzt und diese Tätigkeit nur kurz unterbrochen, um beim mitternächtlichen Zuprosten mitzumischen, am einen oder anderen kurz hochzuspringen und ein paar mehr oder weniger symboli-

sche Hundeküsse zu verteilen. Anschließend ist er einfach schlafen gegangen – ausnahmsweise auf dem kleinen Sofa im Büro und ganz ohne sich vom Blitzen und Donnern und all den Nachzüglerböllern draußen vor der Fensterscheibe auch nur im Geringsten stören zu lassen. Erst spätnachts, mittlerweile ins Bett umgesiedelt, sind wir beide von einem Schlag der Größenordnung Autobombe aufgewacht. Ich habe kurz die Nachttischlampe angeknipst und beide haben wir uns angeguckt. »Is alles gut«, habe ich gesagt, obwohl ich keine Ahnung habe, was geschehen ist und ob wirklich alles gut ist. Wir sind sofort wieder eingeschlafen.

Klaus ohne Zähne

Manche Hunde heißen Klaus. Wahrscheinlich sind es nicht viele. Ich kenne nur einen und lange wollte ich nicht, dass wir ihn treffen. Klaus wohnt in einem einsamen Haus am Bahndamm und man erzählt sich, der Deutsch-Drahthaar-Senior sei so etwas wie der König des Waldes. Einer, der es wiederholt mit Wildschweinen aufgenommen haben soll. Einer, der zwar nicht grundsätzlich und immer unfreundlich sei, aber einer, der gerne mal raufe und zeige, wer wo das Sagen habe.

Als Mensch wäre Klaus vermutlich ein Wirtshausschläger. Jemand, mit dem man trinken und lachen kann – und der einem dann plötzlich quer über den Tisch hinweg mitten aus dem Gespräch heraus eine scheuert, weil ihm gerade eine Laus über die Leber gelaufen ist oder er mit einem Mal nicht weiß, wohin mit all den Kräften. Und der gleich danach freundlich weitersaufen und weiterplaudern will und sich wundert, warum der gerade Geohrfeigte plötzlich rein gar keine Lust mehr dazu hat.

Dieser Klaus war früher hinter dem hohen Zaun seines Grundstücks verborgen und lief relativ selten auf dem Waldweg davor frei herum. Irgendwann fanden seine Besitzer das ewige Spazierengehenmüssen wohl zu lästig, schafften den Zaun an der Vorderseite ihres Grundstücks ab und stellten ein gelbes Plastikschild mit schwarzen Buchstaben auf eine Fensterbank nicht weit von der Eingangstür: »Vorsicht, freilaufender Hund« steht da nun und für sie ist das Problem geklärt. Klaus geht von nun an alleine spazieren und, ganz nebenbei, verteidigt das Grundstück großflächig gegen jeden, der einen der öffentlichen Wege in der Nachbarschaft passieren möchte – jedenfalls sofern es sich um einen Rüden handelt. Menschen dürfen vorbei, die meisten Hündinnen auch.

Einmal habe ich auf Spaziergang mit Hoover von Weitem Klaus gesehen und sofort einen gehörigen Schrecken bekommen. Das Schlimmste dabei: Ich hatte den Eindruck, Klaus müsste uns auch gesehen haben und hätte in der Sekunde beschlossen, sein Hausrecht räumlich abermals deutlich ausweiten zu müssen. Er kam uns in irgendwie linkischem Gang entgegengelaufen. Wir verschwanden im Stechschritt seitlich in den Wald – und offenbar drehte Klaus ab, ohne Hoover seinen Königsstatus mit Gewalt nahegebracht zu haben. Was für ein Glück.

Bald darauf erzählte eine Freundin, die eine Boxer-Hündin hat, von Klaus: wie nett der sei, wie schön. Und wie alt. Fast vierzehn inzwischen. Fast zahnlos zudem, für seinen Jahrgang gleichwohl noch erstaunlich brauchbar beisammen. Nur seien die Augen nicht mehr gut und die Hinterbeine fast gelähmt. Er liefe deshalb so komisch. »Das sieht irgendwie linkisch aus«, befand sie und erklärte Klaus ausdrücklich für völlig ungefährlich. Ich blieb skeptisch.

Und dann geschieht es: Eines stürmischen Nachmittags steht Klaus plötzlich im Wald vor uns – Hoover an der langen Laufleine, Klaus ohne alles auf seinem Individualspaziergang. Er bemerkt uns erst spät – eigentlich erst, als Hoover ihn – noch bevor ich überhaupt reagieren und den Stopp-Knopf der Laufleine drücken konnte – freudigst begrüßt und ihm innigst das Maul abschlabbert, als hätte er gerade seinen ältesten Freund wiedergetroffen. »Ich bin klein, mein Herz ist rein« soll das heißen. Und vielleicht auch »Wenn ich mal groß bin, möchte ich ein Prinz des Waldes werden«. Mein Herz sackt in die Knie. Denn längst ist Hoover nicht mehr klein – auch wenn er das selber noch zu glauben scheint. Er ist zu einem dreißig Kilo schweren Hundejugendlichen herangereift: gerade so, dass ihn jeder ältere und vor allem jeder dominante Rüde für einen Rivalen halten könnte. Ich hoffe, Klaus würde keine Schlägerei anfangen.

Tatsächlich wird er nicht pfotengreiflich, auch nicht bissig. Er knurrt nur – das allerdings noch ziemlich majestätisch. Und er dreht die Schnauze weg, weil ihn das Geschlabbere und feuchte Geküsse offenbar nervt. Hoover agiert völlig ungerührt, schnüffelt ihn ab, umtanzt ihn, während Klaus noch mal knurrt, dann ein, zwei zackige Kopfbewegungen nach vorne macht und zum Schein schnappt. Kein Zweifel, der muss mal eine Autorität des Waldes und darüber hinaus gewesen sein. Aber nun sehe ich: Er hat tatsächlich fast keine Zähne mehr. Seine Augen haben einen milchigen Belag, als müsste er durch einen Schleier schauen. Er humpelt ein wenig, die Hinterbeine scheinen beide fast steif zu sein.

Ich ziehe Hoover weiter. Er scheint sich sicher, gerade einen neuen Kumpel gefunden zu haben. Und bleibt völlig arglos. Was für ein Glück. Und wie gut es manchmal ist, unbefangen auf Fremde zuzugehen. Auch als Hund.

Der Aufspieß-Baum und andere Risiken

Es ist ganz schön anstrengend, immer einen Gedanken schneller sein zu müssen, immer vorauszuahnen, was als Nächstes geschehen könnte. Zu erraten, wer hinter der nächsten Weggabelung wohl lauert, was anders sein mag als sonst und welche Gefahr unversehens drohen könnte. Ein älterer Hund passt selbst besser auf, für einen jungen Wirbelwind mit wenig Lebenserfahrung muss man mit aufpassen.

Ich bemühe mich nach Kräften, dieser Aufgabe gerecht zu werden, um manchmal dann doch kümmerlich zu versagen und auf den lieben Gott angewiesen zu sein, damit Hoover unverletzt wieder zu Hause durch die Tür marschiert.

Über umgestürzte Baumstämme zu springen, ist eigentlich nicht seine Spezialität. Es geschieht mal, aber es ist nicht so, dass er diese Situationen suchen würde. Dass er über zwei auf einmal springen würde, ist sehr unwahrscheinlich. Dass er es wagt, wenn diese beiden Stämme einen Meter auseinanderliegen und jeder für sich fast einen halben Meter Durchmesser hat, ist so gut wie ausgeschlossen. Und dass diese Stämme dann über und über gespickt sind mit den Resten spitzer Äste, die zehn oder zwanzig Zentimeter vom Stamm entweder abgebrochen oder abgesägt sind, ist statistisch im Grunde nicht mehr erfassbar.

An so ein Exemplar sind wir geraten. An zwei davon, zwei Riesen in einem Meter Abstand, gefällt vom Orkan, halb aufgeräumt von einer Kohorte gestresster Waldarbeiter, deren Feierabendglocke geläutet haben muss, bevor sie fertig waren.

Was macht Hoover? Läuft auf die beiden zu, bremst kurz vorm Ziel ab, springt dann doch, schafft es über den ersten Baum, sogar über die Lücke zwischen beiden, prallt mit dem

Bauch auf den zweiten, rollt sich ab und läuft weiter. Zum Glück läuft er weiter!
Und erst jetzt sehe ich, was alles hätte geschehen können: Wie die Keulen mittelalterlicher Kämpfer sind die Stämme über und über mit diesen Aufspieß-Astresten gespickt – asymmetrisch, ohne System, nicht kalkulierbar. Es ist fast wahrscheinlicher, auf so einem mehr als fingerdicken 20-Zentimeter-Pflock zu landen als danebenzuspringen. Hoovers Schutzengel hat bestens aufgepasst, während ich diese Gefahr nicht habe kommen gesehen. Der Hund ist nur auf den Stamm geprallt, er hat sich möglicherweise eine Prellung oder einen Bluterguss zugezogen. Aber er konnte ohne ein zwanzig Zentimeter tiefes Loch im Bauch weiterlaufen.
Was ich daraus lerne? Für die Zukunft zweierlei: dass ich noch besser aufpassen und vorausdenken muss. Und dass man beim besten Willen nicht alles sehen, alles erahnen kann. Wie gut, dass es zu keinem Unglück gekommen ist. Hoffentlich haben wir das Schicksal weiter auf unserer Seite. Und die Schutzengel. Und bitte auch den lieben Gott.

Den Hund ins Auto zurückkrempeln

Hoover ist ein ziemlich temperamentvoller Geselle – noch ohne zu ahnen, welche Gefahren die Welt alle birgt. Zum Beispiel, wenn man einfach aus dem Auto springen sollte, kaum dass sich die Tür zur Rückbank öffnet: zu Hoovers rollendem Quartier, wo inzwischen neben einer Decke mit Pfötchenmotiv auch ein Kau-Tau und ein Knochen ihre Heimat gefunden haben und für kurzweiliges Reisegefühl sorgen sollen.
Ich möchte, dass er gerne einsteigt, begeistert Auto fährt. Ich möchte, dass er sich da hinten wohlfühlt, möglichst ruhig

liegt oder sitzt, nicht über die Sicherheitsabhängung nach vorne zu klettern versucht. Fände er Autofahren blöd, hätte ich es schwerer: weil ich häufig mit dem Wagen unterwegs sein muss und ihn so oft wie möglich mitnehmen möchte – um ihn so wenig wie möglich alleine lassen zu müssen.
Nur eines geht wirklich überhaupt nicht. Dass er unaufgefordert aus dem Auto herausspringt. Dass er herausdrängt und schon durch den ersten Spalt geradezu herausquillt, kaum dass ich von außen den entsprechenden Türdrücker zu betätigen begonnen habe. Ich bin froh, dass ich sehr resolut dagegen vorgegangen bin, als Hoover noch wesentlich kleiner und leichter war. Und noch handlicher. Er quoll und machte einen Satz. Ich ging in die Knie, während er mir mehr oder weniger in die Arme sprang. Und fast waren wir beide auf dem Boden des Waldparkplatzes angekommen, da hatte ich mich entschieden, ein sehr forsches »Nein!«, ein »Dableiben!« und ein schroffes »Warte!« zu sprechen, in derselben Sekunde wieder aus den Knien hochzukommen und ihn zackig wieder rückwärts ins Auto hineinzukrempeln.
Wieder sagte ich »Warte!«, während er mich irritiert anschaute. Ich machte einen Schritt zurück, hielt ihm den Zeigefinger als Signal dafür hin, ja nicht vorzeitig zu springen. Und schließlich sagte ich »Jetzt! Nun komm« – und er hüpfte damals hocherfreut aus dem Auto.
Gedacht war das eher als kurzfristige Maßnahme, gar nicht so sehr als wichtiger erzieherischer Schritt. Aber die Aktion hat gesessen. Jetzt kann ich die Tür weit aufreißen und er springt erst, wenn er das Signal dafür bekommt. Außer, ja, außer der Reiz ist leider zu groß: wenn wir verabredet sind zum Beispiel und der andere Hund schon da ist und vor der Autotür herumtanzt. Aber auch der tut das zum Glück nur, wenn weit und breit kein anderer Wagen mehr rollt.

Ich freue mich sehr darüber, dass Hoover so freudig einsteigt und so gerne mitfährt und bislang nicht mal etwas gegen sein erst kürzlich eingeführtes Geschirr und den Hunde-Sicherheitsgurt unternimmt. Hätte er etwas dagegen, all das wäre ruckzuck mit den Zähnen durchgemergelt, wenn er es wollte. Ich glaube inzwischen, dass er diese Ausstattung als so etwas wie die Möglichmacher des Mitkommens sieht: Hätte er das nicht, bliebe er zu Hause. Dann hat er es lieber so. Und lässt es heil, obwohl das Zeugs gehörig einengt.

Ohren sauber machen

Es gibt eine ganze Reihe Dinge, die Hoover besser gefallen, als die Ohren gereinigt zu bekommen. Sie sich mit einem angefeuchteten Stück Küchenpapier gründlich auswischen zu lassen, mag er gerade noch ertragen, und manche Aspekte davon scheinen sogar kurzfristig ganz reizvoll zu sein. Er stemmt sich dann gegen den papiertuchumwickelten Putzfinger und macht recht wohlige Laute, um im übernächsten Moment ganz plötzlich den Kopf wegzuziehen.

Kommt aber die verhasste Flasche vom Tierarzt mit der medizinischen Ohrreinigungslösung ins Spiel, tritt er lieber die Flucht an. Einen kleinen Schuss nur soll ich davon per kurzem, zackigem Handgriff auf jeder Seite in den Gehörgang jubeln, dann kurz das jeweilige Ohr massieren. Er findet es grässlich und ich kann mir gut vorstellen, dass es genauso ist.

Gleichwohl, es ist noch immer geglückt, er hat es noch immer ertragen. Und ist das Zeug erst mal drin, ist das, wonach ihm nun der Sinn steht, sogar gewollt: ein paar Meter wegzulaufen, dabei immer wieder den Kopf zu schütteln und die Flüssigkeit so wieder herauszuwirbeln. Zusammen mit allem anderen, was noch aus den Ohren fliegen soll. Klar, dass wir die Zeremonie ausschließlich im Freien durchführen – selbst im Winter.

Wonach ihm nach drei-, viermal heftigem Schütteln der Sinn steht? Nach Rennwurm! Nach Bocksprüngen! Danach, mich zur Jagd herauszufordern, sich durch den Garten hetzen zu lassen, seinerseits mit Luftsprung-Scheinattacken zu kontern und ohne Bodenberührung wieder diese seltsamen 180-Grad-Drehungen zu vollführen. Gäbe es all das nicht, dann wäre diese Ohrenreinigerei richtig furchtbar. So ist sie das erträgliche Vorspiel zu einer großen Herumtollerei. Und am Ende, ganz Draufgänger, versucht Hoover diesmal sogar, die verhasste Plastikflasche mit der Reinigungslösung zu apportieren.

Die Sache mit der Hutschnur

Das alles soll ja nicht so klingen, als ob ich der Hundeflüsterer wäre, immer eine Idee hätte und meistens alles richtig machte. Manchmal mache ich es schlimm falsch – fürchte ich jedenfalls. Wobei es auch Leute gibt, denen ich reumütig und kleinlaut von diesen Fehlern erzähle und die die Handlung dann erst als »absolut verständlich« und dann als »völlig richtig« klassifizieren. Das beruhigt mein schlechtes Gewissen ein kleines bisschen. Obwohl ich fürchte, dass diese wohlmeinenden Menschen falsch liegen.

Neulich war wieder so eine Situation – eine von denen, die hoffentlich keiner sieht und keiner hört. Es sind die Momente, wenn mir der Geduldsfaden reißt. Hoover zog. Hoover zerrte. Hoover warf sich in die Leine. Und obwohl ich durch Stehenbleiben und bald auch durch Zurückreißen und sowieso schon lange durch die passenden Kommandos signalisierte, dass die Grenze überschritten ist, erinnerte er sich keine zehn Meter weit daran. Bald war ich irre genervt. Auch Strafexerzieren half nichts. Er hatte es diesen Nachmittag wesentlich eiliger als ich und gar keine Lust, sich an all das zu halten, was längst bekannt war. Also habe ich irgendwann nicht mehr zurückgezerrt, sondern bin die fünf Meter bis zum Halsband im Moment schlimmen Ziehens vorgelaufen, habe ihn im Nacken gepackt und auf den Waldboden umgeworfen und ausgeschimpft. »Was soll das jetzt? Verdammt noch mal!«, hörte ich mich pöbeln und »Mir reicht's jetzt ein für alle Mal!« brüllen. Hoover lag da auf der Seite und guckte mich entgeistert an. Und kaum war ich fertig mit Aufregen, rollte die nächste Welle heran, die auch noch unbedingt herauswollte.

Als er endlich wieder aufstehen durfte und ich wieder heruntergeglüht war, hoffte ich zweierlei: dass es vorhalten möge und dass es möglichst keine Zeugen gegeben habe. Falls es sie gab – ich habe niemanden gesehen und auch bislang hat sich keiner zu erkennen gegeben. Und vorgehalten hat es für weniger als hundert Meter. Als wir einen freundlichen Dackel trafen, machte Hoover bereits wieder einen auf unangepasster Jugendlicher. Hochkant hing er in der Leine, wollte dem anderen partout wesentlich näher und stürmischer auf die Pelle rücken, als diesem recht war. Und es blieb an mir im wahrsten Sinne hängen, das zu verhindern.

Eine Viertelstunde später habe ich ihn von der Leine gelassen, als das Frauchen eines Terriers meinte, so könnten die beiden doch besser spielen und sich kennenlernen – nur dass Hoover schon wieder viel zu ungezügelt war und der Terrier vor lauter berechtigter Genervtheit gar nicht spielen wollte.

Als ich endlich weiter wollte, wirkte nicht mal mehr das Wundermittel Pfeife: Hoover ging mit dem Terrier und sei-

nem Frauchen in Gegenrichtung mit, während er mich wie einen erst rufenden, dann pfeifenden und schließlich hinterherrennenden Trottel aussehen ließ. Er kam sofort an die Leine und musste wieder strafexerzieren. Sitzplatzfuß! Haltsitzplatzhierher! Sitzplatzfuß. Ach.
Es sollte der Nachmittag des unbändigen Zerrens bleiben. Auch auf dem Heimweg. An beiden Enden der Leine. Es war der blödeste Spaziergang, den wir bislang zusammen hatten, und als wir endlich wieder zu Hause waren, fanden wir uns beide doof.
Warum gar nichts klappen wollte und alles so entgleist war? Ich weiß es nicht. Es ist so nicht wieder vorgekommen. Noch nicht. Und, bitte, möglichst auch weiterhin nicht.

Gründeln in der Badewanne – und vom Versuch, sie leer zu trinken

Das hat er noch nicht gesehen! Und es irritiert ihn sichtlich: Sein Herrchen liegt ganz und gar im Wasser. Ganz plötzlich. Nur der Kopf guckt noch heraus. Und die Hände. In einem kleinen See im Haus, den es kurz zuvor noch nicht gab! Dieser See schäumt, er dampft ein bisschen und er ist nicht weit von der seltsamen sprudelnden Quelle entfernt, die Hoover schon mal näher erforscht hat.
Der Hund schaut, er schnüffelt, er scheint zusteigen zu wollen und muss abgewehrt werden. Bald erschließt sich ihm: Gefährlich scheint das nicht zu sein, retten zumindest muss er Herrchen nicht. Er steckt die Nase erst in den Schaum, dann ins warme Wasser. Das Zeug kommt ihm bekannt vor und irgendwie schmeckt es diesmal nach einem Fruchtaroma. Hoover nimmt vorsichtig einen Probierschluck. Schnell noch einen. Und schließlich säuft er, als wollte er die Bade-

wanne leer trinken, und hört damit erst auf, als ich sein Köpfchen von unten mit der Hand wie hydraulisch langsam anhebe. Jetzt ist er ganz aufgedreht: Die Geisterhand aus dem Schaum scheint ihn zu begeistern. Ich schnippe unter der Wasserlinie mit dem Finger, katapultiere ihm so ein paar Tropfen direkt auf die Nase. Sofort steckt er die ganze Schnauze in die Wanne, bis die Augen nur noch knapp oberhalb der Wasserlinie sind. Es sieht aus, als wollte er gründeln. Und weil er bei all der Schnorchlerei auch ausatmen muss, steigen plötzlich laute Blubberblasen auf, die ihm nur noch mehr Spaß machen: Kurz zieht er die Nase heraus, schaut mich irritiert an und der Augenausdruck fragt: »War ich das?«

Die Antwort soll ihm eine Wiederholung des Experiments bescheren: Jetzt rammt er die Nase unter Wasser, als müsste er erst irgendeine imaginäre Kruste durchstoßen, atmet und pustet wieder. Erst einmal, gleich noch mal. Wieder gibt es diese Blubberblasen. Er ist vollauf begeistert, ganz aufgescheucht – so, als hätte er gerade die Zusage bekommen, bei »Junghund forscht« mitmachen zu dürfen.

Prompt will er den Experimentaufbau massiv verändern und herausfinden, wie all das wohl sein mag, wenn er mit dem ganzen Tier untertaucht und pustet. Es gelingt mir haarscharf mit beiden Händen und vielen guten Worten, ihn am Zusteigen zu hindern. Und außerdem ist ohnehin Zeit, auch selber wieder auszusteigen – und den See durch eine kleine Öffnung auf dem Grund ablaufen zu lassen. Auch das beobachtet Hoover mit größter Faszination und gewisser Verblüffung.

Als ich endlich wieder abgetrocknet und angezogen an Land stehe, scheint er mich zu bejubeln. So groß ist die Freude. Und irgendwie habe ich den Eindruck, etwas Ehrfurcht ist auch hinzugekommen: vor Herrchen, der Seen herbeizaubern und wieder verschwinden lassen kann.

Der erste Schnee – fressen, was vom Himmel fällt

Es musste Januar werden, bis dieses weiße Zeug endlich das erste Mal in der Saison vom Himmel fiel – und zum ersten Mal in Hoovers Leben. In der Nacht muss es gekommen sein, denn beim letzten Geschäft im Garten spät am Abend war der Rasen noch winterlich graugrün. Am Morgen sieht man ihn nicht mehr: Alles ist weiß.

Hoover ist sichtlich irritiert darüber, hält inne, als sich die Tür zu Terrasse und Garten öffnet. »Moment mal«, scheint er zu denken, »ist das wirklich unser Garten? Hatte der nicht gestern noch eine andere Farbe?« Er macht zwei Schritte vorwärts und einen zurück. »Was ist das denn? Wie fühlt sich denn der Garten plötzlich an?« Er schaut mich irritiert an und im Comic hätte er eine Sprechblase mit genau diesem Text über dem Kopf schweben. Feucht ist das Zeugs, kalt ist es und der neue Garten ist irgendwie weicher als sonst.

Plötzlich rennt Hoover wie angestochen los, zischt durch den Schnee, pflügt über den darunter versteckten Rasen, stolpert, wälzt sich, stürzt sich geradezu mit dem Kopf voran in diese seltsame Winterlandschaft: Das Zeugs gefällt ihm! Schnee könnte zu seiner neuen Leidenschaft werden – auch wenn er offensichtlich noch nicht so ganz einordnen kann, was das ist, wo das herkommt, was das soll. Und ob es jetzt für immer so sein wird.

Er versucht erst, ein bisschen davon zu apportieren, und wundert sich, dass es ihm im Maul zerrinnt und unter den Lefzen heraustropft, kaum dass er ein paar Meter vorangekommen ist. Er greift sich Nachschub, springt einmal in die

Luft und wieder ist alles verschwunden. Jetzt baut er sich vorm Gartengrill auf und hapst immer wieder ins Weiß. Er frisst den Schnee und scheint sich darüber zu wundern, nach wie viel Substanz das aussieht, bevor er hineinbeißt, und wie wenig davon bleibt. Es scheint ihn zu amüsieren.
Und als es erneut anfängt, in dicken Flocken zu schneien, fasst Hoover diesen Vorsatz: alles aufzufressen, was da vom Himmel fällt!
Er springt, er schnappt, er tanzt. Er jagt jede einzelne Flocke in Reichweite, um sie möglichst zu erwischen, bevor sie zu Boden fällt und mit all den anderen verschmilzt, die da schon liegen. Winter, das ist etwas, was ihm gefällt. Fast so schön wie baden – nur nicht ganz so nass.

Bellen, damit ich esse

Nicht nur, dass ich mich bevormundet fühle. Ich zucke sogar zusammen, weil ich beim Zeitunglesen so in Gedanken war, dass ich mich über den einzelnen energischen Beller erschreckt habe. Irritiert schaue ich erst zur Tür, dann zum Fenster, anschließend zum Hund. Der sitzt noch immer neben dem Frühstückstisch, ist nirgendwo hingelaufen. Das würde er aber sofort tun, wenn er wegen eines Besuchers oder auch nur wegen eines vorm Grundstück parkenden Autos plötzlich Alarm schlüge. Hoover sah keinen Grund, irgendwo anders hinzulaufen.
Er hat nicht in strengem und irgendwie vorwurfsvollem Ton und mit der inzwischen tiefen Stimme Laut gegeben, um mir irgendetwas mitzuteilen. Er hat mich angebellt! Und als ich ihn endlich angeschaut und »Was ist denn?« gefragt habe, hat er es gleich noch mal getan: mir direkt ins Gesicht gebellt!

Ich vermute, ich weiß, wieso. Weil er nach meinem Frühstück fürs brave Warten und dafür, dass er nicht bettelt, ein Leckerli bekommt. Und weil ich seit einigen Minuten vor lauter Konzentration bei der Lektüre vergessen habe, vom letzten halben Brötchen abzubeißen. Es wäre ihm recht, will er vermutlich sagen, wenn ich schneller äße. Nur klang der Wuffer nicht wirklich derart diplomatisch. Er hatte eher den Sound von »Iss endlich« oder »Hau rein« oder sogar »Friss jetzt, ich bin auch noch da«. Ich habe gewisses Verständnis dafür. Und ich muss auch schmunzeln.
Aber ich sollte mich auf gar keinen Fall davon beeinflussen lassen. Sein Selbstbewusstsein würde durch die Decke gehen, wenn so etwas Erfolg hätte. Und mein Alltag einschließlich aller Mahlzeiten würde fortan fremdbestimmt werden. Also teile ich Hoover betont gelassen und mit einem demonstrativen Schulterzucken mit: »Es ist noch nicht so weit. Du musst noch warten.«
Längst habe ich wieder Hunger und zögere den nächsten Biss in die Brötchenhälfte dennoch hinaus. Ich führe den Essensrest unter seiner aufmerksamen Beobachtung sogar zum Mund, um bewusst nicht abzubeißen und das Stück noch für einen kurzen Moment wieder auf den Frühstücksteller zurückzulegen. Hoover trippelt im Sitzen mit den Vorderbeinen – aber er sagt nichts mehr.
Nun beiße ich zu. Und ich bleibe auch nach dem Frühstück anders als sonst noch einen Moment sitzen, räume anschließend in aller Ruhe ab. Endlich bekommt auch Hoover seinen Happen, den er ungewohnt schnell kaut und schluckt, als wollte er mir wenigstens noch zeigen, wie es auch gehen kann. Angesprochen hat er mich beim Essen seitdem nie wieder. Aber das kann ja noch kommen.

Sein Mensch, der bei ihm wohnt

Wie wohl seine Perspektive ist? Was Hoover anderen Hunden erzählen würde, vielleicht sogar wirklich berichtet? Was er wohl aufschreiben und über mich sagen würde? Dass ich ein gerechter, aber gelegentlich aufbrausender Herrscher bin. Na ja. Dass ich geduldig bin und man mir bis zu einem gewissen Punkt auf der Nase herumtanzen kann und diese Grenzen immer wieder um ein kleines Stück ausweiten muss. Hm. Dass er ganz schön viel darf und zugleich eindeutige Grenzen einhalten muss. Vielleicht. Alles möglich. Ich wünsche mir, dass er den anderen erzählt, dass er eine schöne Hundekindheit hatte, viel erlebt und mit Freude gelernt hat. Dass er in seinen Wünschen und Bedürfnissen wahrgenommen, dass er gefördert und geliebt wird. Ich wünsche mir, dass er sich mit mir so wohlfühlt wie ich mich mit ihm. Dass ihm meine Gesellschaft so kostbar ist wie mir seine. Und dass sein Hundeerwachsenenleben genauso schön und friedlich verlaufen und dass es lang werden möge. Neulich habe ich kurz geglaubt zu hören, was er Beagle-Freundin Emmy erzählt hat: dass nämlich ein Mensch bei ihm wohne, den er sehr gern habe und der sogar im selben Bett schlafen dürfe, was ganz und gar keine Selbstverständlichkeit sei. Und dass er ein paarmal am Tag mit dem raus müsse. Immer wenn der die Tür aufmacht und sich bewegen müsse, gehe er einfach mit. Zur Sicherheit aber liefe dieser Mensch an einer Leine, die an seinem Halsband befestigt sei. Schließlich könne man ja nie wissen. Auf Menschen müsse man einfach immer aufpassen. Sonst machen die womöglich noch Blödsinn.

Inzwischen schon so lange her:
Hoover damals am Einzugstag mit seinem Plüsch-Vogel

Ob Hoovers Tage erst als Welpe und nun noch immer als Junghund sich auf dieselbe Weise länger anfühlen wie die eines Menschenkindes? Ich weiß noch, dass der Tag mit acht und zwölf und auch mit sechzehn und achtzehn Jahren ewig lang war. Dass die Schule erst nach eins, manchmal erst um zwei Uhr nachmittags vorbei war, ich zwanzig Minuten bis nach Hause brauchte, dann Hausaufgaben gemacht habe und trotzdem noch so unfassbar viel Zeit vom Tag übrig blieb. Heute ist es, als zerrönne mir fast jeder Tag zwischen den Fingern, als raste die Zeit. Und irgendwo habe ich mal gelesen, dass die gefühlte Lebensmitte eines Menschen mit zwanzig ist. Die ersten zwei Jahrzehnte fühlen sich demnach genauso lang an wie alles, was danach kommt – unabhängig davon, ob man dreißig, sechzig oder über neunzig Jahre alt würde. Das klingt schlüssig.

Ob Hoovers Tage sich von nun an kürzer anfühlen, sogar die schönen Spaziergänge schneller vergehen, die Zeit zwischen den heiß begehrten Mahlzeiten rasanter verfliegt? Ob Hunde diesen Effekt auch spüren? Oder ob es noch zu früh dafür ist und die Zeit erst mit zwei oder drei zu rasen beginnt?

Ob er Geburtstagsbesuch bekommt? Oh ja: von Emmy und Paula, von Barnie. Sogar Heinz gratuliert. Und ein Überraschungsgast gleich am Morgen löst größte Begeisterung aus: Es ist sein ältester Freund. Er heißt: Tentakles und ist sein geliebter Tintenfisch.

Na ja, und er sieht noch ein bisschen ramponierter aus.

Wie Hoover in diesem ersten Jahr geraten ist? Er ist neugierig und schwungvoll, er ist intelligent, witzig, auch vorlaut. Ich sehe ihm an, wenn er nachdenkt und Lösungen ausbaldowert. Er hat den Schalk im Nacken und weiß doch ganz genau, wie weit er den Bogen spannen kann, ohne zu übertreiben. Er hat manchmal seinen eigenen Kopf. Er ist schön und warm und kuschelig. Er begegnet jedem zunächst mit Freundlichkeit und Offenheit, herzlich sogar – anderen Tieren wie anderen Menschen. Von ihm geht keine Gefahr aus und zugleich nimmt er es überhaupt nicht schwer, wenn ihm doch mal jemand dumm kommt. Ich bin parteiisch, aber ich finde: Er hat einen super Charakter. So wünschte ich mir einen Hund und habe ihn bekommen. Und von Menschen wünsche ich mir dasselbe …

Liest man im Himmel Hundebücher?
Für meine Mutter, von der ich die Liebe für Hunde habe.
Und so vieles mehr.